AŞK
DÜŞÜNCE
YOLLARA

AŞK
DÜŞÜNCE
YOLLARA

MÜNİB ENGİN NOYAN

PROFİL

© Münib Engin Noyan, 2010
© Profil Yayıncılık

Yazarı / Münib Engin Noyan
Kitabın Adı / Aşk Düşünce Yolları

Genel Koordinatör / Münir Üstün
Genel Yayın Yönetmeni / Cem Küçük
Kapak Tasarım / Yunus Karaaslan
İç Tasarım / Adem Şenel
Baskı-Cilt / Kitap Matbaacılık San.Ve Tic.Ltd.Şti.
Davutpaşa Cad. No:123 Kat:1 Topkapı/İstanbul
Tel : 0212 482 99 10 Sertifika No:16053

13. BASKI NİSAN 2011

978-975-996-284-5

Kültür Bakanlığı Yayıncılık Sertifika No:
12391

PROFİL: 195
TÜRK EDEBİYATI : 11

PROFİL YAYINCILIK
Çatalçeşme Sk. No: 52 Meriçli Apt. K.3
Cağaloğlu - İSTANBUL
www.profilkitap.com / bilgi@profilkitap.com
Tel. 0212. 514 45 11 Faks. 0212. 514 45 12

Profil Yayıncılık Maviağaç Kültür Sanat Yayıncılık Tic.Ltd.Şti markasıdır.

© Bu kitabın Türkçe yayın hakları Münib Engin Noyan ve Profil Yayıncılık'a aittir. Yazarın ve yayıncının izni olmadan herhangi bir formda yayınlanamaz, kopyalanamaz ve çoğaltılamaz. Ancak kaynak gösterilerek alıntı yapılabilir.

بِسْمِ اللهِ الرَّحْمٰنِ الرَّحِيْمِ

Bana kitap okuma zevkinin
sırlı kapılarını açmış olan sevgili teyzem
Aylâ Bilgiçyıldırım hanımefendi
ve gözlerimin nûru oğullarım
Murâd ile Eren'e...

"Ölürüm de senden vaz geçmem Râbia! Asla!"

"Sus, Bilâlim, kulun kölen olayım, yalvarırım sus! Yaramı daha fazla deşip durma!"

"Yüreğim yanıyor, içim yırtılıyor Rabiâ'm! Düşündükçe çıldıracak gibi oluyorum! Nasıl yaparlar bunu bize, nasıl, nasıl!"

"Yazımızı yazan böyle yazmış..."

"Yoo! Hayır! Yazımız böyle değil! Yazan böyle yazaydı, bu sevdâyı vermezdi içimize! Önce bu sevdâyı verip, bu yangını tutuşturup da ayırmazdı bizi böyle! O Rahmân ve Rahîm'dir! Biz âciz kullarına karşı şefkatli ve merhametlidir, zulüm etmez asla! Öyle demiyor mu mubarek Kur'ân'da? Söyle, öyle demiyor mu?"

"Diyor demesine de..."

"O halde bu zulüm niye? Yoo, Rabiâ'm bu cehennem acısını bize revâ gören Âlemlerin Rabbi Yüce Allah, celle celâluhu, değil! O kahrolasıca, boyu devrilesice Şevket Paşa!"

"Sus, Bilâlim, sus! Allah aşkına!"

"Susmak mı? Haykırıyorum, haykıracağım, yeri göğü inleteceğim feryâdımla! Cümle âlem işitsin, bilsin başımıza gelen felâketi ve öğrensin, tanısın bu şeytan ruhlu rezilleri! Heeeeeey!!! Duyduk duymadık demeyin! Göz göre göre iki cana birden kıyıyorlar, candan can koparıyorlar! Âlemlerin Rabbi Yüce Allah'ın birbirine yazdığı iki sevgiliyi birbirinden ayırıyorlar! Neredesiniz ey iyi yürekli insanlar, imânı halis mü'minler? Duyun feryâdımı da görün şu hâl-i pür melâlimizi! Uyanın gaflet uykusundan! İnsanlık elden gidiyor, kol geziyor ihânet, taht kuruyor zulüm! Varın, elele verin, yürek yüreğe, gönül gönüle, gelin, kurtarın bizi! Kul hakkı çiğneniyor! Hesâbından korkmaz mısınız! Ha, korkmaz mısınız?"

"Cânım Bilâlim, cânım efendim yalvarıyorum sus... İşitecekler sesini! Kendine acımıyorsan, bari bana acı!"

"Acı, ha? Acı benim yüreğimde, beynimde, damarımda dolaşıyor, bedenimi, rûhumu dağlıyor!"

"Ya benim?"

"...ve sen, bütün bunlara rağmen susmamı, zulmü sineye çekmemi istiyorsun benden! Âlemlerin Rabbi Yüce Allah, celle celâluhu, şâhidim olsun ki..."

"Sakın! Aman sakın büyük söyleme, yemîn etme! Zaten yanmışız, bizi büsbütün yakma! Yaman bir imtihan bu besbelli, sabrı tevekkülü elden bırakma! Gün doğmadan neler doğar... Sakın Bilâlim, sakın, sakın o şeytân-ı laîne uyma!"

"Bana da sana da gün doğmaz gayri Rabiâ'm... Bil ki isyânım Âlemlerin Rabbi Yüce Allah'a, onun takdîr-i ilâhisine değil asla, hâşâ! Benim isyânım kula, o şeytan ruhlu zâlim Şevket Paşa'ya! Yâr etmem seni ona! Gerekirse ölür, öldürürüm bu uğurda!"

"Affet yâ Rabbî! Affet yâ Rabbî! Sabır ihsan et şu garip, âciz kullarına, sonsuz merhametinle kuşat, sar bizi! Aklımızı muhafaza et ve sana olan şeksiz imanımızı! Şeytanın tuzaklarına düşürme bizi! Affet yâ Rabbî! Affet yâ Rabbî!"

New York, 1996

"Bugün yine alay ettiler benimle..."

"Kimmiş bakayım benim biricik tatlı torunumla alay eden o edepsiz?"

"Jimmy Rose!"

"Jimmy Rose mu? Yine mi o?"

"Evet! 'Seni kimsesziler yurdundan satın almışlar!' dedi!"

"Bak şu rezile! Peki, sen ona anlatmamış mıydın sana söylediklerimi?"

"Anlattım! Hem de kaç defa! Ama inanmıyor bana! 'Haydi ordan, yalancı!' diyor..."

"Yalancı mı?"

"Evet! 'Hem yalancısın hem de aptal!' diyor!"

"Hem yalancı, hem de aptal, ha?"

"Kate McKenzie, Rosemary Tillman, Sal Cohen ve Eddy Burns de öyle diyorlar bana!"

"Vay vay vaaay! Peki ya öğretmenin ne diyor bu işe?"

"Bilmem..."

"Anlamadım!"

"Benimle herkesin ortasında alay ettiklerini söyleyince onları odasına çağırdı..."

"Eee?"

"... sonra da kapıyı kapattı. Ne söylediğini duyamadım."
"İyi de, onlar ne dediler odadan çıkınca?"
"Önümde sıra olup benden özür dilediler..."
"Baaak, gördün mü!"
"...ama otobüse binince... yeniden başladılar!"
"Allah Allah!"
"Kendi aralarında fısıldaşıp gülüşüp durdular!"
"Canım, belki başka birinden söz ediyorlardı, ya da, ne bileyim ben, fıkra anlatıyorlardı... ne biliyorsun?"
"Öyleyse Sal Cohen niye otobüsten inerken kulağıma eğilip 'Yûsuf Bilâl Osmani - Kendi beyaz, ailesi kuzgunî!' dedi?"
"Ne dedi, ne?"
"'Yûsuf Bilâl Osmani - Kendi beyaz, ailesi kuzgunî!' "
"O önce kendi patlak gözlerine ve havuç turuncusu saçlarına baksın! Tövbe estağfurullâh! Tövbe, tövbe!"

New York City Üniversitesi Karşılaştırmalı Dinler Tarihi kürsüsü başkanı Prof.Dr. 'Abdulhakîm Osman altı yaşındaki torununun gözlerinden sessizce süzülen yaşları görünce birden öfkelendi. Bu hassas konuyu öğretmenlerle defalarca konuşmuş, hatta okul aile birliğinin özel toplantısında, somut bilimsel verilerle açıklayıp herkesi Bilâl'in ruh sağlığı açısından dayanışmada bulunmaya davet etmiş olmasına rağmen, hâlâ devam ediyorlardı torununa bu cehennem azabını çektirmeye!

"Kabahat çocukların değil!" diye mırıldandı kendi kendine, "O kaz kafalı öğretmenleriyle, anne-babalarının!"

Prof.Dr. 'Abdulhakîm Osman, Bilâl'in sınıf arkadaşlarının evlerinde, her fırsatta bu konunun konuşulduğundan, hatta hiç ilgisiz üçüncü - dördüncü kişilere anlatılarak neredeyse "Yüzyılın Mahalle Dedikodusu" haline getirildiğinden adı gibi emindi. Ne kadar da duyarsız, boşboğaz ve de zâlim oluyordu şu insan denen mahlûk bir başkasının çâresizliği karşısında!

"Üzülme yavrum..." dedi Prof.Dr. 'Abdulhakîm Osman öfkesini bastırmaya çalışarak torununa, "Üzülme, ne olur!"

Bilâl kafasını dedesinin kucağına gömdü. Daha bu küçücük yaşında öylesine bıkmış usanmış ve yorulmuştu ki dedikodu kumkuması insanların hedef tahtası olmaktan, artık hiçbir şey görmek ve işitmek istemiyordu sanki. Minik omuzları sarsıla sarsıla ağlamaya başladı.

Prof.Dr. 'Abdulhakîm Osman'ın öfkesi bu defa kendine yönelik kabardı. Altı yaşında bir çocuğa üzülmemesini söylemek ve onun gerçekten de üzülmemesini beklemek ne kadar büyük bir zavallılıktı! Ama... başka ne yapabilirdi ki!

"Lânet olsun!" diye homurdandı. Lânet okuyuşu içinde yaşamaya ömür boyu mahkûm oldukları tuhaf ve zor duruma değil, kendi çâresizliğine ve belki de biricik torununun derdine devâ olma konusundaki yetersizliğine, başarısızlığına yönelikti.

"Neden, neden böyleyim ben?" diye hıçkırdı Bilâl, "Neden?"

Prof.Dr. 'Abdulhakîm Osman torununun açık kestâne rengi, ipek gibi parlak ve incecik telli, yumuşacık saçlarını okşadı usul usul.

"Bu, Âlemlerin Rabbi Yüce Allah'ın, celle celâluhu, bir mucizesi Bilâlim..." dedi, " Evet, yalnızca Âlemlerin Rabbi Yüce Allah'ın, celle celâluhu, bir mucizesi. Hepsi bu!"

"Mucizeler hep böyle acı mı verir insana?"

Yaşlı âlim ağlamamak için zor tutuyordu kendini.

"Yoo, yavrum," dedi torununun saçlarını okşamaya devam ederek, "Mucizeler Âlemlerin Rabbi Yüce Allah'ın, celle celâluhu, biz kullarına, Kendi sonsuz kudreti karşısında hayranlık dolu bir hayrete düşerek düşünmemizi ve ibret almamızı sağlamak için lütfettiği hârikulâde olaylar, güzelliklerdir yalnızca!"

Küçük Bilâl birden başını kaldırıp dedesinin gözlerinin içine baktı.

"Yani sürpriz hediye paketleri gibi mi?"
"Aynen öyle, Bilâlim, aynen öyle!"
Prof.Dr. 'Abdulhakîm Osman bir an için rahatlamıştı sanki. Gülerek torununun gözyaşlarıyla ıslanmış yanaklarını öptü.
"...ve sen, minik meleğim, kesinlikle O Rahmân ve Rahîm'in, celle celâluhu, en güzel, en tatlı mucizelerinden birisin!"
Bilâl'in sarı hâreli yeşil gözleri birden bulutlandı.
"Ama benim canım yanıyor! Hem de çok!"
Sonra minik başını yeniden dedesinin kucağına gömdü.
Prof.Dr. 'Abdulhakîm Osman gözlerini kapattı. Onun da canı yanıyordu yüreği yırtılırcasına. Ama bunu torununa asla hissettirmemek zorundaydı. Derin bir "Aaah..." çekmek geldi içinden. Ama sustu.
Üç duvarı yerden tavana kütüphaneli çalışma odasında, küçük çocuğun sessiz hıçkırıkları, camekânlı duvar saatinin ince tıkırtısına karıştı.

New York, 1990

Bilâl doğduğunda herkesin ağzı açık kalmıştı!
İlk şaşkınlık çığlığını atan, doğumu yaptıran Dr. Hatice Rawlinson olmuştu.

Prof.Dr. 'Abdulhakîm Osman'ın yegâne gelini Dr. Hâcer Osman, hemen hemen her anne gibi saatler süren ve sancılarla dolu yaman bir mücâdeleden sonra nihayet ilk bebeğini dünyaya getirebilmiş olmanın mutluluğu içinde rahatlamaya fırsat bile bulamadan, dehşetle irkilerek yerinden doğrulmaya çalışmıştı, yavrusundan önce doktorunun çığlığını duyunca.

"Yavrum! Bir şey mi oldu yavruma?"

Sonra da dehşet ve şaşkınlıktan fal taşı gibi açılmış gözlerle bakakalmıştı Dr. Hatice Rawlinson'un ellerinde başaşağı duran bebeğine.

"Be... beyaz bu!"

***

Ve o sabah, güneşin ilk ışıkları New York şehrini altın sarısı bir ışıkla aydınlatırken, Osman ailesinin bu yeni ferdi , "Son yetmişaltı yıldır annesi, babası ve her iki tarafın da bilinen bütün soyu zenci olduğu halde 'beyaz' olarak doğan ilk bebek" olarak kaydedilmişti hastane raporlarına!

***

Dr. Hâcer Osman, beyaz bir bebek doğurduğunu görünce yaşadığı şokun etkisiyle geçirdiği baygınlıktan ayıldığında, hastanedeki odasında bulmuştu kendini. Kocası, antropolji doçenti Dr. Muhammed 'Abdulbâkî Osman, annesi Fâtımâ Forrester, babası 'Abdullatîf Forrester, küçük kızkardeşi 'Aişa Forrester ve kendi öz babası kadar sevdiği kayınpederi Prof.Dr. 'Abdulhakîm Osman başucundaydılar. Hepsinin de yüzünde şaşkınlıklarını gizlemeye çalıştıkları mahcup bir gülümseme vardı.

Kendisi de kadın doğum uzmanı olan Dr. Hâcer Osman tuhaf, neredeyse kâbusumsu rüyâlar gördüğü derin bir uykudan uyanmış gibi hissediyordu kendini. Gözlerini kırpıştırarak kendine gelirken önce nerede olduğunu anlamaya çalıştı. Elini hemen yanıbaşına diz çöken kocasına uzattı.

"Muhammed?"

"Evet, sevgilim..."

"Ne... neredeyim ben?"

"Burada, yanımızdasın tatlım! Daha doğrusu biz, hepimiz senin yanındayız... Annen, baban, 'A'işâ, babam..."

Dr. Hâcer Osman aile efradının tek tek yüzlerini seçmeye çalıştı. İnce bir gülümseme aydınlattı yorgun ve terli yüzünü. Sonra kocasına döndü.

"Tuhaf... Çok tuhaf bir... rüyâ gördüm ben!" diye mırıldandı. Zihni ağır ağır, perde perde açılıyordu.

Kocası gülümseyerek elini öptü.

"Çok... tuhaf bir rüya..."

Oysa...

Birden kendisine narkoz verilmediğini, doğal şartlarda, normal bir doğum yaptığını hatırladı Dr. Hâcer Osman. Gayriihtiyârî kaşlarını çattı.

Yoksa...

"Aman Allahım!" diye inledi.

Birden dehşet içinde yerinden doğrulmaya çalıştı; sesi çatallanmıştı.

"Bebeğim! Bebeğim nerde benim?"

Dr. Muhammed 'Abdulbâkî Osman ok gibi yerinden fırlayarak onu tutmasaydı, neredeyse yere düşecekti!

"Sakin ol bebeğim," dedi Dr. Muhammed 'Abdulbâkî Osman ve sevgi dolu bir hareketle, usulca, bir anda terden sırılsıklam kesiliveren kısa kıvırcık saçlarını okşadı hanımının, "Elhamdulillâh bebeğimiz çok iyi, çok güzel ve de sağlıklı!"

Dr. Hâcer Osman derin bir soluk aldı ama rahatlamamıştı.

"Nerede o? Görebilir miyim?"

"Görürsün tabiî! Birazdan getirirler. Sen kendine gelinceye kadar bebek odasına aldılar."

"Ne olur, Muhammed, söyle, hemen getirsinler onu!"

Sesi tekrar çatallanmaya başlamıştı.

Yutkundu.

Annesi bir yudum su verdi ona.

"Bismillâhirrahmânirrahiym..."

"El...elhamdullillâh..."

***

Dr. Hâcer Osman gözlerini kapattı.

Birşeylerin ters gittiğini hatırlıyordu hayal meyal ama... bir türlü çıkaramıyordu.

Gözlerini açmaya tâkati yoktu.

"Bir yudum daha su içmek ister misin?"

Dr. Hâcer Osman başını salladı gözlerini açmadan.

"Teşekkür ederim, istemem..."

Sonra yine gözlerini açmadan devam etti.

"Muhammed...?"

"Buradayım, sevgilim..."

"Bebeğim... Bebeğimiz gerçekten de iyi, değil mi?"

Bu defa cevap kayınpederinden geldi.

"İyi de ne kelime! Nur topu gibi, maşaallah subhanallah, nur topu gibi bir delikanlı!"

Prof.Dr. 'Abdulhakîm Osman'ın o kendine has derin ve tok ama buna rağmen her zaman neredeyse çocuksu bir coşku taşıyan sesi hep rahatlatırdı Dr. Hâcer Osman'ı. Bu defa da aynı sıcak güven duygusu sarıvermişti bir anda içini. Gülümsedi ve kayınpederinin kısa, bembeyaz, her zaman bakımlı ve her zaman mis gibi kokan sakalının çerçevelediği ve hep biraz mahzun bakışlı, hafifçe çekik simsiyah gözlerinin anlamlı bir güzellik kattığı yüzünü görmek için gözlerini açmaya çalıştı.

"Rahat ol, tatlı meleğim, ben bi-iznillâh hep yanındayım!" dedi Prof.Dr. 'Abdulhakîm Osman.

"Biliyorum babacığım... Allah senden râzı olsun... Hepinizden..."

Dr. Hâcer Osman'ın yanaklarından iki damla yaş süzülüverdi.

'Abdullatîf Forrester minnetle baktı dünürünün yüzüne. Aynı mahallede geçen çocukluk yıllarından sonra yolları ayrılmış, kaderleri her ikisini de çok farklı yönlere, kelimenin tam anlamıyla savurmuştu ama dostlukları hep devam etmişti olanca sıcaklığıyla. Daha küçücük birer çocukken, oturdukları yoksul mahallenin Müslümanları tarafından mescid olarak kullanılan büyük depoda, bir Cuma akşamı Kur'ân dersinden sonra aldıkları kararı, birbirlerine verdikleri sözü, hem de en güzel şekilde gerçekleştirmeyi, Âlemlerin Rabbi Yüce Allah, celle celâluhu, nasîb etmişti onlara.

"Büyüdüğüm zaman evlenip de bir kızım olursa, onu mutlaka sana gelin vereceğim" demişti 'Abdulhakîm.

"Benim oğlum da sana damat olacak, inşaallah!" diye cevap vermişti 'Abdullatîf. "O zaman hiç birbirimizden ayrılmak zorunda kalmayız, kocaman bir aile olarak birlikte yaşarız!"

"Söz mü?"

"HİKÂYE-İ BİLÂL"

"Söz!"
'Abdullatîf ile 'Abdulhakîm'in yolları, daha aradan bir yıl bile geçmeden ayrılmıştı. Hem de tam kırkbeş yıl boyunca birbirlerini görmemecesine.

Ve Âlemlerin Rabbi Yüce Allah, celle celâluhu, 'Abdullatîf'i arka arkaya beş kız çocuk sahibi yapmış, 'Abdulhakîm ise yalnızca tek bir erkek evlât babası olmuştu.

"Ne farkeder!" demişti 'Abdullatîf, 'Abdulhakîm'in oğlu Muhammed 'Abdulbâki'nin doğum haberini aldığında, "Ha senin kızın, benim oğlum - ha benim kızım, senin oğlun! Söz sözdür!"

Şimdi...

... iki kadîm arkadaş ilk müşterek torunlarını sevmeye, öpe koklaya, bin ihtimam ile büyütmeye hazırlanıyorlardı. Ama Bilâl'in akıllara durgunluk veren sürprizi her ikisini de bir hayli sarsmıştı!

Odaya hakim olan tedirgin sessizliği birden içeri giren Dr. Sevde Freeman'ın neşe dolu kahkahası böldü.

"Nasılmış bakalım benim en kahraman sınıf arkadaşım?"

Hastahanenin psikiyatri bölümünü yöneten Dr.Sevde Freeman, şartlar ne olursa olsun asla kaybetmediği neşesi, yorgunluk nedir bilmeyen müthiş enerjisi ve onu yakından tanıyan herkesin büyük bir hayranlıkla imrendiği derin ihlâsıyla ünlüydü. Dr. Sevde Freeman ile Dr. Hâcer Osman tıp fakültesinde okurken tanışmışlardı. Farklı, neredeyse taban tabana zıt mizaçlarına rağmen kısa zamanda aralarında kurulan köklü dostluk, ilk umrelerine birlikte gitmeleriyle daha da pekişmiş, güçlenmişti.

"Ne bu halin öyle aygın baygın? Bana doğum yaptırırken 'gık' dedirtmeyene bir bakın hele! Nasıl da süzüm süzüm süzülmüş aynı şey kendi başına gelince! Haydi kızım fazla nazlanma, toparlan!"

Dr. Hâcer Osman, Dr. Sevde Freeman'a döndü; bu defa iyice zorlanarak gözlerini açmaya çalıştı: en sevgili arkadaşının vereceği tepkiyi gözlerinden okumak istiyordu.

"Onu gördün mü Sevde?"

"Kimi?"

"Oğlumu... Bebeğimi..."

"Görmek mi! Görmek de ne kelime, herif üstüme bile işedi!"

Odada birden kahkahalar yükseldi...

"'Abdulhakîm'in torunu ne olacak işte!" dedi 'Abdullatîf Forrester.

"Bak hele! Çocuk çiş yaparsa 'Abdulhakîm'in torunu, ama etrafa gülücük dağıtırsa 'Abdullatîf'in torunu, öyle mi!"

Ama Dr. Hâcer Osman hâlâ tedirgindi.

"O iyi... değil mi Sevde?"

Dr. Sevde Freeman'ın yüz ifadesi birden sakin bir ciddiyete büründü.

"Elhamdullillah, çok iyi Hâcer, Âlemlerin Rabbi Yüce Allah'a, celle celâluhu, nihayetsiz şükürler olsun, hamd olsun!"

Sonra şen, neredeyse muzip bir edâda Dr. Hâcer Osman'ın kulağına eğildi.

"Tam da sana lâyık bir bebek üstelik: kerata başlı başına bir sürpriz paketi!"

"Nasıl yani?"

"Bir genetik mucizesi doğurdun kızım! Nur topu gibi bir genetik mucizesi! Oğlun, ak bir zenci!"

Dr. Hâcer Osman birden yerinden doğruldu. Sanki az önce bitkin, yarı baygın yatan kişi o değildi.

"Ne?"

"Oğlun, beyaz!"

Odada bulunan herkes Dr. Sevde'nin bu hassas meseleyi öyle damdan düşer gibi, hiç önemsemeden hatta sevinçli bir müjde verircesine açıklaması karşısında birden şaşırdı ve tedirgin oldu. Gerçi ona olan güvenleri tamdı; çünkü Dr. Sevde Freeman her zaman ve her yerde, her şart altında neyi nasıl yapacağını, nasıl söyleyeceğini herkesten çok daha iyi bildiğini defalarca ispat etmişti - hele can arkadaşı Dr. Hâcer sözkonusu olduğunda, daha da hassas ve titiz davranacağından kimsenin kuşkusu yoktu, ama...

Odaya bir anda yeniden derin bir sessizlik ve bu defa iyice tedirgin bir hava hakim oldu.

Dr. Hâcer Osman düşercesine yastığına bıraktı kendini. Gözlerini kapattı. O bir türlü hatırlayamadığı karmakarışık rüya, demek rüya değil, gerçekti!

Zenci anne Dr. Hâcer Osman, beyaz bir bebek dünyaya getirmişti!

Zihnini örten sis perdesi yavaş yavaş dağılmaya başlıyordu Dr. Hâcer Osman'ın. İçinde yüzlerce doğum yaptırdıktan sonra, ilk defa kendi doğum yapmak üzere girdiği doğum odasını, kendisini sevgi dolu bir saygıyla karşılayan iki ebe yardımcısı hemşire Zehrâ ve Sumeyye'yi, daha fakültedeyken "İlk doğumumu, Allah Te'âlâ, celle celâluhu, nasîb ederse, mutlaka senin yaptırmanı istiyorum!" dediği ve sırf arkadaşının bu dileğini yerine getirmek için çalıştığı hastaneden özel izin alarak tâ Chicago'dan kalkıp gelen Dr. Hatice Rawlinson'u ve... evet, onun dudaklarından kopan şaşkınlık dolu çığlığı iyice hatırlıyordu şimdi. Birden dehşet içinde doğrulmuştu doğum masasından...

"Yavrum! Bir şey mi oldu yavruma?"

Sonra da şaşkınlıktan fal taşı gibi açılmış gözlerle bakakalmıştı Dr. Hatice Rawlinson'un ellerinde başaşağı duran bebeğine.

"Be... beyaz bu!"

...sonra...

Karanlık.

Evet, şimdi hepsini hatırlıyordu, gün gibi apaçıktı herşey.

İnce, tatlı ama yorgun bir gülümseme yayıldı Dr. Hâcer Osman'ın yüzüne.

"Evet, doğru!" diye mırıldandı kendine, "Tam bana göre bir iş bu! Tam bana göre!"

Sonra Dr. Sevde Freeman'a döndü, gözlerini açtı ve gülümsemeye devam ederek "Öyle değil mi?" dedi.

Dr. Sevde Freeman ikircikli bir konuyla her karşı karşıya gelişinde yaptığı gibi, boynunda sallanıp duran okuma gözlüğünü taktı ve gümüş çerçevenin üzerinden bakarak - bu bakışın kendisine özel bir ciddiyet havası verdiğini söylerdi hep! - ağır ağır konuşmaya başladı.

"Vallahi kızım, açık söylüyorum, başka herhangi bir zenci kadının bembeyaz, akça pakça bir bebek doğurduğunu görseydim, ağzım hayretten bir karış açık kalır, hatta belki de düşüp bayılırdım ama, senin beyaz bir bebek doğurduğunu söylediklerinde bana, inan, hiç şaşırmadım!'Hâcer bu, ona yakışır!' dedim ve işime devam ettim. Ama şimdi gerçekten de merak ediyorum bu muhteşem genetik mucizesini kime borçlu olduğumuzu! Sana mı 'Abdulhakîm amca, yoksa sana mı 'Abdullatîf amca? Belki de sana Fâtimâ teyze! Haydi kuzu kuzu itiraf edin bakalım, atalarının arasına bir beyaz karışmış olan hanginiz?"

Derin bir sessizlik çöktü birden odaya.

"Ne o," diye ısrarla devam etti Dr. Sevde Freeman, "süt dökmüş kediye döndünüz birden hepiniz? Ne var bunda utanacak sıkılacak? İçimizden birinin soyununun uzak geçmişinde, beyaz ya da sarı ırktan bir ata olsa ne farkeder, olmasa ne farkeder! Biz Müslüman değil miyiz! Irkla, soyla işimiz olmaz ki bizim!"

"O halde niye soruyorsun" diye söze karıştı Dr. Hâcer Osman.

"Bak, bak! Ne çabuk da diriliverdin! Soruyorum, çünkü önce bir hekim, sonra da has arkadaşın olarak merak ediyorum bu konuyu!"

Herkes merak içinde birbirine bakıyordu odada.

Dr. Hâcer Osman kayınpederine döndü.

"Haydi, baba, en iyisi sen anlat onlara..."

"Demek sen ha 'Abdulhakîm amca! Bunu tahmin edebilmeliydim! 'Abdulhakîm Osman! Yoksa bu soyadı Osmanlı İmparatorluğundan filân mı geliyor?"
Prof. Dr. 'Abdulhakîm Osman derin bir nefes aldı.
"Tam üstüne bastın kızım..." dedi sonra, "Belki biraz uzun olacak, hatta pek inandırıcı gelmeyecek size ama..."
Tam o sırada odanın kapısı açıldı ve Dr. Hatice Rawlinson kucağında minik bebekle içeri girdi.
"Misafir kabul ediyor musunuz muhtereme hanımefendiler, muhterem beyefendiler!"
Dr. Hâcer Osman heyecanla yatağında doğruldu. Nabzı şakaklarında, ağzının içinde, göz kapaklarında deli gibi atıyordu.
"İşte Cenâb-ı Allah'ın, celle celâluhu, bize en son emâneti! Güle güle büyütün Hâcer abla! Rabbimiz güzel bir yazı yazsın ona, ailesine ve Ümmet-i Muhammed'e faydalı, iyi ve hayırlı bir Müslüman yapsın onu sonsuz fazlı ve keremiyle!"
Ve Dr. Hâcer Osman, bu içten ve güzel duâya eşlik eden "Âmin!" sedâları arasında minik oğlunu ilk defa kollarının arasına aldı. Odada bulunan herkesin gözlerinden iplik iplik yaşlar süzülüyordu.
"Elhamdulillâh!" diye hayranlıkla mırıldandı Dr. Hâcer Osman bebeğinin ak ipek tenine parmağının ucuyla usulca dokunarak, "Elhamdulillâh! Elhamdulillâh! Yûsuf gibi!"
Gerçekten de hokka gibi ağzı-burnu, upuzun koyu kirpikleri, sanki fildişinden oyulmuş gibi zarif kulaklarıyla daha ilk bakışta insanın gözünü alıveren güzellikteydi minik bebek!
"Hoş geldin aramıza yavrum, hoş geldin!"
Sonra bebeğini babasına uzattı.
"Al Muhammed, ezanı sen oku oğlunun kulağına..."
Dr. Muhammed 'Abdulbâkî Osman önce kayınpederi 'Abdullatif Forrester'e sonra da kendi babasına baktı. Onlarla göz göze

gelmeye çalıştı. Her ikisi de sessiz bir tebessümle annenin dileğini onayladılar.

Dr. Muhammed 'Abdulbâkî oğlunu usulca kucağına aldı.

"Bismillâhirrahmânirrahîm..."

Sonra yumuşacık sesi titreyerek Ezân-ı Muhammedî'yi okumaya başladı oğlunun kulağına.

"Annen 'Yûsuf' dedi seni ilk gördüğünde, büyüklerimiz de uygun görürlerse Yûsuf olsun adın..."

'Abdullatîf ve 'Abdulhakîm bakıştılar, sonra birlikte Fâtımâ hanıma yöneldiler... Gönüller birdi ve yeni doğan bebeğe o güzel ismin konması konusunda hemfikirdi!

"O halde..." dedi Dr. 'Abdulbâkî Muhammed tekrar minik oğluna yönelip, "Adın büyüklerimizin de rızâsıyla Yûsuf olsun!"

Prof. Dr. 'Abdulhakîm Osman birden çocuksu bir telâş içinde atıldı.

"Bir de 'Bilâl'... Adı Yûsuf Bilâl olsun! Yani... uygun görüseniz tabiî!"

Sessiz bakışma, onayda birleşti.

"Hoşgeldin aramıza yâ Yûsuf Bilâl Osman, hoşgeldin!"

... ve o gece Prof. Dr. 'Abdulhakîm Osman, minik Yûsuf Bilâl'in doğumunu kutlamak, duâlarda bulunmak için evine misafir ettiği dünürlerine, kızları 'A'işâ'ya, Dr. Sevde Freeman ve Dr. Hatice Rawlinson'a, belki de o güne kadar işittikleri en akılalmaz hikâyelerden birini, Bilâl'in hikâyesini anlatmaya başladı.

Üsküdar, 1856

Râbia ile Bilâl Üsküdar'ın Şemsipaşa semtinde, aynı sokakta, karşılıklı evlerde, beş yıl arayla doğmuş, birlikte büyümüşlerdi.

Bilen bilir ve dahi rivâyet odur ki, Bilâl minik Râbia'yı daha kundaktayken ilk kez gördüğünde, çocuk yüreğinden vurulmuş, âşık olmuştu ona!

İşin hoş tarafı, çok da benziyorlardı Bilâl ile Râbia birbirlerine. Gören ilk bakışta kardeş sanırdı, mahalleliden olmayan nice kişi öyle tanırdı... Elle çizilmiş kadar muntazam kaşları, insanı şaşırtacak kadar uzun ve sık kirpikleri, ince, zarif dudakları, hele o sarı hâreli koyu yeşil gözleri, neredeyse tıpa tıp aynıydı.

Hani boyu posu endâmı hatırı sayılır şekilde yerinde ve güçlü olmasa 'kız' diyesi gelirdi insanın Bilâl'e.

Râbia ise, kızıl kestâneye çalan yumuşacık dalgalı saçları kulak üstünden kesiliverse, uzaktan görene 'filinta gibi delikanlı' dedirtecek kadar endâmlıydı velhâsıl.

Ve Râbia tatlı tatlı dillenip, bıdır bıdır dolanmaya başladığında ortalıkta, Bilâl daha fazla dayanamayıp "Bir gün, büyüyünce seni mutlaka alacağım ve hanımım olacaksın benim!" diye fısıldamıştı kulağına, bahçelerindeki incir ağacının altında.

Ve yine rivâyet olunur ki, daha yeni dillenen Râbia, mucize kabîlinden o anda anlamıştı Bilâl'in sözlerini ve yumuk ellerini uzatıp, dudaklarına dokunmuştu, "Söz ağızdan çıkar!" dercesine!

İki küçücük çocuk arasında, Hikmet-i Hüdâ, celle celâluhu, böylece tescil ve teyid olunan bu gizli anlaşma, bütün mahalleliye malûm olmuştu sanki kendiliğinden. Kimse adını koymaz, ağzını açıp da bir kelime söylemezdi amma, Râbia'nın Bilâl'e, Bilâl'in de Râbia'ya ait oldukları bilinir ve neredeyse tabiî bir hal kabûl edilir olmuştu onları tanıyanların nezdinde.

***

Gün geçti, devran döndü, Bilâl serpilip yaman bir delikanlı, Râbia oya gibi genç kız oldu.

Bilâl mısır püskülü bıyık salıp Şemsipaşa hamlacıları arasına katıldı; kısa zamanda nâm yaptı bileğinin gücü, aklının parlaklığı, gönlünün zenginliği, yüreğinin merhametiyle.

Râbia da edebini güzelliğine katık edip, ruhunu tevazu ve merhamet ile yoğrup, kalbini ihlas ile cilâlayıp bir kanatsız melek kesildi âdetâ, parmak ısırttı kendisini her görüp tanıyana. O da çok geçmeden nâm saldı bu meziyet ve faziletleriyle Üsküdar'a ve ötesine, Boğaz'ın karşı kıyısına.

Bilâl sandalının küreklerine her asılışında ve bileğinin gücüyle rızkını kazanıp bir kısmını kenara ayırdıkça, Râbia'sına daha da yaklaştığını hissediyordu.

Râbia ise, Boğaz'dan geçen her sandala Bilâl'ine çabuk kavuştursun diye bir ilâve duâ gönderiyordu.

***

Ve derken günlerden kapkara bir gün, o güne kadar mahallede hiç görülmedik türden ziyaretçiler geldi Râbia'nın babası Sarı Niyâzi'nin evine: devlet ricâlinin kuvvetli taifesinden Şevket Paşa nâm biri, Allah, celle celâluhu, emri, Peygamber, sallalahu aleyhi vessellem, kavliyle tâlip olmuştu, yüzünü hiç görmediği, ama hakkında işittiği medhiyyelerle sarhoşa döndüğü, o dünyâ güzeline!

Sanki deprem olmuştu o kuytu, sessiz, mütevazı mahallede. Ama esas deprem zavallı Râbia'nın yüreğindeydi. Ne kaçıp saklanacak bir köşesi, ne de itirâzını dillendirebileceği sesi vardı. Boynu bükük, rengi solgun ve fırtınaya tutulmuş ince söğüt yaprağı misâli titreye titreye, ayakları geri gide gide çıktı Râbia görücülerin karşısına. Acının burktuğu kalbinin derinliklerinde biliyordu ki, aslında ne kendisinin tercih hakkı vardı, ne de ailesinin. Yukarlarda bir yerde çoktan verilmiş bir kararı tebliğ etmekti aslında yaptığı görücü heyetinin. Râbia'nın anası Münîre hanım suskundu, Sarı Niyâzi ise şaşkın.

***

Kara haber Bilâl'e o gece yatsı namazından sonra ulaştı. Beyninden ve yüreğinden aynı anda vurulmuşa döndü Bilâl. Kulaklarına inanamıyordu bir türlü. Hayatında ilk defa nefesi daralarak çıktı mahallenin yokuşunu ve yine ilk defa kendi evinin kapısından evvel Râbia'sının evinin kapısını çaldı.

"Esselâmu 'aleykum Niyâzi amca…"

"Ve 'aleykum selâm ve rahmetullâh ve berekâtuhu Bilâlim… Hayr'ola?"

"Hayırdır inşaallah Niyâzi amca…"

"Ne bu halin evlât, sırılsıklam kesilmişsin terden… Gel hele avluya da bir kahve yapsın bize Münîre yengen, otur biraz, nefeslen!"

Bilâl içeri girdi. Râbia'sı daha küçücükken kendi aralarında söz kestikleri incirin altına oturdular Sarı Niyâzi ile birlikte.

"Kötü bir durum mu var, evlât? Sandala mı bişey oldu yoksa?"

"Sandalda bir şey yok, elhamdulillah! Râbia… Evde mi?"

"Sorduğun şeye bak hele, deli oğlan! Nerede olacaktı gecenin bu vaktinde! Gelir birazdan yanımıza burada olduğunu duyunca. Bugün bir hayli telâşlıydık. O da hâliyle yoruldu. Görücüler gittikten sonra hiç çıkmadı odasından!"

"Görücüler mi? Ne görücüleri?"

"Doğru, nerden bileceksin, ben de yaşlandım gayri, kusura kalma…"

"Estğafirullah Niyâzi amca, o nasıl söz..."
"Öyle, öyle! Bugün devlet kuşu kondu fakirhaneye, deli oğlan: Râbia'mı istemeye geldiler Allah'ın izni Peygamber'in kavliyle!"
Donup kaldı Bilâl. Ses bile çıkmadı ağzından. Kupkuru kesilmiş boğazı yandı. Bir daha buz gibi bir ter boşandı sırtından.
Sarı Niyâzi tabakasını çıkarıp ince bir cıgara sarmaya başladı keyifli keyifli.
"Nerdeeen nereye, deli oğlan, nerden nereye! Kurban olduğum Rabbim 'Yürü yâ kulum!' diye, kapı açtı durup dururken bize... Padişah efendimizin, Allah ondan ebediyyen râzı olsun, has adamlarından, ricâl-i devletten Şevket Paşa nâm bir zât-ı muhterem, meğer pek beğenirmiş Râbia'mı... Koca bir görücü heyeti gönderdi buraya... Heyet ki ne heyet ama! Tam onbeş kişi, deli oğlan, tam onbeş kişi! Gelip dayandılar bu fakîrin köhne kapısına. İki sandık dolusu da hediye getirmişler yanlarında! Râbia'ma, Münîre yengene ve bana... İster inan, ister inanma!"
Bilâl gerçekten de inanacak halde değildi işittiklerine! Eli ayağı buz kesmiş, gözleri karardı kararacaktı.
Sarı Niyâzi elini yeleğinin cebine daldırdı, altın kapaklı, altın köstekli bir cep saati çıkardı, Bilâl'e uzattı.
"Bak!" dedi keyifle, "Kadranı mineli, tuğralı. Bir de çıngırağı var üstüne üstlük!"
Bilâl ellerinin titrediğini göstermemek için saate uzanmadı.
"Nasıl, nutkun tutuldu değil mi, deli oğlan! Böylesini daha önce ne gördüm ne de işittim! Yengene de ipek kadifeler, yakut taşlı bilezikler, bir çift de incili küpe getirmişler! Sepet sepet envâi çeşit meyve, hâlis kovan balı, iki tepsi de saray tatlısı! Tepsiler dahi tuğralı, deli oğlan, tepsiler dahi tuğralı!"
Münîre hanımın yumuşacık sesiyle toparlandı Bilâl.
"Hoş sefâ geldin oğlum!"
"Hoş sefâ gördük Münîre yenge..."

"Ben de tam görücü heyetini anlatıyordum Bilâl'e... Râbia kalktı mı?"

"Hâlâ çıkmadı odasından... Derin uyuyor besbelli. Varıp haber vereyim Bilâl'in geldiğini..."

Bilâl birden telâşla atıldı.

"Yoo! Yoo, zahmet etme yenge! Varsın uyusun! Uyusun..."

"İşte böyle, deli oğlan!" diye devam etti Sarı Niyâzi, "Velhâsıl bütün mahalle ayağa kalktı meraktan, heyecandan!"

"Sonra... Niyâzi amca?"

"Sonrası var mı deli oğlan! Verdik kızı gitti tabiî!"

"Ver... verdiniz mi?"

"İllâ ki! Ayağa gelmiş böyle fırsat, böyle ihsan tepilir mi!"

"Söz... kesildi mi yâni?"

"Nikâh tarihi bile belli! Allah'tan bir mâni olmazsa on gün sonra!"

Bilâl yıldırım isabet etmiş çınar misali sarsıldı. Yüreği kıpkızıl kor kesilmişti sanki. Boğazı, gözleri, kulakları alev alev yanıyordu.

"Nasıl... nasıl olur..." diye kekeledi kendi kendine. Kendi sesini bile tanıyamadı.

"Vallahi biz de şaşırdık önce ama... Dedim ya, kurban olduğum Rabbim 'Yürü yâ kulum!' deyince bir kere, göz açıp kapayıncaya kadar olur biter her şey!"

Bilâl'in kulakları uğulduyordu, dili karıncalanıyordu.

"Peki... ya Râbia?" dedi hırıldarcasına, "O ne dedi bu işe?"

"Ne diyecek, deli oğlan! Eli ayağı birbirine dolandı heyecandan! Eee, devlet kuşu bu, hem de en heybetli tarafından, başka kuşlara benzemez! Yükü de ona göre olacak elbet!"

"Yani... râzı oldu mu?"

"Sen aklını peynir ekmekle mi yedin bre deli oğlan, o nasıl söz öyle? Kendini koy hele bir onun yerine! Değil râzı olmak, zil takıp oynamaz mısın, ha?"

"Olmam! Asla olmam! O da olmaz, olmamıştır asla!" diye haykırası geldi Bilâl'in ama olduğu yerde kaskatı kaldı. İnce, ılık bir kan boşanıverdi burnundan.

***

O geceyi Bilâl hayatı boyunca görmediği kadar korkunç kâbuslarla boğuşarak geçirdi. Sıtma nöbetine yakalanmışçasına tir tir titriyor, ateşler içinde yanarak buz gibi terler döküyordu. Ve o sabah Bilâl hayatında ilk defa sabah namazına kalkamadı, öylesine bitkin, neredeyse yarı baygın haldeydi.

Râbia'sının evinin bahçesinde, Sarı Niyâzi ile konuşurken birden burnundan kan boşalması, Bilâl hariç herkesi adamakıllı korkutmuştu. Kendinden geçmeden evvel Bilâl'in son duyduğu ses Sarı Niyâzi'nin telâş ve korku içindeki boğuk seslenişi olmuştu.

"Recep, Cafer, Nûrullah! Koşun! Bilâl bayıldı! Tez olun!"

Sonra, mahalle arkadaşlarının kolları arasında bahçe kapısından dışarı taşındığını hissetmişti... Ve bir de Münîre hanımın dudaklarından ince bir mırıltı halinde dökülen Âyetelkürsî'nin, acılar içinde kıvranan rûhunu serin serin sarmalayışını...

***

"N'oldu Bilâlim, n'oldu yavrum sana... Nazarlar mı değdi aslanlar aslanı oğluma?"

Bilâl gözlerini açmaya çalıştı. Canı yanıyordu. Biri gözkapaklarının içine zımpara kâğıdı sürüp, üzerine kum ve biber tohumu dökmüştü sanki.

"Merak etme ana... Ben... iyiyim..." demeye çalıştı ama ağzından yalnızca boğuk bir hırıltı çıktı. Boğazı ateş gibi yanıyordu.

Bilâl'in anacığı Zehrâ hanım ağlamaktan ve uykusuzluktan kan çanağına dönmüş gözlerle endişe içinde oğluna baktı. Onu hiç böyle görmemişti. Yer yatağının yanıbaşında duran içi sirkeli su dolu leğene uzandı, beyaz tülbendi bandı, suyunu sıkıp usulca oğlunun alnına koydu.

"Ballı süt hazırladım sana...İyi gelir..." dedi, "İçer misin?"
Bilâl gayriihtiyârî gülümsedi. Küçükken hastalandığında da aynı sessiz ve tedirgin edâda aynı soruyu sorardı anası ona, 'Ballı süt hazırladım sana aslanım...İyi gelir... İçer misin?'
"İçerim anam, içerim tabiî!" dedi gözlerini açmadan.
Sonra birden telâşla doğruldu yattığı yerden.
"Ezan! Ezan okundu mu?"
"Okundu çoktan! Neredeyse yatsı vakti girmek üzere!"
"Yatsı mı?"
Bilâl kaşlarını çattı.
"Yatsı...mı?" diye mırıldandı kendi kendine.
Zihninde zaman kayar gibi oldu.
En son yatsı namazını kılmıştı... Şemsipaşa Camiinde... Eşref... Duâdan sonra kalkmaya hazırlandığında, usulca elini dizine koymuş... ve... "Sana bir diyeceğim var... Cemaat boşalana kadar bekle..." demişti. İmam Feyzullah hocaefendi odasına çekilince de, sıkıca kavrayıp Bilâl'in elini, o gün ikindiden sonra Râbia'sının evine, saraydan mı ne, bir görücü heyetinin geldiğini söylemişti...
Sonra...
"Yatsı!" diye inledi Bilâl.
Son kıldığı namaz o yatsı namazı olmuştu... ve... şimdi anası yine yatsı vaktinin girmek üzere olduğunu söylüyordu!
Birden gözlerini açtı Bilâl yangınına aldırmadan ve ok gibi fırladı yerinden.
Başı döndü, gözü karardı, gerisin geri, terden sırılsıklam kesilmiş bir halde yastığının üzerine düştü.
"Bilâlim!" diye haykırdı anacığı, "Bilâlim! Yavrum!"
Bilâl tekrar gözlerini açtı.
"Na... namaz... namazlarım... Namazlarım kaçtı!" diye inledi boğazı yırtılırcasına.

Anacığı gözyaşlarını tutamadı. Zayıf, yorgun omuzları sarsıla sarsıla hıçkırıklara boğuldu.

"Anan kurbân olsun sana... Kurban olayım ihlâs bağışlayan Rabbime!"

Bilâl bu defa daha temkinli doğruldu yerinden. Anasının kemikli ellerini öptü öptü alnına koydu. Sarıldılar birbirlerine. Anasının ılık gözyaşları Bilâl'inkilere karıştı.

Sonra sendeleyerek ayağa kalktı Bilâl ve abdest almak üzere sofaya çıktı.

***

"Buğday haşladım sana... İki lokma olsun yiyeydin..."

"Kalsın ana... Eline sağlık. İçim istemiyor. Ballı süt yeter de artar bana."

"Bütün gün bir şey yemedin yavrum... Ekmekle yoğurt vereyim bari..."

"Sağol melek anam benim... Ben iyiyim, meraklanma. Şimdi iznin olursa Osman dayıma gideyim..."

"Osman dayına mı? Bu saatte mi?"

"Uyumaz o kolay kolay, bilirsin... Haydi, izin ver de gideyim!"

"Uyumasına uyumaz da... Onca yolu, bu saatte... Daha yeni kalktın hasta döşeğinden..."

"Hasta değilim ana, aslan gibiyim! Bir an için zayıf düştüm yalnızca!"

Zehra hanım Bilâl'in sarı hâreli koyu yeşil gözlerine uzun uzun baktı.

"Görücüler yüzünden... değil mi?" diye usulca mırıldandı.

Sesi titriyordu.

Bilâl cevap vermedi.

Bir süre öyle suskun bakıştılar.

"Tez dönmeye bak... Merakta koyma beni!"

Bilâl anasının boynuna sarıldı sımsıkı, ellerini, gözlerini öptü. Sonra patlıcan moru yassı fesini giydi, aba ceketini aldı omzuna ve sessizce odadan çıktı.

"Selâm söyle Osman dayına!" diye seslendi Zehra hanım arkasından, "Anamın seni çok göresi gelmiş de!"

Babası Şâbân Reis Boğazın iki yakasını üç gün üç gece mâteme boğan o korkunç deniz kazasında öldükten sonra Bilâl'i Osman dayısı büyütmüştü.

'Keskin Hoca' diye bilinirdi Osman hocaefendi halk arasında. Benim diyen Ezher ulemâsını sudan çıkmış balığa döndüren derin ve muhkem ilmi, karşısında kim ve şartlar ne olursa olsun Âlemlerin Rabbi Yüce Allah'ın, celle celâluhu, buyruklarından ve Sünnet-i Rasûlullâh'tan, sallalhu aleyhi vessellem, kıl kadar tâviz vermeyen berrâk ve tutarlı tavrı kazandırmıştı ona bu lakâbı.

Osman hocaefendi bilmesine iyi bilirdi 'Keskin Hoca' diye nâm saldığını ama bilmezden, duymazdan gelirdi. Altmışına merdiven dayamış olmasına rağmen en fazla ellisinde gösteren, zinde ve âlimden ziyâde pehlivana benzeyen, heybetli bir adamdı. En çetrefilli durumlar karşısında bile derin sükûnetini bozmaz, daima alçak sesle, kelimeleri ezmeden-büzmeden tane tane ve de yalnızca gereği kadar konuşurdu. Ve gören görür, bilen gayet iyi bilirdi ki, Osman hocaefendinin hayatında giyim-kuşamından, evine, yiyip-içtiğinden, insanlarla ilişkisine kadar herşey, 'gereği kadar' üzereydi ve tıpkı ilmiyle doğru bildiklerinden tâviz vermediği gibi bu tutumundan da asla tâviz vermezdi.

Osman hocaefendi, nâmı en az kendi kadar dillere destân bir aşkla sevdiği hanımı Ayşe Saadet hanımefendi Hak Te'âlâ'ya, celle celâluhu, yürüdükten sonra, Boğazın Anadolu yakasının Karadenize bakan bir yamacındaki atadan kalma eve çekilmişti.

Ayşe Saadet hanımefendi sadece aile efrâdının değil, kendisini tanıyan bilâistisnâ herkesin katıksız bir sevgi, derin bir saygı ve hayranlıkla bağlanıp 'Can Ana' diye seslendiği sessiz, mütevazı ama hep güleryüzlü bir kadındı. Aslen Giritli Rumlardandı ve bir papazın kızıydı.

Osman hocaefendi Dımeşk, Bağdat ve Medine-i Münevvere'deki tahsilini tamamladıktan sonra Kahire üzerinden deniz yoluyla İstanbul'a dönerken, yolculuk yaptığı gemi yaman bir fırtınaya tutulmuş ve en yakın Ege adasının küçük ama mahfuz limanına sığınmıştı. Fırtınanın gemide yol açtığı hasarın giderilmesi beklenenden uzun sürünce, genç Osman hoca bunu tebliğ için bulunmaz bir fırsat bilmiş ve ada halkıyla tanışıp sohbet etmeye başlamıştı.

Kader rüzgârlarının, nasıl ve nedendir bilinmez, oraya savurduğu bir iki Müslüman Arap tüccarın ve biri Alman, diğeri İtalyan iki Cizvit papazının dışında, yerli ada halkının neredeyse tamamı, Ortodoks mezhebine bağlı Rumlardan meydana gelmişti.

Limanın küçük ama zengin ve gösterişli çarşısında, kahve kahve dolaşarak, kusursuz Rumcası, güler yüzü, coşkulu tavrı, hemen her konudaki etraflı bilgisi, özellikle de anlattığı birbirinden ilginç ve çarpıcı hikâyelerle bir anda, kadın-erkek, genç-yaşlı herkesin sevgisini kazanıvermişti Osman hoca.

Bu alışılagelmedik durumdan çok geçmeden haberdar olan adanın başpapazı Yorgo Vassilidis, birden pek kaygılanmıştı. Hem işin aslını astarını öğrenmek, gereken tedbiri alıp müdahalede bulunmak, hem de günün konusu haline gelen bu genç Müslüman âlimi kendi gözleriyle görmek için limana indiğinde, genç Osman hocayı, etrafını çepeçevre sarmış ve kendisini ağızları bir karış açık dinleyen Rum çocuklarına Yûsuf peygamberin kıssasını anlatırken bulmuş ve hemen o akşam evine yemeğe davet etmişti.

"Davetinize memnuniyetle icâbet ederim!" demişti Osman hoca gencecik yüzünü pırıl pırıl aydınlatan bir gülümsemeyle, "Ama bir şartım var!"

"Buyrun!"

"Estağfurullâh, buyruk değil, ricâdır! Mâlûm-u âliniz fakîr Müslümandır, yediklerinizden yiyemez, içtiklerinizden içemez - zira, yine mâlûmunuz bunların kimi dînimizce haramdır. Onun için fakîr, münâsip görür ve de gönül koymazsanız, yalnız zeytin, peynir ve ekmekle iktifâ etmek ister!"

Gayriihtiyârî gülümsemişti papaz Yorgo Vassilidis.

"Beis yok! Hay hay!"

"Eyvallâh! O halde akşam namâzından sonra emrinize âmâdeyim efendim!"

***

O gece sofrada papaz efendinin sevgili biricik kızı Harula da vardı. Babasının arzusu üzerine tam Osman hocanın karşısına oturmuştu. Papaz Yorgo Vassilidis küçüklüğünden beri güzelliği, cana yakınlığı ve parlak zekâsı ile kendisini gören herkesi hayran bırakan sevgili Harula'sını çok iyi ve özenle yetiştirmişti. Henüz onyedi yaşında olmasına rağmen adadaki diğer papazlarla rahatlıkla boy ölçüşebilecek kadar sağlam bir vukufiyeti vardı Harula'nın İncil'e. Hristiyan menkıbelerinin tamamını ve bilumum azizlerin hayatlarını ezbere biliyordu. Ama hiç kuşku yok ki Harula'nın en önemli özelliği, çocuksu ama mesafeli samimiyetin, her daim güleryüzlü ama buna rağmen ağırbaşlı ve edepli tavrının, tarifi çok zor bir câzibe katarak, âdetâ cilâladığı güzelliğiydi.

Papaz Yorgo Vassilidis zaman zaman başka mezheplerden olan papazlarla yaptığı keskin tartışmalarda, kızının bu özellikleri sâyesinde işini kolaylaştırdığını, hatta yeri geldiğinde ölümcül bir savunma silâhı haline dönüşebildiğini defalarca görüp, tecrübe ettiği için, o akşam sofrada sevgili Harula'sını genç Müslüman âlimin tam karşısına oturtmuştu.

Ne var ki Osman hocanın Harula'yı gördüğü andan itibaren sergilediği, neredeyse bir genç kız kadar sıkılgan ve çekingen tavır yüzünden bir hayli tedirgindi papaz Yorgo Vassilidis. Gerçekten de Osman hoca gözlerini ısrarla Harula'dan kaçırıyor, onun sorduğu bir soruyu cevaplarken bile, genç kızı muhatap aldığını belirten kısa ve saygılı bir bakıştan sonra, genellikle önüne bakarak konuşmaya özen gösteriyordu. Yine de Harula'yı dinlerken, Osman hocanın dudaklarında zaman zaman ince bir tebessümün dolaşması, papaz Yorgo Vassilidis'in dikkatinden kaçmamıştı.

'Hoş geldin kahvesi'yle papaz efendinin bahçesinde açılan sohbet, gecenin derinliklerine doğru iyice koyulaşmış, birbirini tanıma merakının sınırlarını bir hayli aşıp, ilmin derin sularında kulaç atmaya başlamıştı.

***

"Vakit epey ilerledi papaz efendi... Bizim, sizin de mutlaka olduğu gibi, gece ibâdetimiz vardır. Lâkin öncesinde az da olsa uyumak gerekir. Kaçırmak istemeyiz! Müsâde olursa fakîr yola düşsün!"

"İbâdet deyince akan sular durur elbet, amma sohbete mutlaka devam etmek isteriz..."

"Hay hay! Yarın ikindiden sonra çarşı meydanındaki kahvehanede buluşmaya ne dersiniz? Nargile eşliğinde daha da güzel olur sohbet!"

Ve papaz efendinin cevap vermesine fırsat bırakmadan, bir hamlede yerinden doğrulup kapıya doğru yönelmişti Osman hoca.

"Hak Te'âlâ, celle celâluhu, sofranızın, hânenizin bereketini arttırsın, geceniz mubarek olsun vesselâm!"

"HİKÂYE-İ BİLÂL"

***

Ertesi gün çarşı meydanındaki büyük kahvehanede genç Müslüman âlim Osman hoca ile Girit'in ilmiyle maruf ve de muteber papazlarından Yorgo Vassilidis arasındaki sohbet kılıklı münâzara, yalnızca bütün çarşı esnafını değil, tesâdüfen oradan yolu geçenleri de cezbetmiş, kahvehanede değil oturacak, ayakta duracak yer bile kalmamıştı.

Sohbete önce yalnızca ayaküstü kulak misafiri olan çarşı esnafının çoğu, bir süre sonra dükkânlarını çıraklarına emânet edip, halkaya dahil olmuştu. Hatta, aralarında diğer kahvehane sahiplerinin de bulunduğu bazı kimselerin, iş yerlerini, tezgâhlarını o gün için tamamen kapattıkları söyleniyordu. Kimi de evden hanımını, oğlunu, kızını kapıp getirmişti beraberinde, o güne kadar görülmedik bu müthiş münâzaraya tanık olmaları için. Ve Osman hoca akşam namazını edâ etmek üzere hâzırûndan müsade isteyince, kalabalıktan yükselen itirazları papaz Yorgo Vassilidis güç belâ susturmuştu:

"Aklınızı mı şaşırdınız siz! Ne yapıyorsunuz! Hocaefendi dîninin gereğini yerine getirmek durumunda! Sizden müsâde istemesi nezâketinden, asâletinden! Haydi yol açın!"

Böylece Osman hocaya, besbelli hiç farkında olmadan, belki de hiç istemeden 'hocaefendi' sıfatıyla hitâb eden ilk kişi Ortodoks papazı Yorgo Vassilidis olmuştu. Bu hitâbı duyunca, bir an için durmuş ve sonra kendi kendine gülümsemişti Osman hoca. Kaderin ne de garip cilveleri vardı!

Osman hocanın akşam namazını edâ edip gelmesinden sonra münâzara büsbütün ateşlenmiş ve Hristiyanlığın temel akidelerinden olan Teslis meselesine kilitlenmişti.

Her iki tarafın da haklılıklarını ispat etmek için, Osman hoca mubârek Kur'ân'dan, papaz Yorgo Vassilidis de İncil'den olmak üzere, getirdikleri deliller birbiri ardınca patlayarak, ortalığı aydınlatan havai fişekler gibi göğe yükseliyor, havada âyetler uçuşuyordu âdetâ. Dinleyenler ise büyülenmiş gibiydi. O güne kadar sorgulamayı akıllarından bile geçirmedikleri bu çok hassas ve önemli konuda, böylesi bir tartışmaya ilk defa şahit oluyorlardı!

Ama hemen herkesin en çok şaşırdığı ve besbelli gizliden gizliye hayran kaldığı esas konu, genç Müslüman âlimin, Hristiyanlık konusundaki engin bilgisi ve tartışmanın en ikircikli anlarında bile sergilediği sakin, saygılı, dengeli ama doğru bildiklerinden asla taviz vermeyen cesur tavrıydı!

Gerçekten de etrafını her kesimden Hristiyanın kelimenin tam anlamıyla kuşattığı bir ortamda, üstelik "O, bizim de peygamberimizdir, aleyhisselâm!" diyerek Hz. İsâ'nın Allah'ın oğlu olmadığını, asla olamayacağını iddia etmek, hatta ispat etmeye kalkışmak öyle her babayiğidin harcı değildi!

Nitekim kalabalığın arasından zaman zaman yükselen öfkeli homurtular ve tehdit nidâlarıyla ortalık her an patlamaya hazır bir barut fıçısına dönüşmüş, ve papaz Yorgo Vassilidis insanları yatıştırabilmek için bütün gücünü, maharetini ve itibârını alabildiğine seferber etmek durumunda kalmıştı:

"İlmî bir münâzaradır bu, efendiler! Kendinize gelin! Tahammül edemeyen çeksin gitsin!"

Ama o gece kafası iyice karışanların en başında, hiç kuşkusuz papaz Yorgo Vassilidis'in sevgili biricik kızı Harula geliyordu.

Babasının alnında boncuk boncuk biriken terleri silerken bile gözlerini ayıramıyordu bir türlü Osman hocadan: güneş yanığı teni, özenle taranmış ve kesilmiş sık ve siyah sakalı, siyaha çalan koyu kahverengi gözleri, muntazam sarılmış bembeyaz sarığı ve dizlerinin üzerine kadar uzanan, en az sarığı kadar ak ve lekesiz, yakasız gömleğiyle, o güne kadar gördüğü herkesten çok farklıydı bu genç âlim. Gövdesi heybetli ama zarif, elleri iri ama ince uzun

"HİKÂYE-İ BİLÂL"

parmaklı, sesi tok ve güçlü ama yumuşacıktı. Etrafına huzur, sükûnet ve insanı daha ilk karşılaştığı anda hemen kucaklayıveren müthiş bir güven duygusu yayıyordu. Üstelik Harula'nın daha küçücükken babasıyla Girit'ten gelip yerleştikleri adada tanıdığı diğer Müslümanlar gibi aşağılayıcı, neredeyse düşmanca bir tavrı da yoktu Hristiyanlara karşı. Yalnızca doğru bildiklerini ve inandığı hakikati anlatıyordu Osman hoca ve hepsinden önemlisi bunu yaparken karşısındaki konuşmacıyı büyük bir dikkat ve saygıyla, sözünü hiç kesmeden, sonuna kadar dinliyordu.

Ama Harula için işin en ilginç yanı o güne kadar bu genç Müslüman âlimin meziyetlerine sahip olan, hiç bir Hristiyan görmemiş, tanımamış olmasıydı!

"Keşke..." diye geçirmişti içinden Harula, "keşke..."

Tam o sırada Osman hoca yerinden doğrularak iki elini papaz Yorgo Vassilidis'e uzatmıştı, bütün yorgunluğuna rağmen tatlı tatlı gülümseyerek.

"Besbelli ki papaz efendi, ömür biter, aramızdaki bu tartışma bitmez! Müsâde ederseniz sözü mubarek Kur'ân'dan bir âyetle bağlayayım ve artık dinlenmeye çekileyim."

Bir anda derin bir sessizlik sarmıştı ortalığı.

"Âlemlerin Rabbi olan Hak Te'âlâ, celle celâluhu, şöyle demelerini buyuruyor bütün mü'min Müslümanlara mubarek Kur'ân'da, bu gibi bir durumla karşılaştıklarında: Bismillâhirrahmânirrahîm... *Lekum dînukum ve liye dîn!* Yani 'Sizin dininiz size, benimki bana'! Haydi, kalın sağlıcakla... vesselâm!"

Sonra etrafını saran kalabalığın şaşkın bakışları arasında, limana doğru yürüyerek gözden kayboluvermişti Osman hoca gecenin karanlığında.

***

Uyku tutmamıştı o gece, ne Harula'yı ne de papaz Yorgo Vassilidis'i.

Evlerinin bahçesindeki en iri zeytin ağacının altındaki kerevete karşılıklı oturmuş kalmışlardı, derin düşünceler içinde suskun, şafağın kızıllığı gökyüzünü aydınlatana dek.

... ve suskunluğunu ilk bozan Harula olmuştu.

"Onunla evleneceğim!"

"Ne?"

"Evleneceğim onunla!"

"Ne diyorsun sen kızım! Kiminle?"

"Osman hocaefendiyle!"

Bir anda korkunç bir kâbustan can havliyle uyanmaya çalışırcasına silkinmişti papaz Yorgo Vassilidis. Kulaklarına inanamıyordu. Boğazı inanılmayacak kadar iri ve güçlü bir el tarafından sıkılıyordu sanki, nefesi kesilmişti.

"Harula?"

"Efendim, baba."

"Sen... sen ne dedin öyle?"

"Evleneceğim dedim baba, onunla, Osman hocaefendiyle!"

Aynı iri ve güçlü el şimdi de yüreğini kıskıvrak yakalamış, olanca gücüyle sıkıyordu papaz Yorgo Vassilidis'in. 'Ölmek böyle bir şey olmalı!' diye düşünmüştü gayriihtiyârî, ruhu ve bedeniyle acı içinde kıvranarak, 'Bundan beter olamaz!'

"Onunla evleneceğim ve onu iyi bir Hristiyan yapacağım!" diye sözüne devam etmişti sonra Harula.

"Ne?"

Harula ötelere dalmış gibiydi. Sesi sakin ama kararlıydı.

"O çok iyi ve çok değerli bir insan! Cehennemde ebediyyen yanmaya mahkûm olamayacak kadar iyi ve değerli! İsa efendimiz adına kurtuluşa davet edeceğim onu! Ve Gökteki Babamız ve İsa efendimiz ve kutsal Meryem Anamız bana mutlaka yardım edecekler bu yolda! Bunu adım gibi biliyorum, ruhumun ve yüreğimin derinliklerinde hissediyorum! O aramıza katılacak, hasretini çektiğimiz, yolunu gözlediğimiz mükemmel Hristiyan, belki de bir azîz olacak! Ve onunla birlikte Cennetin kapısından elele gireceğiz içeri... Peşimizde kurtuluşa erdirmiş olacağımız yüzlerce, binlerce insan..."

Sonra birden babasının önüne diz çöküp gözyaşları içinde yalvarmaya başlamıştı Harula.

"Ne olur, izin ver bana babacığım, Gökteki Babamız, İsa efendimiz, Meryem Anamız ve Kutsal Ruh aşkına! İlâhî bir ikram bu bana sunulan! Bir davet... belki de bir imtihan! Gözardı edemem bunu! Bana yıllar boyu bıkmadan, usanmadan öğrettiklerin, anlattıkların adına... izin ver... izin ver, gideyim ona!"

Papaz Yorgo Vassilidis titreyen elleriyle kızının saçını okşamaya çalışmıştı.

"Ama... kızım... O bir Müslüman... Bizim imân ettiğimiz hakikatleri reddediyor... Bütün gece... bütün gece inatla inkâr etti İsa efendimizin..."

"Hayır! O İsa efendimizi seviyor, 'O benim de peygamberim!' diyor... Anlamadığı, kabul etmediği tek şey, İsa efendimizin Gökteki Babamızın oğlu olduğu! Ve ben, kesinlikle inanıyorum ki, ona bir gün bu hakikati kabul ettireceğim! Hem sen... beni bunun için yetiştirmedin mi? Anneme ölüm döşeğinde verdiğin sözü hatırla! Bu... sevgili babacığım, benim olduğu kadar, senin de imtihanın!"

***

Gemi onarılmış, gerekli her şey tedarik edilmiş ve fırtına yüzünden yarım kalan yolculuğun nihayet devam edebilmesi için, ertesi sabahın ilk ışıklarında demir alınacağı bütün yolculara duyurulmuştu.

Bunun üzerine Osman hoca cebinde kalan paranın bir kısmıyla, adada kaldığı sürece etrafından hiç ayrılmayan Rum çocuklarına küçük hediyeler almak ve bu arada da esnaftan tanıştığı kimselerle vedâlaşmak için çarşıya inmişti. Yüreğinde bir türlü tanımlayamadığı ince bir sıkıntı vardı. Son uğrağı papaz Yorgo Vassilidis'in evi olmuş ama kendisini bahçe kapısında karşılayan kâyha kadın, papaz efendinin o sabah erkenden adanın tepesindeki manastıra gittiğini ve ancak birkaç gün sonra döneceğini söylemişti.

"Ne yapalım, son bir kez görüşüp vedâlaşmak nasip değilmiş demek ki! Osman hoca selâm söyledi deyin o halde ona ve Harula hanımefendiye!"

***

O gece Osman hoca, gün boyu içinde taşıdığı ince sıkıntıyı biraz olsun hafifletebilmek umuduyla küçük geminin güvertesine çıkmıştı. Kaptan köşkünde yanan son ışık da sönünce, seccâdesini serip iki rekât namaz kılmıştı, berrak lâcivert gökyüzünü pırıl pırıl aydınlatan mehtâba refakat eden yıldızların kıpırtılı ışıltısı altında. Yedi uzun yıl sonra, Âlemlerin Rabbi Yüce Allah'tan, celle celâluhu, bir mâni çıkmazsa, nihayet kavuşacaktı anacığına. Şimdi geri dönüp baktığında, su gibi akıp geçmişti zaman. Hocasının tavsiyesi üzerine tahsil hayatını Dımeşk'te sürdürmek üzere Istanbul'dan ayrıldığında onyedi yaşında, bıyıkları yeni terlemiş filiz gibi delikanlıydı. Şimdiyse sakallı sarıklı kocaman bir adam! Kim bilir ne kadar şaşıracaktı anacığı onu birden böyle karşısında görünce Üsküdar'daki evlerinin avlusunda! Aylardır haber alamamıştı ondan...

Hayatta mıydı acaba?

Yoksa içindeki ince sıkıntı...

Derin bir ürpertiyle silkinivermişti Osman hoca birden.

"Hayra karşı Osman! Hayra karşı! Kötü haber tez gelir derler... Hem, Emr-i Hak bu, celle celâluhu! Hâşâ, itirâz mı var!"

Sonra güvertenin açık denize bakan tarafından uzaklaşıp, rıhtıma bakan tarafına yönelmişti...

...ve orada

"Harula... hanım!"

...Harula'yı görmüştü. Dimdik ayakta, elinde gece mavisi bir bohçayla, öylesine durmuş rıhtımda, gemiye bakıyordu Harula. Çok şaşırmıştı Osman hoca, gözlerine inanamamıştı.

"Harula hanım, siz misiniz?"

Evet. O'ydu. Ta kendisi. Papaz Yorgo Vassildis'in kızı Harula.

"Hayr'ola... Gecenin bu saatinde... Yoksa kötü birşey mi oldu babanıza?"

Cevap vermemişti Harula. Osman hocanın karanlıkta büsbütün koyulaşmış gözlerinin tâ içine bakmaya devam etmişti.

Ve Osman hoca ani bir kararla toparlanıp rıhtıma, Harula'nın yanına inmişti.

"İyisiniz, değil mi?"

"Beni de götürün yanınızda..."

"Ne?"

"Götürün beni. Yanınıza alın. Lûtfen..."

"Ama..."

"Evlenin benimle Osman hocaefendi!"

Kulaklarına inanamıştı Osman hoca! Ter basmıştı birden her tarafını.

"Subhânallah! Estağfirullâh!"

"Lûtfen!"

Harula'nın sesi titriyordu.

"Benimle evlenin!"

Osman hoca ne yapacağını, ne söyleyeceğini şaşırmıştı.

"Kusura bakmayın, ama... Hay Allah! Gerçekten de iyi misiniz Harula hanım?"

"Beni beğenmiyorsanız... o başka..."

"Yoo! Hâşâ! O nasıl söz öyle! Ben kim oluyorum da... Yani, elbette beğeniyorum sizi... de..."

"O halde evlenin benimle! Alın götürün buradan beni! Her nereye gidiyorsanız..."

Bir anda o heybetli, kendinden emin, her zaman sakin ve dengeli Osman hoca gitmiş, yerine çâresizlik içinde kıvranan küçücük bir çocuk gelmişti sanki!

"Babanız..."

Harula'nın güzel mahzun yüzü bir anda gerilmişti.

"Artık dönemem... dönmem onun yanına! Ya beni alırsınız yanınıza, ya da..."

Harula gözlerini Osman hocanın gözlerinden koparıp mehtâbın aydınlattığı suların ötesine, karanlıkla kucaklaşan denize bakmıştı dalgın ama kararlı bakışlarla.

Osman hoca birden irkilmişti.

"Aman, ha! Hak Te'âlâ aşkına!"

Yüreğinden kopan bir alev sarmıştı sanki beynini.

"Bir... bir akrabanızın yanına gitseniz... Belki gemi demir almadan... fikrinizi değiştirirsiniz..."

"Gidecek kimsem yok! Benimle evlenecek misiniz?"

Sıkıntıyla iç geçirmişti Osman hoca.

"Bakın, Harula hanım..."

"Harula!"

"Harula... Öyle damdan düşer gibi bir anda verilebilecek bir karar değil bu! Siz de takdir edersiniz ki..."

"Yoksa Hristiyan olduğum için mi evlenmek istemiyorsunuz benimle? Bildiğim kadarıyla dininize göre..."

"Yoo, hayır! Ondan değil! Doğrudur, Müslüman bir erkeğin Hristiyan bir hanımla evlenmesi câizdir... Nitekim Râsûl-i Ekrem, aleyhissalâtuvesselâm,..."

"O halde nedir beni istemeyişinizin sebebi?"

"Çünkü... buna hazır değilim henüz! Evlenmeye yani! Allah aşkına yalvarırım üzerinize alınmayın! Siz çok... çok güzel...çok zarif ve...çok akıllı, çok değerli bir hanımefendisiniz..."

"Yani beni kendinize eş olmaya lâyık görür müsünüz?"

"Elbette! Yani... Hay Allah!"

Kafasının içi arı kovanına dönmüştü Osman hocanın. İstanbul... Anası... Ders-i âmmlığı...
"Bakın, ben... İstanbul'a..."
"Benim için fark etmez... Siz nerede olursanız, oraya giderim."
Harula başını önüne eğmişti.
... ve Osman hoca o anda artık başka hiçbir çâresinin kalmadığını anlamıştı.
Bir süre öyle, derin bir sessizlik içinde karşılıklı durmuşlardı.
"Belki de alnımın yazısı bu!" diye düşünmüştü Osman hoca.
Sonra Harula'ya dönüp:
"Kaptan... kaptan efendiyle konuşayım..." demişti, "Boş kamara varsa... sizin için..."

***

Tam dört gün boyunca, küçük gemi kuşluk vakti İstanbul limanına yanaşıncaya kadar kamarasından dışarı çıkmamıştı Harula. Hatta ona günde iki defa kapı aralığından zeytin, peynir, peksimet ve bir testi su uzatan Lübnanlı miço bile doğru dürüst görmemişti yüzünü.

Osman hoca da, Müslüman yolculara güvertede vakit namazlarını kıldırmanın dışında, pek çıkmamıştı kamarasından. Ama her gün, muntazaman Harula'nın kamarasının kapısını çalıp halini, hatırını, bir ihtiyacı olup olmadığı sormuştu. Aldığı cevap ise hep aynı olmuştu.

"Allah sizden râzı olsun!"

Küçük geminin mûtadın dışında, üstelik de bir hayli gecikerek İstanbul'a varması, rıhtımda meraklı ve endişeli bir kalabalığın toplanıp günlerce beklemesine yol açmıştı. Bu sâyede Osman hoca ile Harula fazla dikkat çekmeden karaya çıkmışlar, kimi hasret ve sevinçle kucaklaşan, kimi kaptan efendiye ateş püskürüp tehditler yağdıran yolcu sahiplerinin ve bu hengâmeden bir şekilde nasiplenmek için oraya buraya koşuşturanların arasından zorlukla sıyrılıp, Üsküdar'a geçmek üzere bir sandala binmişlerdi.

Harula ve Osman hoca, sanki sözleşmiş gibi, yol boyunca ısrarla kaçırmışlardı gözlerini birbirlerinden. Hatta Harula çocukluğundan beri güzelliğine ve ihtişamına dair sayısız hikâye dinlediği İstanbul'a doğru dürüst bakmamıştı bile. Yalnızca Boğaz'ın serin ve tertemiz, diri havasını derin derin içine çekmişti doyasıya.

Nihayet Şemsipaşa sırtlarındaki iki katlı küçük ahşap evin kapısına ulaştıklarında, Osman hoca bir an için durmuş ve kendisini iki adım geriden takip eden Harula'yı, o ana dek aralıksız sürdürdüğü derin ve yorucu bir hesaplaşmayı noktalamak istercesine, tepeden tırnağa süzmüştü.

Sonra herşey berrak bir yaz gecesinde kayan bir yıldız gibi hızlı ve sessiz bir ihtişam içinde gelişivermişti.

Yıllardır birbirini görmeyen ana-oğulun kucaklaşmaları...

Gözyaşlarına karışan duâ mırıltıları...

"Hoş safâ geldiniz kızım!"...

Günlük ağacı ve beyaz sabun kokan loş sofa...

Kumrular...

Avludaki incir ağacı...

***

"...ama eğer rızan yoksa ana..."

"O da ne kelime oğlum, besbelli Hak Teâlâ'nın, celle celâluhu, ikramı sana! Hiç geri çevrilir mi!"

***

... ve tam üç gün sonra dünya evine girmişlerdi Osman hoca ile Harula.

***

Harula, saygılı ve edepli tavrı, çalışkanlığı, temizliği ve tertipliliğiyle, başta Osman hocanın annesi Sâliha hanım olmak üzere, yeni ortamında tanıştığı herkese kendini sevdirmeyi kısa sürede başarmıştı. Hele aralarındaki lisan engeli Harula'nın büyük gayret göstererek, şaşılacak bir hızla öğrenmeye başladığı Türkçe sayesinde neredeyse tamamen ortadan kalkınca, kaynana-gelin arasındaki ilişki çok geçmeden tatlı-sıcak bir ana-kız muhabbetine dönüşüvermişti. Sâliha hanım bu durumdan çok memnundu... tâ ki Harula'nın o her göreni hayran bırakan mahcup edâsıyla gülümserken bile gözlerinden hiç eksik olmayan derin hüznü farkedinceye kadar.

"Hayr'ola kızım bir sıkıntın mı var?"
"Estağfirullah... Yok, efendim."
"Bak kızım, ben senin de anan sayılırım... En azından beni öyle bilmeni cânı gönülden isterim..."
"Teşekkür ederim efendim..."
"Bir sıkıntın varsa, ne olur, hiç çekinme, söyle... Elimden ne gelirse yaparım!"
"Sıkıntım yok efendim, teşekkür ederim..."

Ne var ki Harula'nın gözlerindeki hüzün hiç eksilmiyor, bilakis, sanki her geçen gün biraz daha artıyormuş gibi gelmeye başlamıştı Sâliha hanıma. Bir şeyler yolunda gitmiyordu besbelli ama...

Osman hoca sabah namazından hemen sonra evden çıkıp, tefsir ve fıkıh okuttuğu Süleymaniye medresesine gidiyor ve ancak yatsıdan çok sonra gelebiliyordu evine.

Yoksa...

"Yeni evliler için bu kadar ayrı kalmak iyi değildir Osmanım... Hiç olmazsa haftada bir gününü ayır hanımına! Biraz gezin, insan içine çıkın... Ne bileyim, bir sandal kiralayın, şöyle başbaşa bir Boğaz havası alın! Kızın gözlerindeki bulutların hiç gidesi yok sanki! Yüreğimi dağlıyor bu mahzun hali..."

"Can anam, hanım anam iyi söylersin, güzel söylersin de... talebelerimin sayısı her geçen gün arttıkça artıyor! Hepsi de ilim istiyor yana yakıla... nasıl geri çeviririm onları? Bunca yılımı gurbet illerde ne için geçirdim ben? Hem inan, her gece, bütün bir günü birlikte yanyana, başbaşa geçirsek edeceğimiz sohbetin kat be kat fazlasını ediyoruz onunla... Hani uykuya meraklı olsam, hiç kalkamayacağım yataktan! Sen merak etme Harula'yı, o mutlu... Hem de çok mutlu ve de memnun hayatından! Bana inanmazsan kendin sor istersen!"

"Aman! O nasıl söz öyle! Hiç öyle şey sorar mı kaynanası gelinine!"

"Doğru söylersin ama, siz kaynana-gelin değil, ana-kız gibisiniz, elhamdulillâh! En azından Harulam kendini öyle hissettiğini söylüyor bana! Hak Te'âlâ, celle celâluhu, senden râzı olsun!"

"Cümlemizden râzı olur Rabbim inşaallah... Öyle hissediyorsa kendi iyiliğinden, öylesini kendi hakkettiğinden... Ama sen yine de beni dinle Osman'ım..."

"Âmennâ! Yeter ki sen iste has anam! Bir değil, bin değil, yüzbin Osman fedâ sana bir o kadar da Harula!"

Gerçekten de Osman hoca ile Harula'nın her gece kâh bahçede kahve eşliğinde, kâh odalarında geç saatlere kadar yanan lambanın sarı ışığında, mırıl mırıl ama bâriz bir heyecanla yaptıkları uzun sohbetler dikkatinden kaçmamıştı Sâliha hanımın. Gerçi genç evlilerin bu pek alışılagelmedik hallerine bir türlü anlam verememişti ama, görünüşe bakılırsa hem biricik oğlu, hem de gelini pek memnundular birbirlerinden. Önemli olan da buydu Sâliha hanım için zaten. Yine de Harula'nın gözlerindeki, o bir türlü geçmek bilmeyen hüznü gördükçe, endişelenmeden edemiyordu.

***

Harula her gece Osman hocayla Hristiyanlığı ve İslâm'ı tartışıyordu.

Sanki ille de babasının başlattığı, ama Osman hocanın "Sizin dininiz size, benimki bana!" diyerek yarıda bıraktığı münâzarayı, kaldığı yerden, ama mutlaka kendi lehine sonuçlacak şekilde bitirmek istiyordu.

Osman hoca, önce Harula'nın bu tutumunu bir hayli yadırgamış, hatta garipsemişti.

"Ömrü boyunca belki de en çok bir elin parmakları kadar Müslüman görmüş bir Hristiyanın, kendini birden bu kadar çok Müslümanın tam ortasında buluvermesi, hele memleketinden onca uzakta, üstüne üstlük de bir papaz efendinin kızı olması kolay iş değil elbet!" diye düşünmüştü kendi kendine. Bunun üzerine Harula'ya yakındaki kiliselerden birine gidip, hem biraz olsun hasret gidermek, hem de ibâdetini yerine getirmek isteyip istemediğini sormuştu. Ama aldığı kesin, neredeyse sert red cevabı, Osman hocayı bir hayli şaşırtmıştı!

Harula'nın heyecandan yanakları al al kesilerek, her gece birbiri ardınca sorduğu keskin soruları ve açtığı yaman tartışmaları, İslâm'ı iyice tanımak ve iyice içine sindirmek istemesine yormuştu Osman hoca. Kim bilir, belki de Harula'nın bu halleri, tıpkı fırtına öncesi sessizliği gibi, bir hidayet huzuru bulma öncesi gerginliği, celâllenmesiydi!

Her hal ü kârda Osman hoca, her geçen gün daha da derinleşen bir sevgiyle bağlandığını hissetiği Harula'sını kırmamaya, üzmemeye büyük özen göstermeye, en çetrefilli sorularını bile, büyük bir samimiyet ve ciddiyet içinde cevaplandırmaya sebatla devam etmişti. Zaman zaman yaman bir sabır imtihanından geçtiğini düşündürmelerine rağmen, Harula'yla her gece yaptığı tartışmalı sohbetler hoşuna gitmeye, hatta onlardan özel bir zevk almaya başlamıştı Osman hoca. Çünkü onların garip bir şekilde zihnini diri tuttuğunu, bütün bildiklerini, öğrendiklerini yeniden gözden geçirip tazelemeye zorladığını, ama hepsinden de önemlisi, düşüncelerini iyice berraklaştırıp temkinli bir kararlılık içinde ifade etme melekesini alabildiğine geliştirdiğini hissetmişti.

Harula'ya gelince...

Bütün korku ve endişelerinin tam tersine, ne Sâliha hanımın, ne de Osman Hocanın onu İslâm'ı kabul etmeye zorlamamış, hatta bu konuyu imâ yoluyla dahi hiç gündeme getirmemiş olmalarına hem çok memnun olmuş, hem de bir hayli şaşırmıştı!

Ama en büyük korkusu, çocukluğundan beri hasretini çektiği ana şefkatini kendisine en halis şekliyle cömertçe sunan Sâliha hanıma karşı beslediği derin sevgi ve saygı yüzünden, hayatının akışını tamamen değiştiren o kararın gereğini yerine getirememekti. Sâliha hanım biricik oğluna öyle büyük bir tutkuyla bağlıydı ki, Harula'nın Osman Hocayı, planladığı gibi, kendi dininden döndürüp, Hristiyanlıştırmayı başarması halinde, dehşete düşüp ölebilirdi! Çünkü küçük yaşta yetim kalan Osman Hocayı iyi bir Müslüman olarak yetiştirebilmek için, kelimenin tam anlamıyla saçını süpürge etmişti Sâliha hanım. Kendisine ulaştırılan bütün evlenme tekliflerini reddetmiş, hayatını biricik oğluna adamıştı.

"Nûrlar içinde yatsın Abdülaziz efendi... 'Emr-i Hakk vâki olur da dönemezsem Osmanımı ilim ehlinden yap! Ümmet-i Muhammed'e Allah kelâmını, Sünnet-i Rasûlullâh'ı öğretsin, zillet yükünden kurtarsın onları, yeniden izzetli kılsın, ilâyı Kelimetullâh mücâhidi olsun oğlumuz tıpkı rahmetli dedesi gibi!' diye vasiyet etmişti bana hacca giderken..." diye anlatmıştı Sâliha hanım bir gün Harula'ya, Osman Hocanın gözü gibi baktığı kitaplarıyla ağız ağıza dolu küçük odayı temizlerlerken, "Elhamdulillâh, Hak Te'âlâ, celle celâluhu, nasib etti vasiyetini yerine getirmeyi... Elhamdulillâh!"

Tam da ömrünün belki de en güzel meyvesini doyasıya tatmaya hazırlandığı bir sırada, bu neredeyse melek kadar masum, melek kadar saf ve iyi niyetli kadını, sırtından bıçaklamaya hazırlanan bir hain gibi hissetmişti kendini Harula.

"Belki Sâliha hanımı da iyi bir Hristiyan yapmayı başarabilirim! Çünkü o da hakkediyor bizlerle birlikte Cennette, Kutsal Babamızın dizlerinin dibinde oturmayı... hem de fazlasıyla!" diye yazmıştı gizli gizli tuttuğu günlüğüne bir keresinde. Ama kalbinin derinliklerinde bir yerde, bunu asla başaramayacağını hissediyor, biliyordu.

Harula'nın günlüğünden başka bir de kocasına sorduğu soruları, tartışmak istediği konuları önceden hazırlayıp kaydettiği bir defteri vardı. Bir süredir, tartışmalarını geliştirebilmek için, Osman Hocadan aldığı cevapları da büyük bir titizlikle oraya kaydetmeye başlamıştı. Gündüzleri, ev işlerini tamamladıktan sonra, zamanının çoğunu bu çok özel defteri okumakla geçiriyordu. Osman Hocanın verdiği cevapların, getirdiği açıklamaların hemen hepsinin de "Hak Te'âlâ, celle celâluhu, buyuruyor ki..." ve "Râsûl-i Ekrem, sallallâhu aleyhi vessellem, buyurmuşlar ki..." cümleleriyle başlıyor olması önceleri Harula'yı pek rahatsız etmiş, hatta bir defasında, "Senin hiç kendi görüşün, fikrin yok mu?" diye çıkışmıştı kocasına. Osman Hoca da, Harula'nın o kendine has ince öfkesini yenemediği zamanlarda hep yaptığı gibi, gözlerini hanımının gözlerinin tâ içine dikmiş ve yüzünü aydınlatan tatlı bir tebessümle bir süre susmuştu. Sonra Harula'nın bu tavır karşısında düştüğü mahçubiyetle artık sakinleştiğine kanaat getirince, yumuşak bir edâ ile, kelimeleri âdetâ onun zihnine gömmek istercesine, tek tek, ağır ağır konuşmaya başlamıştı:

"Bizde bir söz vardır Harula'm, sen de bilirsin, 'Dervişin fikri neyse, zikri de odur' diye... Bunu aslında tersine de söylemek mümkündür, hatta bana kalırsa daha da doğrudur, 'Dervişin zikri neyse, fikri de odur!' Benim de zikrim, elhamdülillâh, kendimi bildim bileli mubârek Kur'ân ve Râsûl-i Ekrem'in, sallallâhu aleyhi vessellem, sözleri ve davranışları olduğuna göre... fikrim de, şahsiyetim de elbette ki öyle şekillenmiş olacak. Yani, senin anlayacağın, Harula'm, benim kafam başka türlü çalışmaz!"

"Yine de insanın serbest bir iradesi olması gerekmez mi?"

"Elbette ki! Benim imânım da zaten, işte o serbest irâdemi en doğru ve güzel şekilde kullanarak vardığım has neticeden, kazanmakla şereflendiğim o yüce ihsandan ibarettir! Çünkü Âlemlerin Rabbi olan Hak Te'âlâ, celle celâluhu, mubârek Beled suresinde meâlen buyuruyor ki: Bismillâhirrahmânirrahîm... 'Biz ona, insana, iki göz ve bir dil ve bir çift dudak vermedik mi? Ve ona iki anayolu da göstermedik mi?' Ben de Hak ve Hakikati gördüm, onu dilim ve dudaklarımla teyid ettim, elhamdulillâh ve böylece Hak Te'âlâ'nın, celle celâluhu, hepimize gösterdiği iki anayoldan birini tercih ettim. Serbest irade bu değilse, sevgilim, başka nedir, söyler misin?"

"Hangi iki anayolmuş bu?"

"Hak ve bâtılın, hayır ve şerrin, iyi ve kötünün, doğru ve yanlışın birbirinden ayrıldığı o iki anayol!"

"Peki, sence ben yanlış yolda mıyım?"

"Buna sen karar vereceksin, sevgilim, yalnızca sen! Serbest iradeni ve aklını kullanacak, tercihini yapacaksın!"

"Ya ben doğru tercihi zaten yapmış olduğuma inanıyorsam?"

"O zaman bana ancak Âlemlerin Rabbi olan Hak Te'âlâ'nın, celle celâluhu, mubârek Yûnus suresinde meâlen bildirdiğine uymak düşer: Bismillâhirrahmânirrahîm... 'De ki, ey insanlar, şimdi size Rabbinizden Hak ve Hakikat gelmiş bulunuyor artık. Bundan böyle her kim ki doğru yolu izlemeyi seçerse, bunu kendi lehine seçmiş olacaktır; ve her kim ki sapkınlığı seçerse, yine bunu kendi aleyhine seçmiş olacaktır. Sizin davranışınızdan sorumlu değilim ben.'"

***

Harula o sabah uyandığında başucunda, narin bir sap yâseminin altında, Osman Hocanın işlek ve berrak yazısıyla yazılmış bir not bulmuştu:

"Yola çık...yol açık!"

Kafası karışmıştı Harula'nın...

Kocası, tanıştıklarından beri ilk defa bir dâvette bulunuyordu ona! Yoksa bir uyarı, ya da apaçık bir emir miydi bu?

Ve o günün gecesinde Harula, ilk defa Osman Hocaya soru sormamış, hatta o notu okuduğuna dair en küçük bir imada dahi bulunmamıştı.

Osman Hocaya gelince...

O da sevgili Harula'sının sessizliğini bozmaya hiç yeltenmemiş, böylece ilişkilerinde, bu konuda sessizliği muhafaza etmek üzere sessiz bir ittifâkın kurulduğu yeni bir dönem başlamıştı.

Tâ ki bir sabah Harula başucunda, yine narin bir sap yâseminin altında, yeni bir not buluncaya kadar:

"Âlemlerin Rabbi olan Hak Te'âlâ, celle celâluhu, mubârek Enbiyâ' suresinde mealen buyuruyor ki: Bismillâhirrahmânirrahîm... 'De ki, ben yalnızca vahye dayanarak sizi uyarıyorum! Ne var ki, kalbi sağır olan kimseler bu çağrıyı işitmeyecektir, defalarca uyarılsalar da...' Uyanışın hayra ola sevgilim!"

***

"Osman?"

"Buyur sultanım..."

"Artık benden memnun değil misin?"

"Subhânallâh! O nasıl söz öyle, damdan düşer gibi, sevgilim?"

"Damdan düşmek üzereyim de ondan! Söyle, artık benden memnun değil misin?"

"Ağzından, fikrinden yel alsın! Memnunum elbette! Senden her zaman memnun oldum, sevgilim, inşaallah, ömrüm oldukça da memnun kalacağım! Hayr'ola kötü bir rüyâ mı gördün?"

"Rüyâ değil, yâseminli mektubunu okudum..."

"Eyvallâh!"

"Hristiyan olmam seni rahatsız mı etmeye başladı?"

"Hâşâ! Yalnızca bundan önceki yâseminli mektubuma senden aldığım uzun cevap, bana mutlaka bir açıklamada bulunmam gerektiğini hissettirdi... Hepsi bu."

"Bir hayli ağır bir açıklama!"

"Allâh, celle celâluhu, kelâmı... Ağırlık, Hak ve Hakikatin ağırlığı... Sana bu ağırlığı hissettirmiş olan Rabbime, celle celâluhu, nihâyetsiz şükürler olsun, hamd olsun!"

"Kalbimin gerçekten de sağır olduğunu sanmıyorum... ben dindâr bir insanım!"

"Âmennâ ve saddaknâ! Ben de zaten kalbinin sağır olmadığını adım gibi bildiğim, hatta bundan emîn olduğum için, o mubârek âyeti sundum sana."

"Teşekkür ederim..."

"Bana değil, kalplerimizi Hak ve Hakikatin sesine açan Âlemlerin Rabbi Yüce Allah'a, celle celâluhu, şükret!"

"Duâlarım her zaman ve yalnız O'na... bunu sen de biliyorsun."

"Elhamdulillâh! Buna şahâdet ederim. Uyanışın hayra ola!"

"Gecenin bu saatinde mi?"

"Hak ve Hakikatin aydınlığına uyanmak için sabahı beklemek gerekmez sultanım!"

Harula'nın içinden kocasının bu manîdâr sözlerine, "Darısı senin de başına!" diye cevap vermek geçmişti bir an için, ama bir kez daha susmayı tercih etmişti o gece.

***

Ertesi sabah başucunda, yine o narin bir sap yâseminin altında bulduğu, küçük, besbelli Osman Hocanın kendi elleriyle ebrûlu kâğıttan yaptığı zarfın içinde hayatının akışını ebediyyen değiştircek olan iki mubârek âyetle karşılaşacağını Harula nereden bilebilirdi ki!

***

Gerçekten de Harula daha önce aldığı iki notun aksine, bu defa bir zarf görünce şaşırmıştı. Bir an, içinden bunun bir vedâ mektubu olabileceği korkusu geçmiş, sırtından ince, soğuk bir terin boşandığını hissetmişti. Sonra bütün cesaretini toplayarak, ama yine de titremesine bir türlü mani olamadığı elleriyle, usulca açmıştı zarfı.

Zarfın içinde iki küçük kâğıt vardı.

"Hak Te'âlâ, celle celâluhu, mubârek İsrâ' suresinde mealen buyuruyor ki: Bismillâhirrahmânirrahîm... 'İnsan yine de hayr için dua ediyormuşcasına şerr için duâ eder; çünkü insan tez canlıdır.'"

Derinden sarsılmıştı Harula, bu mubârek âyeti okuduğunda!

Nereden biliyordu Osman Hoca, sevgili Harula'sının gece-gündüz demeden, onun ve annesinin bir an önce iyi birer Hristiyan olup Cennete girmeye hak kazanmaları için gizli gizli duâ ettiğini?

O binbir özenle gözden ırak tuttuğu özel hâtıra defterini mi bulup okumuştu yoksa?

Buna imkân yoktu! Çünkü hâtıra defterini gündüzleri hep üzerinde taşıyor, geceleri ise yattıkları yatağın altına, tam kendi başının altına yerleştiriyordu Harula. Kaldı ki Osman Hoca, onu tanıdığı ve bildiği kadarıyla, o defteri bir şekilde görmüş olsa bile, asla böyle bir şey yapmazdı-kişinin mahremiyeti onun için kutsaldı.

Ama Harula, kocasını daha yakından tanıma imkânı bulduğu zamandan beri onun derin sezgi gücüne defalarca şahit olmuştu. Osman Hoca gerçekten de insanların gizlemeye çalıştıkları nice duygu ve düşünceyi âdetâ kelimesi kelimesine hisseder ama bunu asla yüzlerine vurmaz, yalnızca gereken tedbîri sessizce alır, duruma göre maddî-manevî yardımda bulunur, hatta sorulmaya bir türlü cesaret edilememiş nice suâlin cevabını, karşısındaki kişiyi mahcup etmeden, lâtîf bir yolunu bularak verirdi. Ama Harula, bu kadar özenle gizlediği ve neredeyse bütün hayatını üzerine inşa ettiği o büyük planın da, er ya da geç bir gün Osman Hocanın derin sezgisinden kaçamayacağını bir türlü düşünememişti! Onu Osman hocayla evlemeye götüren, evini, babasını terkedip İstanbul'a kadar taşıyan o büyük kararın, yani önce kocası, sonra da neredeyse kendi öz anası kadar sevmeye başladığı sevgili kayınvalidesi Sâliha hanımefendinin 'kurtuluşunu' sağlamak için, bütün mâneviyâtını ve hissiyâtını, rûhunu ve aklını seferber ederek geliştirdiği çabanın arkasında yatan derin rûh halini, bu kadar açık, bu kadar doğru bir şekilde tasvir etmek, ölümlü bir beşerin harcı değildi elbet, olamazdı!

Sıra ikinci kâğıda bakmaya geldiğinde Harula, şuuraltının derinliklerinde pusuya yatmış vaziyette bekleyen, zaman zaman, o da yalnızca bâzı rüyalarında kendini fâş eden, ama o güne kadar adını koymaya bir türlü cesaret edemediği bambaşka bir korkunun benliğini sımsıkı sarmaya başladığını hissetmişti. Buğulu gözlerle kâğıdı okudu:

"... ve yine, Hak Te'âlâ, celle celâluhu, mubârek Bakara suresinde mealen buyuruyor ki: Bismillâhirrahmânirrahîm... 'Onlar, Yahudi veya Hristiyan olmadıkça hiç kimse cennete giremez, diye iddia ederler. Bu onların kuruntusudur! De ki, eğer söylediklerinizde samimi iseniz, iddianızı kanıtlayın!'"

***

O gece Harula ile Osman Hoca arasında yeniden başlayan karşılıklı susukunluk süreci, o bir süre daha sessiz kalma konusunda vardıkları yazısız-sözsüz ittifâk, Harula'nın Osman Hocadan aldığı ve "Hak Te'âlâ, celle celâluhu, buyuruyor ki...", "Râsûl-i Ekrem, sallallâhu aleyhi vessellem, buyurmuşlar ki..." cümleleriyle başlayan cevapları kaydettiği defterini, baştan sona bir kere, bir kere daha, ama bu defa bambaşka bir göz, bambaşka bir kavrayışla okumaya başlamasına yol açmıştı.

Gün boyunca bulduğu her fırsatı odasına kapanıp okuyarak değerlendirmeye çalışan Harula'nın bu hali Sâliha hanımefendinin gözünden kaçmamıştı.

Mubârek kadın, gelininin ne ile ve neden meşgul olduğunu tam kestiremese de, içinde kar çiçeği misâli filizleniveren güzel bir hisle, onun üzerindeki ev işi yükünü usul usul azaltmaya ve böylece Harula'nın kendi kendiyle başbaşa kalabileceği süreleri mümkün olduğunca uzatmaya çalışmıştı.

Odasının kuytu sessizliğinde dönüp dönüp yeniden okuduğu âyetler Harula'yı o güne kadar hiç tanımadığı bambaşka bir duygu, düşünce ve kavrayışla donatmaya başlamıştı.

Ve böylece Harula'nın kendini bildi bileli zihnini ve rûhunu sımsıkı sarmalayıp, daracık ve loş, neredeyse karanlık ve kasvetli bir odaya hapsetmiş olan kalın perdeler önce birer birer aralanmış, sonra alabildiğine açılmış, içine, pırıl pırıl, duru bir aydınlık, tertemiz bir hava eşliğinde ferahlık ve huzur doluvermişti gıdım gıdım.

***

Bir Perşembe günü, Osman Hoca çevresini sarmış olan talebelerine mubârek İnşirâh suresini tefsîr ederken, bir anda kalbinin daraldığını, gözlerinin karardığını ama hemen arkasından, daha ne olduğunu tam olarak anlayamadan, içinin, o güne kadar benzerini hiç tatmadığı bir ferahlıkla aydınlandığını hissetmişti.

"İyi misiniz hocam?"

"Subhânallâh, elhamdulillâh! Bir an kalbim daraldı, gözlerim karardı sandım... Mubârek surenin azametinden olsa gerek! Şimşek gibi çaktı geçti... şimdi iyiyim... iyiyim, elhamdulillâh. Ama esas olan arkasından gelecek gümbürtüsü! Hayra çıkar inşaallah!"

***

Medresede ve yatsı namazından sonra eve dönünceye kadar Osman Hoca gümbürtünün kopmasını boşuna beklemişti. Ama tam tersine, içindeki ferahlık ve huzur sanki geçen her saatle birlikte daha da artmıştı.

Şemsipaşa'dan eve çıkan yokuşu tırmanırken bir türlü anlamlandıramadığı, kelimenin tam mânâsıyla sevinç ve heyecan dolu bir yürek çarpıntısı sarmıştı Osman Hocayı.

"Subhânallâh, subhânallâh! Hayırdır inşaallah!" diye diye kapının önüne vardığında, durup soluklanma ihtiyacı hissetmişti.

İçinden sevinç nâraları, kahkahalar atmak geliyordu, hâlâ bir türlü sırrını çözemediği bir sebepten dolayı.

Kapının tokmağına uzanan elinin titrediğini farkedince, duraksadı. Sonra derin bir nefes alarak yeniden tokmağa uzandı ve... kapı usulca, kendiliğinden açılıverdi.

Osman Hoca "Allâhu Ekber!" diye haykırarak bir adım geri sıçradı. Kapının eşiğinde, o güzel, narin ve anlamlı yüzünü çepeçevre saran apak başörtüsüyle taçlanmış Harula'sı duruyordu!

Bir an göz göze geldiler...

O an şimşekler çaktı, yıldırımlar düştü, fırtınalar patladı ruhunun ve kalbinin derinliklerinde... Kupkuru oldu ağzı, dili, dudakları Osman Hocanın... Ve aynı anda her ikisinin de gözlerinden ateşten seller gibi gözyaşları boşalmaya başladı... Harula bakışlarını yere eğdi ve ince hıçkırıkların zorladığı kısık bir sesle usulcacık:

"Es selâmu 'aleykum..." dedi.

"Aleynâ... 'aleynâ ve 'aleykumesselâm..." diye kekeledi Osman Hoca, "Aleynâ ve 'aleykumesselâm!"

Gözlerini alamıyordu sevgili Harula'sının yüzbin kat daha da artmış, parlamış, âdeta cilâlanmış güzelliğinden...

Bir an için daha öylesine, kapının eşiğinde karşılıklı durdular.

Harula, Osman Hocaya doğru küçük bir adım attı ve onun karşı koymasına fırsat bırakmadan kocasının elini öptü ve alnına koydu.

"Hâşâ! Hâşâ! Estağfirullâh!" diyerek, her elini öpmeye yeltenene karşı yaptığı gibi elini sür'atle geri çekmek istediyse de Osman Hoca, bunu, belki de hayatında ilk defa, başaramadı. Donmuş kalmış gibiydi. Harula'sının kupkuru olmuş dudaklarıyla, sımsıcak gözyaşlarının, buz gibi alnının temâsını hissetti elinin üzerinde. Zaman durmuştu sanki.

Harula usulca "*Elate*..." dedi, "içeri girmeyecek misiniz?"

Osman Hoca şöyle bir silkinip kendine gelmeye çalıştı, sonra derin bir nefes aldı ve her zaman okuduğu duâ ile evden içeri girdi:

"Bismillâirrahmânirrahîm... Allâhümme innî es'elüke hayra'l-mevlaci ve hayra'l-mahreci, bismillâhi velecnâ, ve bismillâhi harecnâ, ve 'alâallâhi tevekkelnâ... Âmin"

***

Avluda Sâliha hanım oğlunu ayakta bekliyordu. Gözleri, ağlamaktan besbelli, pembe gül goncalarına dönmüştü. Katıksız bir iman ve derin bir teslimiyetin berrak, neredeyse şeffaf hale getirdiği yüzünden hiç eksik olmayan ince hüznün yerini, şimdi pırıl pırıl, ancak süt bebeklerinde görülebilen saflıkta, lâtîf bir tebessüm almıştı. Osman Hoca anacığının ellerini öptü. Sonra ikisi de, artık gözyaşlarını hiç tutmamacasına, birbirlerine sımsıkı sarıldılar; öylesine kalakaldılar. Ana-oğulun ince hıçkırıklarına eşlik eden tek şey, her ikisinin de dudaklarından zikir misâli biteviye dökülen hamd ü senâ fısıltılarıydı.

***

Harula o gün öğleden sonra, Osman Hoca evden çıkar çıkmaz kapandığı odasından, gözyaşlarına boğulmuş bir şekilde fırlayıp, avluda dantel örmekte olan Sâliha hanımın yanına gitmiş, başını yaşlı kadının kucağına gömerek bir süre, "Affet beni, affet anacığım! Affet, affet!" diye sarsıla sarsıla ağlamıştı.

Sonra birden doğrulup; kendisine şaşkınlık içinde bakan Sâliha hanıma, "Âlemlerin Rabbi Yüce Allah, celle celhaluhu, şahittir, sen de şahit ol, Allah, celle celâluhu, rızâsı için anacığım, şahit ol ve bil ki artık Hak ve Hakikati gördüm! Hak ve Hakikati apaçık gördüm, bildim ve O'na teslîm oldum: *eşhedu en la ilâhe illâllâh ve eşhedu enne Muhammeden 'abduhu ve râsûluhu!*"

Sonra birden titremeye başlamış ve "Ört beni anacığım, ört üzerimi, üşüyorum!" diye yalvararak Sâliha hanımın kucağında uyuyakalmıştı.

Ana-kız gün batımına kadar öyle kalmışlardı avluda. Sâliha hanım, kucağında minik bir kedi yavrusu gibi büzülmüş, derin bir huzur içinde uyuyan gelinini rahatsız etmemek için, mubarek ikindi namazını oturduğu yerde edâ etmişti. Harula nihayet uyanınca, birlikte abdest almışlar ve Harula, ömrü boyunca, o da yalnızca Osman hocayla, kendi mahremiyetlerinde, başbaşa kaldıkları zamanlar hariç, bir daha asla açmamak üzere, Sâliha hanımın günlük ağacı kokulu sandığından çıkarttığı apak tülbendle, o bütün mü'minelere has asil örtüşle, başını örtmüştü.

Sonra, Sâliha hanım gelinine, onun zaten göre göre iyice âşinâ olduğu namazı öğretmeye koyulmuş ve ikisi birlikte, hem o günün vakit namazlarını, hem de bol bol şükür namazı edâ ederek Osman Hocayı beklemişlerdi.

***

O gece, ertesi gün ve onu takip eden günler Osman Hoca, Harula ve Sâliha hanım için derin bir huşû sessizliği ve Âlemlerin Rabbi Yüce Allah'ın, celle celâluhu, has kulları için öngördüğü ibâdetleri alabildiğine, bolca edâ etmekle geçmişti: şükür namazları kılınmış, sadakalar dağıtılmış, Osman Hoca hatim indirmiş ve Harula, kendi isteği üzerine, Ayşe Saadet ismini almıştı.

***

Gerçi Âlemlerin Rabbi Yüce Allah, celle celâluhu, Osman Hoca ile Ayşe Saadet hanımefendinin, bu hayırlı gelişmeden sonra büsbütün alevlenen aşklarını, bir evlât sahibi olma bahtiyarlığıyla taçlandırmamıştı ama ne Osman Hoca, ne Ayşe Saadet hanım, ne de Sâliha hanım, kalplerinin en derin, en sessiz köşesinde dahi, bundan yakınmışlardı.

Ayşe Saadet hanım ömrünün geri kalan kısmını tamamen, başta çocuklar olmak üzere, dileyen herkese mubârek Kur'ân'ı ve Sünnet-i Rasûlullâhı, sallallahu 'aleyhi vesellem, anlatmaya, öğretmeye hasretti. Çok geçmeden de, yalnızca her gün evin avlusunu cıvıl cıvıl dolduran çocukların değil, kendi yaşıtlarının, hatta kendinden yaşça bir hayli büyüklerin bile "Can Ana"sı oldu.

Sâliha hanım, ilk gördüğü günden beri içinin ısındığı, derin bir sevgi ile bağlandığı güzel gelinin yüzünü gölgeleyen o huzursuzluk ve hüzün perdesini bir daha hiç görmemenin bahtiyarlığını alabildiğine tadarak yaşadı ve bir mubârek Ramazan gecesi, birlikte edâ ettikleri terâvih namazından sonra, Ayşe Saadet hanımın kolları arasında, onun tatlı yumuşacık sesiyle okuduğu Yâsîn-i Şerîfi dinleyerek, can emânetini Asıl Sahibine, celle celâluhu, sesszice teslim etti.

Sâliha hanımın dudaklarından dökülen son sözler, Ayşe Saadet hanımın da Osman Hocanın kolları arasında son yolculuğuna çıkarken söylediği son sözleri olacaktı:

"Aleynâ ve 'aleykum selâm..."

***

"Aleynâ ve 'aleykum selâm..."

Bilâl, dayısının evine vardığında Osman hocaefendi teheccüd namazını henüz edâ etmiş, sabah namazını karşılamak üzere Kur'ân okumaya hazırlanıyordu.

"Subhânallâh!Sefâlar ola yâ Bilâl! Hayrdır inşaallah!"

"Hayrdır inşaallah, dayı. Önce anamın selâmını getirdim sana..."

"Aleynâ ve 'aleykumesselâm... Elhamdulillâh. Gel, otur hele şöyle yanıma... Zehra hanım bacımın sıhhati, âfiyeti yerindedir inşaallah..."

"Yerinde dayı, çok şükür, elhamdulillâh... Özlemiş seni..."

"Yakında ziyaret edeceğim onu inşaallah... Ben de pek özledim onu... seni de tabî! Yanaş hele, aykırı durma öyle de bir koklayayım seni!"

"Çok terliyim dayı..."

"Destûr! O nasıl söz öyle! Senin terin misk gibi gelir bana, deli oğlan, bilmez misin! Bırak cilvelenmeyi!"

Bilâl terli başını dayısının kucağına koydu, tıpkı çocukluğundaki gibi. Osman Hocaefendinin apak olmuş uzun sakalının yumuşak dokunuşunu hisseti ensesinde ve üzerinden hiç eksik olmayan misk ü amber kokusu geldi burnuna.

Yeğeninin sıfıra vurulmuş kalın, adaleli ensesini, narin bir gülü ya da minik bir bebeği koklarcasına derin derin içine çekerek kokladı Osman hocaefendi. Bilâl'in teninin kokusu bebekliğinden beri hiç değişmemişti sanki: tatlı ve ılık. Tıpkı onu kucağına verdikleri ilk günkü gibi. Ağustos ayının sonuydu ve hava çok sıcaktı. Minicik bebek ter içindeydi.

"Bu kadar sarıp sarmalama şuncağızı Zehra bacım!" demişti Osman Hoca, "Bak su kesmiş garibin her tarafını! Hem canım, güneş yüzü görmeye şimdiden alışsın keratanın teni, bakarsın babası gibi gemici olur - değil mi Şâbân Reis?"

"Yoo!" demişti Zehra bacısı ciddî bir telâşla, yavrusunu Osman Hocanın elinden almaya hamle ederek, "Aslanımı denizlere salmam asla! Salmam o kadar uzaklara, tehlikelere! Senin gibi âlim olsun isterim!" Sonra da utanıp kocasının yanında böyle konuşmuş olmaktan, başını önüne eğmişti sessizce.

Ve Şâbân Reis evin avlusunu çınlatan koca kahkahalarından birini patlatmıştı.

"A benim has niyetli câhil hâtunum, bu âlimlerin işi bizden zor! Ümmet-i Muhammed'in hesâbı önce onlardan sorulacak! Varsın oğlumuz gemici olsun..."

"Eyvallâh!" diye gürlemişti Osman Hoca, "Hem, sakın unutma, Zehra bacım, âlim olmak için bundan beter ter dökmek gerekir! Sen yine de aç şunun kundağını, bırak zıbınıyla kalsın... Teni nârin olur bebeklerin, isilik döker sonra, büsbütün üzülürsün!"

Güzel ve mutlu, alabildiğine umut dolu günlerdi...

Osman hocaefendi yıllar sonra, bir kere daha böylesine suya batmışçasına ter döktüğünü görmüştü Bilâl'in: babası Şâbân Reis'in ölüm haberi geldiğinde.

***

"Ooooh! Özlemişim aslanımın kokusunu da haberim yokmuş meğer!" dedi Osman hocaefendi. Sonra kemikli ama yumuşacık elleriyle Bilâl'in ipeksi saçlarını okşamaya başladı. Bilâl gözlerini kapattı. Ona yetimliğinin acısını hiçbir zaman tattırmayan, o güven ve şefkat dolu, güçlü dokunuşu o da çok özlemişti nicedir.

Bir süre öylesine kaldılar.

"Başım belâda dayı!" dedi Bilâl sonra usulca ve gözlerini açmadan, "Hem de büyük belâda!"

"Belâ nimettir deli oğlan, imtihandır, kefârettir. De hele, ne geldi başına?"

"Râbia... Râbia'mı bir başkasına veriyorlar dayı!"

"Yaa!"

Osman Hocaefendinin Bilâl'in saçlarını okşayan eli bir an için duraksar gibi oldu.

"Kesin mi?"

"Niyâzi amca... Söz kesmiş bile!"

"Bak hele!"

"Dayı, içim yanıyor... Nasıl, nasıl yapar bunu?"

"Dur, telâşlanma. Kimmiş peki damat adayı?"

"Şevket... Şevket Paşa diye biri... Devlet ricâlindenmiş..."

"Vay canına!"

"Tanır mısın onu?"

"İsmini duymuşluğum var..."

Bilâl birden Osman Hocaefendinin kucağından doğruldu, ellerine sarıldı...

"N'olur dayı, konuş onunla... Allah rızâsı için bıraksın Râbia'mı... Onlar doğuştan sözlü, doğuştan âşık birbirine de... İnsâfa gelir belki de... N'olur dayı..."

Osman hocaefendi yeğeninin sözlerini hiç duymamışçasına gözlerini kısmış, ötelere bakıyordu.

"Evet, evet... Şimdi hatırlıyorum... Adamlarından birini gönderip, bir konuda benden bir fetvâ istemişti de, ben, 'Fetvâ istemek, fetvâ vermek kadar ciddî ve mes'uliyetli iştir! Aracı vâsıtasıyla fetvâ ne alınır, ne de verilir. Paşa hazretleri bizzât teşrîf ederlerse, kuşku yok, elimizden geleni, ilmimiz dairesinde, bi iznillâh, seferber ederiz' diye haber yollamıştım... Bir daha da beni aramamıştı... Evet."

Bilâl usulca Osman Hocaefendinin ellerini bırakıverdi, başını önüne eğdi.

Derin bir sessizlik çöktü üzerlerine.

Bir süre öylesine kaldılar.

"Peki, Râbia kızım ne diyor bu işe?"

"Ne diyecek dayı! Ne diyebilir ki?"

"Doğru."

Osman hocaefendi yine gözlerini kısıp ötelere dikti. Derin bir soluk saldı burnundan. Sonra kendi kendine konuşurcasına, alçak sesle:

"Vay Sarı Niyâzi vay..." dedi, "Demek tilkiliğin yine nüksetti!"

Bilâl dayısının sözlerini tam olarak duyamadı.

"Efendim, dayı?"

Osman hocaefendi yüzünde hayal meyal seçilebilen bir gülümsemeyle yeğenine döndü ve elini avcuna aldı.

"Yok bir şey Bilâlim. Eee, bu durumda ne yapmayı düşünüyorsun?"

"Yapabileceğim tek şeyi... Râbia'mı kaçırmayı... Daha doğrusu onunla birlikte kaçmayı..."

Yine bir sessizlik çöktü odaya.

"Uzaklara kaçmanız gerekecek..." dedi sonunda Osman hocaefendi, "Hem de çok uzaklara..."

"Peki, sen... yardım edecek misin... bize?" diye sordu Bilâl usulca.

"Hak Te'âlâ, celle celâluhu, rızâsından, şeri'ât yolundan ayrılmadığınız sürece, bi iznillâh, her yerde ve her zaman!"

"Hak Te'âlâ râzı olsun hocam!"

Osman hocaefendi gayriihtiyâri kendi kendine gülümsedi; Bilâl nicedir kendisine "Hocam" diye hitâb etmemişti. 'Destur, deli oğlan, hocam da nereden çıktı? Dayılığımızın hükmü kalmadı mı gayri?' diye şaka yollu çıkışmak geldi içinden ama Bilâl besbelli ki bunu anlayamayacak kadar yorgundu.

Uzaklardan, pek derinlerden Istanbul semâlarına yükselen ilk sabah ezânı duyuldu.

"Kalk hele, deli oğlan, Huzûr-u İlâhî'ye varıp namaza duralım da sonra görelim Hak Te'âlâ, celle celâluhu, neyler, vallahi şüphe yok, neylerse güzel eyler!"

Bilâl, Osman Hocaefendinin yanından ayrılıp tekrar evine döndüğünde ikindi vakti girmişti.

"Dayımın selâmı var sana anacığım, pek yakında seni ziyârete gelecekmiş. Sağlığı da keyfi de yerinde maşaallah! Sana bahçeden meyve, sebze gönderdi, 'Âfiyetle yesin Zehra hanım bacım, fakîri duâdan beri bırakmasın!' diye de tembih etti."

"Allah râzı olsun ondan! Anam seni çok özlemiş dedin mi?"

"Demez miyim ana hiç! O da seni çok özlediğini söyledi."

"Allah râzı olsun, Allah râzı olsun... Hayr'ola nereye?"

"Râbia'ya... yani Niyâzi amcalara uğrayacağım... Münîre yengeye yani..."

Zehra hanım birden kaşlarını çattı, başını önüne eğdi.

"Hayr'ola ana, n'oldu?"

Zehra hanım yavaşça başını kaldırıp oğlunun gözlerine baktı.

"Yakışık almaz, Bilâlim!"

"O da ne demek ana... Râbia... yani Münîre yenge..."

"Görücüler gelip, söz kesildikten sonra olmaz, oğlum..."

"Ama..."

"Yanlış anlaşılır oğlum, dedikoduya gıybete yol açar... Ne söyleyeceksen bana söyle, ben gider konuşurum."

"Olmaz ana," diye kendini tutamayarak atıldı Bilâl, "Benim mutlaka şahsen görüşmem lâzım!"

Zehra hanım tekrar başını önüne eğdi. Cevap vermedi.

"Ana, bildiğin gibi değil... Râbia'yla mutlaka konuşmam lâzım! Çok önemli!"

Bilâl'in nabzı şakaklarında atmaya başlamıştı. Yüreğinin derinliklerinden dalga dalga yükselen bir ateşin bütün vücudunu sardığını hissetti. Anacığının önüne, yere oturdu, ellerine sarıldı.

"Kurban olayım, yüzüme bak ana... Şu halimi bir gör hele..."

"Görmem gerekmez Bilâli'm... Hâlin bence malumdur... Hem herkesce de!"

Bilâl birden şaşırdı.

"Aman ana! O nasıl söz öyle?"

"Uçan kuşun, gökteki bulutun, dalın, yaprağın, yerdeki toprağın kulağı yok mu sanırsın? Senin Râbia'ya, Râbia'nın da sana olan aşkını cümle âlem biliyor! Gaflet uykusunda mısın?"

Bilâl kuvvetli bir soluk saldı burnundan. Anacığının yanında o âna kadar olanca gayretiyle bastırmaya çalıştığı öfkesi, birden köpürüvermişti.

"İyi söylersin de ana, o halde neden bu zulmü ederler bize, ha? Madem ki cümle âlem bilir bizim birbirimize ait olduğumuzu da, neden görücüleri geri göndermez o Sarı Niyâzi hergelesi 'Benim Râbia'm ezelden sözlü... Ondan başka da kimseye verecek kızım yok ağalar...' diye? Ha, söylesene!" diye haykırdı.

Zehra hanım birden başını kaldırıp dehşet içinde Bilâl'e baktı. Biricik oğlunun ağzından ilk defa böyle sert, öfkeli sözler işitiyordu. Yüzünün rengi kaçtı, eli ayağı buz kesti.

Bilâl anacığının o halini görünce üzüntüsünden kahroldu. Bir hamlede ellerine sarıldı, öptü öptü, yüzüne gözüne sürdü. Bilâl'in

yanaklarından süzülen ateş gibi yaşlarla ıslandı Zehra hanımın elleri.
"Affet beni anacığım, affet beni, affet! Şeytana mağlub oldum, kendimi kaybettim! Ne olursun affet..."
Zehra hanımın da gözlerinden yaşlar boşalıyordu taş kesilmiş yüzüne. Titreyen elleriyle oğlunun saçlarını okşadı.
"Ben de en çok bundan korkuyordum..." dedi usulca, "Bir gün şeytana mağlub olmandan!"
"Yardım et anacığım, yardım et n'olur bana! İzin verme o hainlerin beni Râbia'mdan koparmalarına! Git, konuş onlarla, yalvar, yakar... Dönsünler kararlarından... Birşeyler yapsınlar... Ben herşeye râzıyım, yeter ki beni Râbia'mdan ayırmasınlar! Çeker gideriz buralardan... Uzaklara çok uzaklara... Bir daha da dönmeyiz... Seni de alırız yanımıza... Hatta, Sarı Niyâzi amcayla Münîre yengem de gelirler bizimle gerekirse... Hep birlikte kaçarız... Yeter ki... Yeter ki..."
Bilâl küçücük bir çocuk gibi, gözyaşları içinde, çöküp kaldığı dizlerinin dibinden anacığının yüzüne baktı. Boğazı tıkanmıştı.
Zehra hanım birden, tıpkı Osman hocaefendi gibi, gözlerini kısıp ötelere dikti. Bilâl şaşırdı. Anasını daha önce hiç böyle görmemişti.
Zehra hanım kendi kendine kısık sesle mırıldandı:
"Yaptın yine tilkiliğini Sarı Niyâzi... Yetim demedin, garip demedin... Dişini, tırnağını geçirdin... Lânet olsun sana!"
Bilâl donup kalmıştı.
Zehra hanım bir süre öyle kaldı. Sonra kendine gelmek istercesine silkindi.
"Estağfirullâh... Estağfirullâh... Estağfirullâh!"
"Ana?"
Zehra hanım oğluna bakıp, sanki hiçbir şey olmamışçasına gülümsemeye çalıştı, ama yüzü hâlâ kül rengi soluktu.

"Namazı kılayım da Bilâlim, Münîre yengene bir hayırlı olsuna gideyim... Akşama kalmadan dönerim..."
Bilâl çöküp kaldığı yerde anacığının arkasından bakakaldı.

***

Zehra hanım eve döndüğünde, Bilâl'i bıraktığı yerde, kilimin üzerine kıvrılmış vaziyette derin derin uyur buldu. Bir süre oğlunu seyretti. Tıpkı küçük bir çocuğa benziyordu. Yumuşacık perçemleri terden ıslanmış, alnına yapışmıştı. Usulca başucuna oturdu ve oğlunun saçlarını okşamaya başladı.

"Kalk aslanım benim, kalk Bilâlim... Akşam vakti girdi girecek... Sonra uyursun yine..."
Bilâl uykusu arasında anlaşılmaz birşeyler mırıldandı ve dizlerini karnına doğru çekti. Zehra hanım gayriihtiyârî gülümsedi. Sonra usulca yerinden kalkıp mutfağa indi.

***

Bilâl serin odanın kuytuluğuna dolan ezan sesiyle birlikte ok gibi fırladı yerinden. Her tarafı tutulmuştu.
"Ana?"
"Hoş kalktın aslanım!" diye seslendi Zehra hanım mutfaktan, "Ben de şimdi seni kaldırmaya gelecektim..."
"Kalktım, kalktım... Merak etme..."
Bilâl oturduğu yerde kendine gelmeye çalıştı.
Karmakarışık rüyalar görmüştü.
Önce uçsuz bucaksız, otsuz, ağaçsız, alabildiğine kıraç bir düzlükte, koskocaman ve inadına sarı bir tilki tarafından kovalanmış, kan-ter ve de korku içinde sığınacak, saklanacak bir yer ararken, birden koca kanatlarıyla nerdeyse bütün gökyüzünü kaplayan, akkor gözlü dev bir kartal gelmiş ve Bilâl'i bir hamlede sırtına alıp hiç görmediği bilmediği heybetli dağları, camgöbeği hârelerle titreşen ak köpüklü dalgaların kabarttığı koyu lâcivert denizleri aşırmıştı... Sonra, ıssız bir çölün ortasında, dev bir karınca yuvasının

içinde buluvermişti Bilâl birden kendini! İrili ufaklı yüzbinlerce karınca Bilâl'i kuşatıp kollarına, bacaklarına tırmanmaya başlamıştı. Kimi ateş kırmızısıydı karıncaların, kimi marsık karası, kimi bal sarısı... Kiminin gözleri kor gibi yanıyor, kimininki yakamoz gibi parlıyordu... Kiminin ise hiç gözü yoktu ve yengeç kıskacı misâli kocaman çeneleri vardı. Karınca yuvasının içi karanlık ve çok sıcaktı. Bilâl, kirpiklerine takılan, burun deliklerinden içeri girmeye çalışan, hatta kimi ağzının içine kaçıp dilini-dudaklarını ısıran karıncalarla mücâdele ederken, birden tam karşısında, ışıl ışıl nûr saçan, latîf kokusu ortalığı kaplayan koyu mor renkte bir gül goncası belirmiş ve Bilâl'e doğru eğilip onu bir hamlede içine çekivermişti. Gül yapraklarının serinliği Bilâl'in acılar içinde yanan bedenini rahatlatmış, teninde açılmış olan yaralar çiğ tanelerine dönüşüp, üzerinden akıp gidivermişti. Sonra... sonra yine uçsuz bucaksız, ama bu defa alabildiğine yeşil, sulak, serin, ağaçlıklı bir ovada, hepsi de kınalı, aklı karalı koyunlara koçlara çobanlık ederken buluvermişti kendini... Gökyüzünde koca bir kartal daireler çiziyordu. Bilâl, bulutların çok üzerinde, küçücük bir serçe kadar görünen bu kartalın, kendisini kurtarmış olan o dev kartal olduğunu ve şimdi yine kendisini ve kendisine emanet edilmiş olan sürüyü gözetmek, muhtemel tehlikelerden korumak için orada bulunduğunu hissetmişti... Çok uzaklardan sürüye saldırmak isteyen kurtların, çakalların ve daha nice vahşi hayvanatın ulumaları, homurtuları, çığlıkları çarpıyordu Bilâl'in kulağına... Ama Bilâl onlardan korkmuyordu. Tetikteydi gerçi ama... korkmuyordu. Sonra... birden sırtında, bel kemiği ile kürek kemiklerinin tam ortasında, kendisini iki büklüm edecek kadar ağır bir yükün baskısıyla, yüzükoyun toprağa düşüvermişti... Ağzı, burnu, gözleri, kulakları toprakla dolmuştu... Nefes alamıyordu... İliklerine kadar işleyen derin bir korku sarmıştı Bilâl'i... Sonra, korkusu arttıkça ferahladığını, neredeyse içinin aydınlandığını ve nihayet boğulmaktan kurtulmaya başladığını farkedip şaşırmıştı...

Sonra, "Allâhu Ekber! Allâhu Ekber!" nidâlarıyla kuşatılmış olarak uyanmıştı: akşam ezânı okunuyordu...

***

"Elhamdulillâh! Ellerine sağlık anacığım... Hak Te'âlâ, celle celâluhu, cennet sofralarında ağırlasın seni!"

"Allah râzı olsun...Seni de Bilâlim..."

Zehra hanım yerinden doğrulup usulca sofrayı kaldırmaya başladı.

"Dur da yardım edeyim, ana..."

Zehra hanım bir an duraksadı, dönüp Bilâl'e baktı... Gözgöze geldiler. Sonra Zehra hanım neredeyse mahcup bir edâda gözlerini oğlunun gözlerinden kaçırıp başını öne eğerek, alçak sesle:

"Vitr-i vâcibi kıldıktan sonra Münîre yengenin penceresinin altına git..." dedi, "Hak Te'âlâ, celle celâluhu, yardımcın olsun!"

Ve hızla odadan çıktı.

Bilâl bir anda göğsünün ortasına sert bir darbe alıp da nefesi kesilmişçesine kalakaldı.

Kulaklarına inanamıyordu. Ayağa kalkmak istedi, başaramadı. Olduğu yerde mıhlanıp kalmıştı sanki. Gözlerini kapattı. Kulakları uğulduyor, anacığının sözleri kafasının içinde yankılanıp duruyordu:

"Vitr-i vâcibi kıldıktan sonra Münîre yengenin penceresinin altına git... "

Sonra anasının odasının kapısının kapandığını işitti.

Sofra, belki de o gece ilk defa odanın orta yerinde unutuldu kaldı.

***

Ve yine o gece, Bilâl için saatler geçmek bilmedi.

Yatsıyı kılmak için camiye gidecek takati kendinde bulamadı. Yalnızca odasının değil, evin bütün duvarları üzerine üzerine geliyordu sanki. Kendini nefes nefese avluya attı, namazını orada kıldı. Defalarca, defalarca mubârek İnşirah suresini okudu. Sonra rüyâsını düşündü... Gözüne bir türlü uyku girmek bilmiyordu.

"Öncesinde azıcık da olsa uyumadan teheccüde kalkılmaz, sabaha kadar hiç uyumadan namaz kılınacak olursa da, o teheccüd olmaz!" diye öğretmişti dayısı daha küçücükken onu hâfızlığa çalıştırdığı günlerde. "Unutma, mubârek vitr-i vâcib sabah namazı kılınmadan önceki son namazdır. Kendini ona göre ayarla! Teheccüde kalkamayacak gibiysen, mubârek vitr-i vâcibi yatsı namazına ekle. Yok eğer azmedip de kendini teheccüde kalkmaya alıştırırsan, ki efdâl olanı budur deli oğlan, mubârek vitr-i vâcibi teheccüdden sonra kılman gerekir!" Osman hocaefendinin ders veren tok ve sakin sesi, sanki orada, evin avlusundaymışçasına çınlıyordu Bilâl'in kulaklarında. Sonra birden irkildi. Anacığı "vitr-i vâcibi kıldıktan sonra" derken, hangi saati kastetmişti acaba? Yatsı namazının sonrasını mı, yoksa imsak vaktinin hemen öncesini mi? Yüreği daraldı. Gayriihtiyârî anasının odasının penceresine baktı. Mubârek kadın çoktan söndürmüştü lambasını.

Birden anacığının teheccüd namazına kalkmayı asla ihmal etmediğini hatırladı Bilâl! Tabiî ki kasti imsak öncesi olacaktı! Sarı Niyâzi'nin besbelli en derin uykusunda olduğu saat.

"Kendine gel, deli oğlan!" diye mırıldandı Bilâl kendi kendine, "Kendine gel ve aklını başına topla! Zira kol gezmekte bilumum şeytanlar ortalıkta."

Sonra kararlı bir hareketle yerinden doğruldu. Bir saat kadar olsun uyumak üzere odasına çekildi. Evin duvarları artık üzerine üzerine gelmiyordu.

***

Issız, karanlık sokakta, Bilâl'in Münîre hanımın penceresini gizleyen ince kafese ustalıkla isabet ettirdiği mercimek tanesi kadar taşların tıkırtısı, rüzgârın hışırdattığı yaprakların sesine karıştı.

Cumbası sokağa bakan büyük odanın hemen yanındaki bu küçücük odayı Münîre hanım münhasıran kendine ayırmıştı. Ev işlerinden arta kalan zamanını o odada kâh Kur'ân okuyarak, kâh babası rahmetli hattat Hacı Burhaneddîn efendinin yazdığı levhalardan özenle çıkarttığı örnekleri, ipek kadifeler üzerine sırma ile ince ince nakşederek, duâ ve tefekkür ile geçirirdi. Pek sevdiği ve 'dünya-âhiret hemşirelerim' dediği üç-beş en yakın dostunun dışında, ki onlardan biri de Bilâl'in anası Zehra hanımdı, kimse bu odadan içeri girmez, giremezdi - hatta Sarı Niyâzi bile! Bulunduğu yerde varlığını hissettirmeyecek kadar sessiz, içine kapanık bir kadın olan Münîre hanım Sarı Niyâzi ile evlendiğinde, kocasından mehir olarak, evinde yalnızca kendine ait, kimseler tarafından kesinlikle rahatsız edilmeyeceği özel bir mekânın tahsis edilmesi talebinde bulunmuştu. Bu pek alışılagelmedik talep, mecbur kalmadıkça elini cebine götürmeyi pek sevmeyen Sarı Niyâzi'nin pek işine gelmiş, gerekçesini ise değil sormak, merak dahi etmemişti. Küçücük bir çocukken öğlen uykularını bu her zaman loş ve serin, buram buram Mekke buhuru kokan odada uyuma bahtiyarlığını doyasıya tatmıştı Bilâl.

Sonra birden Münîre yengesinin bir gün odada duran büyük ceviz sandığı açıp, babası hattat Hacı Burhaneddîn efendinin cübbesini, mintanını, sarık tülbendini, tesbihlerini, takkelerini ve hat takımlarını göstererek:

"Hak Te'âlâ, celle celâluhu, erkek evlât nasîb etmedi bana... Bundan sonra da nasîb olacağı yok besbelli. İlerde büyüyünce halis bir hattat olursan, bunlar senindir Bilâlim!" dediğini hatırladı.

Ama Bilâl, "Ben onları istemem, bunu isterim!" diye, hattat Hacı Burhaneddîn efendinin köşede serili duran, ayak kısmıyla secde yerindeki tüyleri dökülmüş, ceylân derisi seccâdesine işaret etmişti:

"Damadın olduğum zaman verir misin?"

"HİKÂYE-İ BİLÂL"

Münîre yengesi ile anacığı şaşkınlık içinde birbirlerine bakakalmışlardı.

"Subhânallâh! O da nerden çıktı oğlum?" demişti zavallı anacığı ve mahçubiyetten al al olmuştu yanakları. "Aman Münîre abla, yanlış anlama... Ben..."

Tatlı tatlı gülümsemişti Münîre hanım:

"A benim has kardeşim, neden telâşlanırsın? Rahmetli babacığım çocuklar konuştuğunda hep, 'Söyleyene değil, söyletene bak!' derdi, nûr içinde yatsın. Hak Te'âlâ'ya, celle celâluhu, nihayetsiz hamd ü senâlar olsun, biz birbirimizi de iyi biliriz, o Söyleten'i de!"

"Ben damadın olunca, verecek misin?" diye ısrar etmişti Bilâl.

"Hak Te'âlâ, celle celâluhu, bana o günleri gösterse de göstermese de... verdim gitti sana onu Bilâlim, verdim gitti bile!"

"Seccâdeyi mi?"

"İkisini de... Helâl-i hoş olsun sana!"

***

İnce kafesin ardından pencerenin usulca yukarı sürülüşünü işitince kendine geldi Bilâl. Ateş bastı her yanını.

"Râbia'm?" diye fısıldadı.

"Bilâli'm..."

"Elhamdulillâh...Elhamdulillâh...Elhamdulillâh... İyi misin?"

"İyiyim, elhamdulillâh... Ya sen?"

"Elhamdulillâh *alâ kulli hal*! Yengem yanında mı?"

"Hayır, Bilâlim... Yalnızım..."

"Ne oldu, Râbia'm anlat bana!"

"Ne olduğunu biliyorsun!"

"Sen... râzı olmadın değil mi?"

"O nasıl söz öyle? Hak Te'âlâ'dan, celle celâluhu, korkmaz mısın!"

" Hâşâ! Peki, ama nasıl... Nasıl..."

Bilâl boğazının tıkandığını hissetti.

"Fikrimi sordular mı sanırsın! Sen babamı bilmez misin!"

"Ölürüm de senden vaz geçmem Râbia! Asla!"

"Sus, Bilâlim, kulun kölen olayım, yalvarırım sus! Yaramı daha fazla deşip durma!"

"Yüreğim yanıyor, içim yırtılıyor Râbiam! Düşündükçe çıldıracak gibi oluyorum! Nasıl yaparlar bunu bize, nasıl, nasıl!"

"Yazımızı yazan böyle yazmış..."

"Yoo! Hayır! Yazımız böyle değil! Yazan böyle yazaydı, bu sevdâyı vermezdi içimize! Önce bu sevdâyı verip, bu yangını tutuşturup da ayırmazdı bizi böyle! O Rahmân ve Rahîm'dir! Biz âciz kullarına karşı şefkatli ve merhametlidir, zulüm etmez asla! Öyle demiyor mu mubarek Kur'ân'da? Söyle, öyle demiyor mu?"

"Diyor demesine de..."

"O halde bu zulüm niye? Yoo, Râbiam bu cehennem acısını bize revâ gören Âlemlerin Rabbi Yüce Allah, celle celâluhu, değil! O kahrolasıca, boyu devrilesice Şevket Paşa!"

"Sus, Bilâlim, sus! Allah aşkına!"

"Susmak mı? Haykırıyorum, haykıracağım, yeri göğü inleteceğim feryâdımla! Cümle âlem işitsin, bilsin başımıza gelen felâketi ve öğrensin, tanısın bu şeytan ruhlu rezilleri! Heeeeeey!!! Duyduk duymadık demeyin! Göz göre göre iki cana birden kıyıyorlar, candan can koparıyorlar! Âlemlerin Rabbi Yüce Allah'ın, celle celâluhu, birbirine yazdığı iki sevgiliyi birbirinden ayırıyorlar! Neredesiniz ey iyi yürekli insanlar, imânı halis mü'minler? Duyun feryâdımı da görün şu hâl-i pür melâlimizi! Uyanın gaflet uykusundan! İnsanlık elden gidiyor, kol geziyor ihânet, taht kuruyor zulüm! Varın, elele verin, yürek yüreğe, gönül gönüle, gelin, kurtarın bizi! Kul hakkı çiğneniyor! Hesâbından korkmaz mısınız! Ha, korkmaz mısınız?"

"Cânım Bilâlim, cânım efendim yalvarıyorum sus... İşitecekler sesini! Kendine acımıyorsan, bari bana acı!"

"Acı, ha? Acı benim yüreğimde, beynimde, damarımda dolaşıyor, bedenimi, rûhumu dağlıyor!"

"Ya benim?"

"...ve sen, bütün bunlara rağmen susmamı, zulmü sineye çekmemi istiyorsun benden! Âlemlerin Rabbi Yüce Allah, celle celâluhu, şâhidim olsun ki..."

"Sakın! Aman sakın büyük söyleme, yemîn etme! Zaten yanmışız, bizi büsbütün yakma! Yaman bir imtihan bu besbelli, sabrı tevekkülü elden bırakma! Gün doğmadan neler doğar... Sakın Bilâlim, sakın, sakın o şeytân-ı laîne uyma!"

"Bana da sana da gün doğmaz gayri Râbiam... Bil ki isyânım Âlemlerin Rabbi Yüce Allah'a, celle celâluhu, onun takdîr-i ilâhisine değil asla, hâşâ! Benim isyânım kula, o şeytan ruhlu zâlim Şevket Paşa'ya! Yâr etmem seni ona! Gerekirse ölür, öldürürüm bu uğurda!"

"Affet yâ Rabbî! Affet yâ Rabbî! Sabır ihsan et şu garip, âciz kullarına, sonsuz merhametinle kuşat, sar bizi! Aklımızı muhafaza et ve sana olan şeksiz imanımızı! Şeytanın tuzaklarına düşürme bizi! Affet yâ Rabbî! Affet yâ Rabbî!"

Terden sırılsıklam kesilmişti Bilâl. Elleri titriyor, dizleri tutmuyor, gözlerinin önünde kara kara noktalar oraya buraya uçuşup duruyordu. Dokunsalar yıkılacak gibiydi. Derin bir nefes aldı.

"Kaçmak zorundayız buradan..."

"Ne?"

"Alıp götüreceğim seni... Başka çâre yok!"

"Aklını mı kaçırdın sen Bilâlim! Mümkün değil!"

"Aklım yerinde elhamdulillâh ve bi iznillâh herşey mümkün!"

"Olmaz Bilâlim, ikimizi birden öldürürler!"

"Onlar farkına varana kadar biz dağları aşarız... Kimse bizi bulamaz, bi iznillâh! Ben her şeyi hazırladım. Yeter ki sen hazır ol!"

"Olmaz... Olmaz... Mümkün değil!"

Bilâl bir an için duraksadı. Nabzı, kafatasını patlatmak istercesine şakaklarını zorluyordu.

"Yoksa..."
"Hâşâ!"
"O halde yarın bu saat için hazırlık yap... Bir aksilik olursa anamla haber iletirim sana..."
"Biraz daha sabretsek, beklesek Bilâlim... Belki herşey yoluna girer... Yalvarıp yakarırım babama..."
Bilâl acı acı güldü...
"Dinler mi sanırsın seni? Onda biraz insaf olsa, halimizi bile bile, göz göre göre elin ne idüğü belirsiz adamına verir miydi seni? Emînim Münîre yengeme bile sormamıştır seni verirken o Şevket Paşa hergelesine!"
"Sus, kurban olayım Bilâlim sus! Bir duyan olacak..."
"Kaçacağız buradan! Başka yolu yok! Sen hazır ol yeter. Gerisini bana bırak. Hak Te'âlâ, celle celâluhu, dâima mü'min kullarının yanında olacağını vadediyor. Korkma!"
Râbia cevap vermedi.
Bilâl birden bütün adalelerinin gerildiğini hissetti.
"Râbia?"
Gözlerini iyice kısarak ince kafesin arkasını görmeye çalıştı. Ama bakışları karanlığı delemedi. Ne bir kıpırtı, ne bir gölge...
"Râbia?"
Aklı başından gitmek üzereydi Bilâl'in... Her tarafı titriyordu. Son bir gayretle bir kere daha karanlığın içine doğru seslendi:
"Râbia! Orada mısın?"
"Buradayım Bilâlim..."
Derin bir soluk aldı Bilâl...
Râbia'nın sesi yumuşak ve sakin geliyordu kafesin arkasından.
"Ne oldu? Neden susutun? Biri mi geldi?"
"Yoo, merak etme, herkes uykuda. Yani en azından babam!"
"Niye sustun öyleyse? Bir an için ölüyorum sandım meraktan!"
"Duâ ettim Rabbime, niyazda bulundum, doğru kararı vermeme yardımcı olsun diye."

"HİKÂYE-İ BİLÂL"

Râbia sustu.
Bilâl nefesini tuttu.
Zaman durmuştu sanki.

Zihninde Râbia'sını ilk defa görüp de ona vurulduğunu hissettiği andan itibâren yaşadıkları, paylaştıkları her şey birbiri ardınca canlanıyor, sesler, şekiller hatta kokular, akıllara durgunluk verici bir cümbüş içinde oraya buraya uçuşuyordu...Bir an için rüyâ gördüğünü sandı Bilâl... Mutlaka uyanmak zorunda olduğunu bildiği halde, bitmesini asla istemediği bir rüyâ...

Sonra suya hasret, kuraklıktan ve sıcaktan kavrulup kupkuru kesilmiş bir yaprağın, üzerine düşen ilk yağmur damlalarını emişi gibi, tek tek içine işleyişini hissetti Bilâl, Râbia'sının ağzından dökülen kelimelerin:

"Hak Te'âlâ'dan, celle celâluhu, bir mâni olmazsa, yarın bu saatte hazır olacağım burada!"

İnce kafesin arkasından pencere aşağı doğru sürüldü ve ıssız, karanlık sokak tekrar sessizliğe büründü.

Bilâl gözlerini kapattı.

Bir an için bitti sandığı herşey, asıl şimdi yeni başlıyordu.

" 'Allah'ın izni olmayınca hiçbir musibet isabet etmez. Her kim de Allah'a iman ederse O, onun kalbine hidayet verir ve Allah her şeyi bilir'" diye geçirdi içinden, "Sadakallâhu'l-azîm!".

Ve sabah namazını edâ etmek üzere Şemsipaşa Camii'ne giden yokuşu ağır ağır inmeye başladı.

***

"Es-selâmu 'aleykum...Şaban Reis'in oğlu Bilâl sen misin?"

"Ve 'aleykum selâm...Değilim. Bilâl abi kayıkhanede. Çağırayım mı?"

"Gerekmez. Biz buluruz."

"Bir şey mi lâzımdı?"

"Bir işimiz vardı da..."

***

Büyük ve loş kayıkhanenin kapısından sessizce içeri süzülen iki adamı Bilâl önce farketmemişti. Bir hafta önce Kireçburnunda akıntıya kapılıp kayalara oturan ve tamir edilmesi için kayıkhaneye bırakılan sandalı kalafatlamakla meşguldü. Gitmeden önce üzerine aldığı bu işi bitirmek istediğinden, sabah namazından sonra hemen kayıkhaneye gelmişti Bilâl. Sabahın ilk saatlerinden beri bir yandan sandal ile uğraşıyor, bir yandan da o gece için yapması gereken hazırlıkları zihninde toparlamaya çalışıyordu. Osman dayısıyla daha bir gece önce konuştukları ve dayısının bu meyânda verdiği talimat, kelimesi kelimesine hafızasına kazınmıştı sanki:

"Burada sizi en çok bir-iki gün muhafaza edebilirim. Sarı Niyâzi tilkisi kaçtığınızı fark eder etmez, ki bu çok zaman almayacaktır, ilk iş ve de haklı olarak, bana sığınacağınızı düşünecek ve kendi gelmeye cesaret edemeyeceği için, Şevket Paşa'nın adamlarını buraya gönderecektir. Beni, dolayısıyla da sizi bulmaları, kayalıkların arkasındaki mağaraya saklanmış olsanız bile, en fazla bir günlerini alır. Bunun için sizi hemen, vakit kaybetmeden uzak ve emin bir yere göndermem gerekecek. Hazırlığınızı ona göre yapın. Ben nikâhınızı kıyar kıymaz yola çıkacaksınız. Yükünüzü hafif tutun. Yol tahmininizden de uzun sürebilir ve bir hayli zorlu olabilir. İkinizden birinin, ya da ikinizin başına hesapta olmayan bir aksilik çatacak olursa, yapacağınız ilk iş, ne yapıp -edip bir an evvel Galata rıhtımına ulaşmak ve orada Hacı Tayyar Reis'i bulmak olsun..."

"Hacı Tayyar Reis... Peki ya onu bulamazsak?"

"Emr-i Hakk vâki olup da canını teslim etmemişse Rabbu'l-âlemîne, celle celâluhu, onu mutlaka bulursunuz, merak etme deli oğlan! Kendinizi tanıtın, selâmımı söyleyin ve, şimdi kulaklarını iyice aç ve sakın unutma, ona: 'Şattu'l-arâbda ba'su ba'de'l -mevt!' deyin!"

"Şattu'l-arâbda ba'su ba'de'l -mevt mi?"

"Aynen öyle, deli oğlan! Bunu âmentüyü bellediğin gibi zihnine kazı! 'Şattu'l-arâbda ba'su ba'de'l -mevt'."
"Şattu'l-arâbda ba'su ba'de'l -mevt."
"Hacı Tayyar Reis bunu işitince gerekeni yapacaktır. Kendinizi ona teslim edin ve ne diyorsa tereddütsüz ve asla sual etmeden yapın. Bundan sonrası, Hak Te'âlâ'nın, celle celâluhu, takdirine kalmıştır. Benden bu kadar!"

Ama Bilâl'i en çok zorlayan şey, Râbia ile aldıkları kararı anacığına nasıl söyleyeceğini bir türlü bilememesiydi. Garip anacığı besbelli onu dinledikten sonra boynunu büküp:

"Sen nasıl istiyorsan öyle olsun... Hak Te'âlâ, celle celâluhu, hakkınızda en hayırlısını nasîb etsin..." diyecek ve gözlerinden, bir türlü mâni olamadığı iki damla yaş süzülüverecekti.

Onca yıl sonra nasıl tek başına bırakıp gidecekti onu?

Aşk uğruna buna değer miydi? Nerede, ne zaman ve nasıl biteceği bilinmez ve besbelli pek zorlu ve pek yaman şartlarda gerçekleşecek bir maceraya onu da beraberinde sürüklemesi söz konusu olamazdı. Hem, ayrıldıktan sonra, her şey yolunda gidecek olsa bile, kim bilir ne zaman, nasıl kavuşabileceklerdi birbirlerine! Zavallı anacığının yorgun yüreciği dayanabilecek miydi, bu ne zaman biteceği meçhul ayrılığın acısına? Ya Sarı Niyâzi, hele de Şevket Paşa, rahat bırakacaklar mıydı onu? Kuşku yok ki ellerinden gelen her türlü eziyeti edeceklerdi ona! Gerçi Osman dayısı asla yalnız bırakmaz ve mutlaka canı pahasına korurdu Zehra hanım bacısını ama...

Ya ana hakkı?

İnsanın gönlüne, mizâcına uygun bir hayat arkadaşı bulabilmesi, nasip işiydi, kuşkusuz. İyi niyetlerle, hatta büyük bir aşkla, güzel güzel başlayıp hüsranla noktalanan nice evlilik, özenle, muhabbetle kurulup, bir anda darmadağın oluveren nice yuva hakkında dinlediği acı ve ibret dolu hikâyeleri hatırladı Bilâl. Böyle korkunç bir akıbetin kendi başına gelmeyeceği ne malûmdu? O zaman nasıl bakacaktı anacığının yüzüne? Bir bilinmeyene doğru yola çıkarken, kendi öz anasının yüreğini sızlatmaktan, ölesiye korkması gerekmez miydi insanın?

Belki de...

Sonra birden, yüzüne doyasıya bakmaya bile kıyamadığı Râbia'sını, gerdek gecesinde, kim bilir belki de kendi babası yaşındaki Şevket Paşa'nın kolları arasında düşündü...

Bir anda ateş sardı her tarafını Bilâl'in, gözleri kararır gibi oldu! Yoo, hayır, buna asla dayanamazdı, dayanması mümkün değildi! Ölmek... evet ölmek çok daha kolaydı!

"Hem anam kendi demedi mi, git Râbia ile görüş diye? O kendi ayarlamadı mı gece vakti gizlice buluşmamızı? Elbet bunun neticesinde bir şekilde, bir yolunu bulup buralardan kaçacağımızı düşünmüştür! İçine sindirmeseydi yapar mıydı bunu hiç! Besbelli ki, zoruna da gelse râzı, onu bırakıp da gitmemize..." diye geçirdi içinden.

Peki, ya anacığının maksadı Bilâl'in kaderine râzı olup, yalnızca Râbia'sıyla son bir defa helâlleşmesini sağlamak idiyse?

"Aman Yâ Rabbî!" diye inledi Bilâl sıkıntı içinde...

Ve eğer kayıkhanenin iç duvarlarına yaslanmış duran borda kaplamalarından biri âniden yere düşmeseydi, çöküp kalacaktı Bilâl olduğu yere.

"Yûsuf, sen misin?" diyecek oldu. Ama daha arkasını dönüp ilk heceyi telaffuz etmesine fırsat kalmadan, yağlı bir sırımın boğazına dolanıp bir anda nefesini kestiğini hissetti. Gözleri yerinden fırlayacakmış gibi oldu. Gayriihtiyârî adaleli ensesini kastı Bilâl ve nefesini tuttu. Sonra geriye doğru âni, alabildiğine sert ve kısa bir dirsek darbesi savurdu. Boğuk bir haykırış inletti kayıkhaneyi.

Sonra herşey yıldırım hızıyla gerçekleşti.

Boğazını kesercesine sıkan yağlı sırımın, bir an için gevşeyivermesi Bilâl'e yetip de artmıştı bile! Doğu Türkistanlı komşuları

"HİKÂYE-İ BİLÂL"

Hacıbey Sungur'un, beş oğluyla birlikte Bilâl'e de daha küçücükken her sabah, kuşluk vaktinde talim ettirdiği o sıçramalı, âni dönüşlü, eller, dirsekler, hele de sıçrama halindeyken, neredeyse havada uçarcasına, ayaklarla yapılan müthiş hızlı, keskin ve bir o kadar da sert vuruşlar, Bilâl'in hâfızasının derinliklerinden bir anda uyanıp, kendiliklerinden devreye girivermişlerdi sanki!

Hacıbey Sungur, göbeğine kadar inen bembeyaz, seyrek sakalı, her gün en büyük oğluna usturayla kazıttığı için hep pırıl pırıl parlayan, tostoparlak kafası, içinde bir tek diş dahi kalmamış ağzı, iyice çıkık elmacık kemikleri, zeytin karası, inadına çekik ve hep çakmak çakmak bakan gözleri, sıska ve ufak tefek vücudu, rengi iyice atmış uzun siyah cübbesi, nakışları solmuş minicik takkesinin etrafına doladığı ve ucu kürek kemiklerinin ortasına kadar sarkan siyah sarığıyla alışılagelmedik, tuhaf görünüşlü bir adamdı. Biri sonradan Müslüman olmuş bir Rus, biri Afganlı, diğeri de kendi gibi Doğu Türkistanlı olmak üzere üç hanımı ve onlardan olma yedisi kız, beşi erkek tam oniki çocuğu vardı. Bilâl'lerin mahallesine gelip yerleştiklerinde herkes önce bir hayli yadırgamıştı onları. Ama Hacıbey Sungur çok kısa zamanda herkesin, özellikle de çocukların sevgisini ve saygısını kazanmıştı. Sofu denecek kadar dindardı. Hepsi de hâfız-ı Kur'ân olan kızlarını ve hanımlarını sokakta, çarşı-pazarda dolaşırken gören hiç olmamıştı. Evin bütün alışverişini Hacıbey Sungur, peşinden hiç ayrılmayan oğullarıyla birlikte yapar, eve aldığı erzak kadar, hatta kimi zaman ondan da fazlasını, mutlaka mahallenin en yoksullarına dağıtırdı. Oğulları her Cuma, Cuma vakti girmeden evvel, tek tek fukara evlerinin kapısını çalar, "Hacıbey fakîr babamız selâm eder... Ol Kerîm Rezzâk Te'âlâ, celle celâluhu, rızâsı için kabul buyrun lûtfen..." diye boyunlarını büküp, önlerine bakarak kan-ter içinde taşıdıkları tıka-basa dolu zembilleri teslim ederlerdi. Hacıbey Sungur'un sahip olduğu servetin büyüklüğü konusunda muhtelif rivayetler dolaşırdı mahalle halkı arasında. En yaygınına göre, Kârûn halt etmişti yanında! Bilindiği kadarıyla deri, baharat, ipek, fildişi ve bağa ticareti yaptığı birkaç kervanı vardı. Ama bir rivayete göre de servetinin asıl kaynağı Asya'nın kuytuluklarında bir yerlerde sahip olduğu altın, gümüş ve zümrüt ocaklarıydı. Bütün bunlara rağmen hem Hacıbey Sungur, hem hanımları, hem de en büyüğünden en küçüğüne, bütün çocukları, alabildiğine halis ve sâf bir tevâzu içinde yaşarlardı. Hacıbey Sungur'un cübbesinin derin ceplerinden birinde daima mahallenin çocuklarına ikram edilmek üzere altın sarısı leblebiler, kehrübâ gibi kuru üzümler, hurmalar, leblebi kadar minik fındıklar, renkli kâğıtlara sarılmış envaî türlü şekerlemeler bulunurdu. Diğer cebinde ise, her zaman belini sımsıkı saran kalın siyah kuşağın üzerine bağladığı iri gümüş tokalı deri kemerine takılı, boynuz saplı ve ustura kadar keskin iki ağızlı bıçağıyla ıhlamur ağacından büyük bir ustalıkla yontarak yaptığı küçücük oyuncaklar vardı: kavallar, topaçlar, iki tekerlekli arabalar, kayıklar... Hep güleryüzlüydü ve pek az konuşurdu Hacıbey Sungur. Güldüğü zaman, mahcup, neredeyse çocuksu bir edâda eliyle ağzını kapatarak, alçak sesle güler, çekik gözleri büsbütün kısılıp, yüzünün derin çizgileri arasında kayboluverirlerdi sanki. Herhangi bir şeye kızdığını, hele öfkelendiğini gören hiç olmamıştı. Ancak Hacıbey Sungur'un yüzüne dikkatle bakanlar onun dudaklarının belli belirsiz ama biteviye zikir ile kıpırdandığını ve alnının tam ortasındaki neredeyse nasırlaşmış secde izinin koyu haresini farkedebilirlerdi. Her sabah, kuşluk vaktinden evvel Şemsipaşa sahiline oğullarıyla birlikte iner ve onlara, her göreni şaşırtan hareketlerle bir çeşit idman yaptırırdı. Bir sabah kendilerini uzaktan ama merakla seyreden Bilâl'i yanına çağırıp, onun da idman yapmak isteyip istemediğini sormuştu. Bilâl de bu dâveti reddetmekten utandığı için çekine çekine aralarına katılmıştı. O güne kadar hiç görmediği, bilmediği bir dizi tuhaf hareketi yaparken epeyce zorlanmış, hatta bir hayli canı yanmıştı. Kuşluk namazını edâ etmek üzere hep birlikte camiye giderlerken Hacıbey Sungur kan-ter içinde kalmış olan Bilâl'in başını usulca okşayarak, o kendine has değişik ama kulağa pek hoş gelen Türkçesiyle:

"Bugün iyice dinlen, kızanım," demişti. "Canın çekerse yarın yine gelirsin!"

Ve Bilâl o günden sonra, Hacıbey Sungur ve büyük ailesi, mahalleden, geldikleri gibi sesszice taşınıp gidene kadar, her sabah bu idmanlara katılmıştı.

"Bizim illerin işidir bu işler!" demişti bir sabah Hacıbey Sungur, Bilâl öğrendiği hareketlerde artık iyice ustalaşmaya başladığında, "Başka illerin işlerine benzemez! Hem zinde tutar adamı, hem de başı belâya girende, bi-iznillâh canını kurtarır. Yaraşıklı bir iştir vesselâm! Ne ki tâlimi, idmanı hiç bırakmamak, hep kovalamak gerekir! Aklına muhkem yazasın!"

***

Kayıkhanenin loşluğunda Bilâl'in birbiri ardınca savurduğu sert ve hızlı darbelerden serseme dönen saldırganlardan biri boylu boyunca yere uzanmıştı.

Bilâl bir an için kayıkhane çatısının aralık tahtaları arasından süzülen güneş ışığında yerde yatan adamın ağzından kan ve köpük saçarak, hırıltılar içinde kıvrandığını gördü. Gayrihtiyârî dişlerini sıktı. Birden, o bir anlık boşlukta Bilâl, Hacıbey Sungur'un sesini duyar gibi oldu: "Bizim işler gaflete gelmez kızanım! Aman ha, gaflet hali, bilesin ki anca bir andır. Şeytân-ı la'în işidir. Bir nefescikten dahi kısadır amma dîninden de eder, benim diyen adamı, canından da! Aman ha! Muhkem sakınasın gafletten kızanım! Muhkem sakın gafletten! Sakın! Sakın! Sakın!"

"Sakın! Sakın!! Sakın!!!" diye bir kere, bir kere daha yankılandı Bilâl'in zihninde Hacıbey Sungur'un kısık sesi. Bütün adaleleri gerildi, tüyleri diken diken oldu tıpkı vahşî bir hayvan gibi, buz gibi bir ter boşandı sırtından, ağzı, dili kupkuru kesildi ve... âni ve kararlı bir hareketle başını yana çevirince Bilâl, saldırgan hasmının kor gibi yanan gözlerini gördü.

Bilâl'in dudaklarından patlarcasına kopan "Ya Hayy!!!" nârâsıyla âdetâ sarsıldı kayıkhane ve sağ yumruğu, ağır bir balyoz gibi, yıldırım hızıyla indi hasmının kalbinin tam üzerine. Aynı anda böğrüne saplanan bir hançerin derin ve keskin acısını hissetti Bilâl. Gözü karardı. İki büklüm oldu. Yere yuvarlandı.

Bilâl'in canhırâş nârâsını duyar duymaz kayıkhaneye telâşla dalan hamlacı yamağı Yûsuf gözlerine inanamadı! Daha iki dakika önce Bilâl'i soran ve kayıkhaneye gönderdiği iki adam yerde yatıyordu. Biri ağzı kan ve köpük içinde, hırıldayarak nefes almaya çalışıyor, diğeri gözleri yuvalarından dışarı uğramış, mora kesmiş yüzü acı ve dehşet içinde kasılıp kalmış, ağzı besbelli son bir nefes daha alabilme gayreti içinde, belki de son korku feryâdını atmak üzere alabildiğine açılmış vaziyette, sırtüstü yerde yatıyordu. Bilâl ise dizlerini karnına doğru çekmiş, iki eliyle böğründen oluk gibi fışkıran kanı durdurmaya çalışarak yerde kıvranıyordu.

"Aman Allahım! Aman Allahım!" diye haykırası geldi hamlacı yamağı Yûsuf'un ama korku ve şaşkınlıktan düğümlenen boğazından yalnızca boğuk bir inilti çıktı. Telâşla Bilâl'in yanına çöktü.

"Bilâl abi! Aman Yâ Rabbî..."

Bilâl gözlerini zorlukla açarak Yûsuf'a baktı.

"Çabuk... beni... Galata... Galata rıhtımına götür!" diye inledi.

"N'oldu abi...Ben..."

"Vakit dar... Çabuk ol... Galata'ya..."

"Yaralısın Bilâl abi... Kan geliyor durmadan... Nasıl... Aman Allahım... Kan..."

Bilâl'in bakışlarında âniden parlayan öfke kıvılcımı Yûsuf'u irkiltti.

"Galata rıhtımına götür beni! Çabuk!"

"Ba...başüstüne abi..."

Bilâl acı içinde inledi ve tekrar gözlerini kapattı.

"Mintanını ver bana..." dedi sayıklarcasına, "Bir de Nurettin'in kuşağını."

Hamlacı yamağı Yûsuf hemen toparlandı. Mintanını çıkartıp Bilâl'e uzattı, sonra da edevat dolabının alt çekmecesinden enli yün kuşağı getirdi.

Bilâl, Yûsuf'un mintanını katlayarak biteviye kanayan yarasının üzerine bastırdı. Yüzü acıyla kasıldı.

"Şimdi kuşağı sıkıca sar üzerine..." dedi kısık sesle, "Sıkı... Daha sıkı... Korkma!"

Yûsuf'un da yüzü bembeyaz kesilmişti, elleri titriyordu, dizlerinin bağı çözüldü çözülecekti: hayatında hiç bu kadar çok kan görmemişti.

"Tamam mı Bilâl abi? Oldu mu?"

"Eline... eline sağlık... Şimdi... Galata'ya... Galata'ya götür... beni..."

Hamlacı yamağı Yûsuf'un bakışları bir an için yerde hâlâ hırıltılar içinde titremekte olan adama takıldı. "Lânet olsun size!" diye fısıldadı kendi kendine tiksintiyle, "Lânet olsun!". Sonra tekrar Bilâl'e yöneldi. Bilâl kendinden geçmişti. Bebeğini uyandırmaktan çekinen bir ana gibi, usulca yerinden kaldırıp omuzladı Bilâl'i, iskelede bekleyen sandala doğru yarı taşır-yarı sürükler halde götürdü; sandalın içine yatırdı.

Bilâl uyanır gibi oldu, gözlerini araladı:

"Var...vardık mı?" diye sordu.

"Az kaldı Bilâl abi, " dedi hamlacı yamağı Yûsuf sandalı usulca iskeleden çözerken, "handiyse orda oluruz. Sen dinlenmeye bak..."

"Anama..." diye fısıldadı Bilâl güçlükle, " anama sakın..."
"Merak etme Bilâl abi, birşey söylemem Zehra teyzeme..."
"Aferin... sana..."
Bir an için sanki Bilâl gülümsüyormuş gibi geldi Yûsuf'a. Sevindi.
Ama sonra yine acıyla kasıldı Bilâl'in iyice solan yüzü.
Yûsuf telâşlandı.
"Bilâl abi? İyi misin?"
"Osman... Osman dayıma haber et... Ana... anama sahip çıksın!"
"Başüstüne..."
"Galata'da... Hacı... Hacı Tayyar... Hacı Tayyar Reis'i bul! Ona teslim et beni!"
"Olur abi..."
"Hacı Tayyar Reis... unutma!"
"Hacı Tayyar Reis! Tamam!"
Bilâl birden gözlerini açıp yerinden doğrulmaya hamle etti.
"Râbia... Râbia... Aman Yâ Rabbî!"
"Aman Bilâl abi! Dur!"
Bilâl acıyla kasılarak gerisin geri düştü. Tekrar bayılmıştı.
Gayriihtiyârî Bilâl abisinin dilinden hiç eksik etmediği zikir döküldü hamlacı yamağı Yûsuf'un dudaklarından:
"*Yâ Hayy, Yâ Kayyûm, lâ İlâhe illâ ente!* Sana, yalnız Sana sığınan bu âciz kullarını kayır!"
Sonra :"E'ûzubillâhimineşşeytânirracîm... Bismillâirrahmânirrahîm!" diyerek avuçlarına tükürdü ve olanca gücüyle sandalın küreklerine asıldı.

***

Kim, nereden ve nasıl bilebilirdi, bir gece önce, sabaha karşı Sarı Niyâzî'nin böbrek sancısının tutacağını ve her zaman yalnız yatmayı tercih ettiği odasından çıkıp, evin avlusunda acı içinde kıvranarak dört dönerken, nelere kulak misafiri olacağını!

***

Böğrüne birbiri ardınca bıçak gibi saplanan dehşet verici şiddette sancılarla kendine geldi Bilâl. Haykırmaya çalıştı ama başaramadı. Gayriihtiyârî dişlerini sıkmak istedi. Dişleri, ağzının ortasına enlemesine, gem misâli sıkıca yerleştirilmiş ve dilini aşağı doğru bastıran, üzerine bez sarılı bir tahtaya kenetlendi. Korkuyla gözlerini açtı. Bir sürü mumun titrek bir ışıkla aydınlattığı basık tavanlı odanın içinde üzerine eğilmiş, kısa kapkara bir sakalın çevrelediği ter içindeki esmer yüzü güçlükle seçebildi.

"Sakin ol, delikanlı..." dedi tok bir ses, "Çoğu gitti azı kaldı!"

"Ner... nerdeyim... ben?" demeye çalıştı Bilâl zorlanarak. Dili şişmişti sanki, şakakları zonkluyor, gözkapakları yanıyordu. "Hacı... Hacı Tay..." diye inledi.

"Hacı Tayyar Reis benim" dedi aynı tok ses, "merak etme. Şimdi fazla depreşme de işimi bitireyim..."

"Şat... Şattu'l-arâbda... Şattu'l-arâbda ba'su... ba'asu ba'de'l - mevt..."

Hacı Tayyar Reis olduğunu söyleyen adam Bilâl'in dudakları arasından güçlükle dökülen bu sözleri duyar duymaz irkilir gibi oldu. Yüzünü iyice Bilâl'in yüzüne yaklaştırdı. Bilâl birden gözlerinin ta içine kenetleniveren bir çift mavi gözün çakmaklandığını gördü.

"Şattu'l-arâbda ba'asu ba'de'l -mevt..." diye bir kere daha tekrar etmek istedi Bilâl ama zaten zor çıkan sesi gırtlağını yakan şiddetli bir öğürtünün içinde kaybolup gitti. Gözleri karardı. Kendinden geçmeden önce işittiği son söz, Hacı Tayyar Reis'in dudaklarından dökülen "Subhânallâh!" nidâsı oldu.

***

Tekrar kendine gelene kadar Bilâl, akıllara durgunluk verici kâbuslarla boğuştu durdu. Kâh kıpkırmızı-gömgök ateş topları arasında rüzgâra kapılmış kuru yaprak misâli oradan oraya savruluyor, kâh cıdarları sipsivri dikenler, sini kadar ısırganotlarıyla örülmüş daracık, kapkaranlık dipsiz kuyuların içine düşüyor, zehir ve alev kusan bataklıklarda boğuluyor, bir çenesi ateşten öbür çenesi buzdan yapılmış dev mengenelerin arasında nefesi kesilinceye, kemikleri kırılıncaya kadar sıkıştırılıyor, eziliyor, eziliyordu... Bütün bu işkencelere tüyler ürpertici homurtular, kulak ve de yürek paralayıcı tiz çığlıklar eşlik ediyordu.

Nihayet bu mahşerî hengâmeden kurtarıp kendini, gözlerini açmayı başardığında, serin bir rüzgârın yüzünü okşadığını hisseti önce. Geceydi, açık havada sırtüstü yatıyordu ve burnuna deniz kokusu geliyordu. Nerede olduğunu anlayabilmek için yattığı yerden doğrulmaya çalıştı ama başaramadı. Böğrüne saplanan derin bir sızıyla birlikte bir an gözleri kararır gibi oldu. Bütün vücudu dengesini kaybetmişçesine yattığı yerde yalpalıyordu sanki. Ağzına dolan acı suyu tükürmek için yana doğru eğilince, denizde, küçük bir yelkenlinin güvertesinde boylu boyunca yatmakta olduğunu farketti!

Zihni tamamen açılmıştı artık. Başını temkinli bir şekilde kaldırıp çevresine şöyle bir göz attı. Rüzgârın iyice doldurduğu kül rengi ana yelkeni gördü... Ayışığında cilâlı gibi parlayan küpeşteyi... Sonra yelkenin hışırtısına eşlik eden suyun yarılış sesini işitti... Tatlı bir huzur, bir güven duygusu kapladı içini... Sonra vücudunda kırık olup olmadığını anlamak için usulca ellerini, kollarını, ayaklarını ve bacaklarını hareket ettirdi. Böğründeki ince ama derin sızının dışında her şey yolunda gibiydi. Eliyle böğrünü yokladı. Parmakları karnına sıkıca sarılmış, kalın bir kuşağa temas etti. Kuşağın yarasının üstüne isabet eden yeri bir hayli şişkindi. Tekrar yerinden doğrulmaya çalışırken birden kulağına çarpan yumuşak bir gençkız sesiyle irkildi:

"Misafirimiz uyandı baba!"

Yüreğine bir hançer saplanır gibi oldu Bilâl'in... Yoksa...

"Râbia?" diye seslendi. Boğazından çıkan hırıltılı sesi kendi bile tanıyamadı.

"Râbia değil, Nemîra..." dedi bu defa tok bir erkek sesi.

Bilâl hayal meyâl kendini Hacı Tayyar Reis olarak tanıtan adamın sesini hatırlar gibi oldu.

"Ben sana demedim mi açık hava ona iyi gelir diye! Bak toparlandı bile!" diye devam etti Hacı Tayyar Reis'in sesi.

Bilâl seslerin sahiplerini görebilmek için arkasına dönmeye çalıştı.

"Fazla kıpırdanma delikanlı... Daha yaran taze! Kesiği dikene kadar anam ağladı... Bir patlayacak olursa, Allah muhafaza, bir daha uğraşamam, bilesin!"

Hacı Tayyar Reis, Bilâl'in görüş sahasına girdi. Bilâl gözlerini kısıp, ayışığında, besbelli hayatını borçlu olduğu adamın yüzünü seçmeye çalıştı. Derin çizgilerin, içine âdetâ oluk oluk kazındığı esmer yüzü çevreleyen kısa siyah sakalı ve şimdi neredeyse muzip bir çocuk edâsıyla bakan mavi gözleri hatırlıyordu.

"Hacı Tayyar Reis... Sen... misin?" diye sordu Bilâl güçlükle.

"Bi-iznillâh!" dedi Hacı Tayyar Reis yüzünü pırıl pırıl aydınlatan kocaman bir gülümsemeyle. Şaşılacak kadar beyaz ve muntazam dişleri vardı.

"Biraz su içmek ister misin? Boğazın iyice kurumuştur..."

Sonra, cevabını beklemeden Bilâl'in arkasına doğru, karanlığın içine seslendi:

"Nemîra! Büyük küpten su getiriver Bilâl efendiye!"

Bilâl şaşırdı...

"Adımı..."

"Demek Osman'ın dilinden düşürmediği şu meşhur yeğeni sensin, ha?"

"Osman mı?"

Yine kocaman, pırıl pırıl bir gülümseme aydınlattı Hacı Tayyar Reis'in yüzünü.

"Doğru... Siz 'Osman Hocaefendi' dersiniz ona! 'Keskin Hoca'! Kusura bakma, benimkisi ağız alışkanlığı... Biraz da cahil edepsizliği..."

Bilâl'in kafası karışmıştı; ne diyeceğini bilemedi.

"Estağfirullah..." demeye çalıştı, ama beceremedi.

"Buyrun..."

Nemîra'nın beraberinde getirdiği denizci fenerinin titrek ışığında Bilâl, onun şaşılacak derecede babasına benzediğini farketti. Bilâl'le aşağı yukarı aynı yaşta olmalıydı. Başına, tıpkı babası gibi, Kuzey Afrika Berberîlerine has dolayışla, yalnızca yüzünü meydanda bırakan siyah bir sarık dolamıştı. Sağ burun deliğinde ince gümüş bir hızma vardı. Üzerine bileklerinden sıkma bol kollu kara, uzun bir mintan giymişti. Elleri özenle şekil verilmiş kara kınayla süslenmişti. Demek kendine gelirken işittiği ve bir an için Râbiâ'sı zannettiği o yumuşak sesin sahibi buydu.

"Ağzında beklete beklete iç, birden yutma! Kusarsın sonra!" dedi Hacı Tayyar Reis.

Bilâl, Nemîra'nın kendisine uzattığı çam ağacından oyma maşrapayı alıp yavaşça dudaklarına götürdü...

"Bismillâhirrahmânirrahîm..."

Acı bir tadın burduğu, neredeyse tamamen kuruttuğu ağzına serin serin dolan çam kokulu suyu, bir anda, kana kana içesi geldi Bilâl'in ama kendini tuttu.

"Önce ağzını bir çalkala, tükür istersen..." dedi Hacı Tayyar Reis, "Suyun tadını daha iyi alırsın..."

Bilâl hiç düşünmeden, küçük ve uysal bir çocuk gibi Hacı Tayyar Reis'in dediğini aynen yaptı. Sonra suyu gıdım gıdım yudumlamaya başladı. Boğazından aşağı kayan her katre tedâvi ediyor, can veriyordu sanki Bilâl'e.

"Elhamdulillâh!"

"Afiyet olsun, şifâ olsun..." diye alçak sesle mırıldandı Nemîra.
"Tamam!" dedi Hacı Tayyar Reis, "Şimdilik bu kadar yeter. Alıver kızım maşrapayı Bilâl efendinin elinden de canı daha fazlasını çekmesin!"

Nemîra, Bilâl'in, aldığı komuta tereddütsüz uyan bir nefer gibi hemen uzattığı maşrapayı usulca alıp hemen uzaklaştı.

"Nerede... Neredeyiz biz?" diye sordu Bilâl biraz daha kendine gelmiş, rahatlamış bir şekilde.

"Bulunmamız gereken yerde, denizin ortasında!" diye cevap verdi Hacı Tayyar Reis.

Sonra Bilâl'in bir şey söylemesine fırsat vermeden devam etti: "Osman'ın anlattığı kadar varmışsın, hatta daha da yamanmışsın vesselâm! Şevket şerefsizinin iki itini de haklamışsın!"

Bilâl'in zihni yeniden allak bullak olmuştu.

"Ne Şevket'i? Ne iti?" diye kekeledi.

Hacı Tayyar Reis hiç aldırmadı Bilâl'e.

"Birini çoktan gitmeyi hakkettiği yere, cehennem zebânîlerinin yanına göndermişsin; diğeri de, bir-iki güne kalmaz boylar o alçağın yanını - tabii Hak Te'âlâ, celle celâluhu, başka türlüsünü takdir etmemişse, vesselâm!"

Bilâl dehşet içinde yerinden doğrulmaya çalıştı.

"Yani ben... Aman Yâ Rabbî!"

Gözlerinin karardığını hissetti Bilâl. Hacı Tayyar Reis ok gibi fırlayarak yerinden, Bilâl'i omuzlarından tuttu, usulca yatırdı.

"Anam... anacığım... Râbiam..." diye inledi Bilâl.

"Sakin ol delikanlı! Durduk yerde iş açma başımıza! Osman... Osman dayın yani, durumdan haberdâr, merâk etme!"

"Ben... Nasıl... nasıl..."

"Olan olmuş bir kere!"

Sonra yine karanlığın içine doğru seslendi Hacı Tayyar Reis: "Nemîra! Su!"

"Peki... Şimdi ne olacak? Nereye gidiyoruz biz?"

Hacı Tayyar Reis cevap vermedi. Kuşağından çıkarttığı küçük bir deri kesenin içinden tohuma benzer birşeyler döktü Nemîra'nın uzattığı maşrapanın içine ve bıçağının sapıyla iyice ezdi, karıştırdı. Sonra maşrapayı Bilâl'in dudaklarına dayadı.

"İç bunu," dedi, " ve uyumaya çalış! Yoksa yaran azar, ateşin yükselir ve seni toparlayamam bir daha! Haydi, gayret bizden, biznillâh, şifâ Rahmân Rahîm Allah'tan, celle celâluhu, vesselâm!"

"Bismillâhirrahmânirrahîm..." diye mırıldandı Bilâl. Yavaşça doğruldu yattığı yerden, gözlerini kapadı ve maşrapayı başına dikti.

"Elhamdulillâh!"

Sonra gözlerini açmadan tekrar uzandı. Çok geçmeden adalelerinin iyice gevşediğini ve içinden birşeylerin havalanıp, yüzünü okşayan rüzgârla birlikte hızla uzaklaştığını hissetti.

Hacı Tayyar Reis usulca yerinden doğruldu, deve tüyünden dokunmuş bir battaniye ile Bilâl'in üzerini sıkıca örttü ve eğilip boncuk bocuk terlemiş alnından öptü Bilâl'i.

"Hak Te'âlâ, celle celâluhu, yardımcın olsun..." diye mırıldandı kendi kendine.

Sonra küpeştede asılı duran keçi derisi tulumdan abdest alıp, ağır adımlarla teknesinin burnuna doğru yürüdü, iki rekât namaza durdu.

***

Bilâl yeniden gözlerini açtığında, taş duvarlı küçücük bir odada, hasır üzerine serilmiş ince bir şilteden ibaret bir yatakta yatar vaziyette bulunca kendini önce çok şaşırdı. Sonra derin bir korku sardı birden içini.

Yoksa...

Gayriihtiyârî el ve ayak bileklerini yokladı; prangasız olduklarını farkedince derin bir nefes aldı.

Yavaşça yerinden doğrulup etrafına bakındı. Köşede duran küçük masayı, hele üzerinde üstüste yığılmış duran kalın ve eski kitapları görünce içi biraz daha rahatladı. Besbelli ki bir zindan

"HİKÂYE-İ BİLÂL"

hücresi değildi burası. Küçük, dar bir pencereden, pırıl pırıl güneş ışığı süzülüyordu içeri. Yatağının başucu tarafındaki duvarda, güçlü menteşelerinden bir hayli ağır olduğu anlaşılan kemerli bir ahşap kapı vardı.

Bilâl yavaşça ayağa kalkmaya çalışırken birden üzerinde kaba keten dokumadan uzun bir fistan olduğunu farketti. Çok şaşırdı. Sonra gayriihtiyârî eliyle böğrünü yokladı. Sargı gerçi hâlâ yerinde duruyordu ama bir hayli incelmişti. Yarası da artık sancımıyordu. Yalnızca hafif bir sızı ve kaşıntı hissediyordu böğründe; o kadar.

Ayağa kalktı Bilâl.

"Bismillâhirrahmânirrahîm..."

Önce biraz sendeledi ama hemen toparlandı. Artık başı dönmüyordu ve besbelli ateşi de yoktu.

Yavaşça pencereye doğru yürüdü ve dışarı baktı. Parlak güneş ışığı önce gözlerini kamaştırdı. Pencere büyükçe bir zeytinliğe bakıyordu. Bilâl'in burnuna deniz kokusu geldi. Başını temkinli bir şekilde pencereden dışarı uzatınca ağustosböceklerinin cırıltısı arasında, muntazam aralıklarla kayalara vuran dalgaların sesini işitir gibi oldu. Biraz daha dikkatle bakınca, zeytin ağaçlarının arasından denizi gördü.

"Subhânallâh..." diye mırıldandı kendi kendine, "Neredeyim ben böyle?"

Sonra tekrar dönüp odaya ve içindeki eşyaya bir kere daha dikkatlice baktı. Yavaşça yere çöktü, gözlerini kapatıp zihnini toparlamaya çalıştı.

Denizin ortasında bir yelkenlideydi önce...

Hacı Tayyar Reis ve kızı...

"Nemîra..." diye mırıldandı.

Evet...

"Bulunmamız gereken yerdeyiz..." demişti Hacı Tayyar Reis, "Denizin ortasında..."

Sonra...

Korkunç kâbuslar ve sancılar içinde kıvranışını hatırladı... Ateşler içinde yanışını...

"İç bunu... ve uyumaya çalış! Yoksa yaran azar, ateşin yükselir... Seni toparlayamam bir daha!"

...ve sonra derin, rahat bir uykuya dalışını...

Sonra...

Sonra bir gece vakti, bir yere yanaştıklarını hatırladı hayal meyâl... Hacı Tayyar Reis'in kısa ve kesin komutlar verişini...

"Yavaş! Sarsmayın! Başının altını besleyin!"

Yavaş yavaş zihni açılır gibi oluyordu Bilâl'in...

Mehtap... Evet... Mehtap vardı ve birileri onu usulca üzerine yatırıldığı bir teskere ile bir yere taşıyordu... Önce kumsalda, sonra yokuş yukarı... Gözlerini bir türlü açamıyordu... Kolları, bacakları... bütün vücudu kurşun gibiydi: donuk ve ağır; kıpırdanamıyordu.

Sonra...

Birden alnında rahatlatıcı bir serinlik hissetmişti... ve günlük kokusuna karışan hafif bir sirke kokusu gelmişti burnuna...

"Sağol anacığım, Allah senden râzı olsun..." demek istediğini ama kupkuru olmuş, çatlamış dudaklarını bütün gayretine rağmen bir türlü açamayışını hatırladı Bilâl...

Sonra...

Anlamadığı birşeyler fısıldaşan sesler işittiğini ve... gıdım gıdım ağzına dolan ılık ballı sütün huzur ve güven veren lezzetiyle gevşeyip, yeniden derin, ama bu defa sakin bir uykuya daldığını hatırladı...

Sonra...

... işte, nerede ve kime ait olduğunu bilmediği bu garip odanın içinde uyanmıştı az önce.

Gözlerini açıp tekrar etrafına bakındı Bilâl.

"Subhânallâh..." diye mırıldandı. Zihnini örten kalın sis perdesinin arasından sızanlar ancak bu kadardı ve görünen oydu ki, içinde bulunduğu durumu aydınlatmak konusunda pek de yararlı olamamışlardı.

"Oturup beklemekten başka çare yok..." diye düşündü.

Tam tekrar yatağa uzanmak üzere doğruluyordu ki, odanın kapısı ince bir gıcırtıyla usulca aralandı.

Birden irkildi Bilâl; sırtından aşağı soğuk bir ter boşandı.

İçeri giren yetmiş yaşlarında, belki de daha yaşlı bir adamdı. Elinde, üzerinde zeytin, peynir, ekmek ve küçük bir su testisi bulunan büyükçe bir tepsi vardı.

Bilâl'in pencerenin dibine diz çökmüş vaziyette, şaşkın ve biraz da ürkek bakışlarla kendisine baktığını görünce tatlı tatlı gülümsedi yaşlı adam.

"*Kalimerasas...*" dedi usulca, "Hayırlı sabahlar!"

"'Aleykumselâm..." diye cevap verdi Bilâl gayriihtiyârî.

"Maşaallah, kalkmışsınız..."

Bilâl yaşlı adamı tepeden tırnağa süzdü: düzgün kesilmiş ve çevrilmiş bembeyaz bir sakalı vardı. Saçları da bembeyaz, bir hayli seyrek ama neredeyse omuzlarına değecek kadar uzundu ve özenle taranmıştı. Üzerinde, tıpkı Bilâl'in şimdi üzerindeki gibi, kaba keten dokumadan uzun, beyaz bir fistan ve yünden örme, kolsuz beyaz bir yelek vardı. Çıplak ayaklarına yumuşak deriden bir tür çarık giymişti.

Yaşlı adam tepsiyi usulca Bilâl'in yanıbaşına yere bıraktı. Sonra dönüp yine tatlı ve müşfik bir gülümsemeyle Bilâl'e baktı.

"Acıkmışsınızdır... Afiyet olsun... Kusura bakmayın... İkram edecek ancak bunlar var..." dedi ve saygıyla birkaç adım geri çekilip ayakta beklemeye başladı.

Bilâl hâlâ şaşkınlık dolu bakışlarla yaşlı adama bakıyordu. Onun Türkçeyi İstanbul'da Rum balıkçılardan alışkın olduğu o kendine has telâffuzla konuşması dikkatini çekmişti.

"Allah Allah..." diye mırıldandı kendi kendine.
Sonra kendini toparlayıp sordu:
"Ne... neredeyim ben? Kimsiniz siz?"
Yaşlı adam birden canı yanmışçasına yüzünü buruşturdu. "Ahh..." dedi samimi bir mahçubiyet içinde neredeyse ezilerek, "Affedersiniz... Kusur ettim... Düşünemedim... İhtiyarlık... Adım Yorgo... Yorgo Vassilidis... Burası..."
Yaşlı adam bir an için duraksadı, gözleri emin olmak istermişçesine odayı şöyle bir taradı. Sonra mahçup bir gülümsemeyle tekrar Bilâl'e yöneldi.
"...evim sayılır" dedi.
"Neresi... burası?" diye ısrarla sordu bir kere daha Bilâl.
"Bir ada... Küçük bir ada. Yani aslında... Bir adanın adası..."
"Bir adanın adası mı?"
"Evet... Asıl adamızın biraz açığında, bir küçücük ada... 'Keçi Adası' derler..."
"Peki... ben... nasıl..."
"Ooo, evet... Hacı Tayyar Reis... O emanet etti sizi bana... Yani, buraya. Bir-iki lokma yeseniz..."
"Ne zamandan beri buradayım?"
"Bugün üçüncü gün..."
Bilâl birden irkildi.
"Üçüncü gün mü!"
"Evet."
"Aman Yâ Rabbî!" diye inledi Bilâl. "Ben..."
"Çok hastaydınız... Yaralı... Hacı Tayyar Reis... Yarı hekim sayılır... Çok iyi tedavi etmiş, maşaallah, yaranızı! Evet. Zeytinler bahçemizin. Peynirimiz de hafiftir, tazedir. Suyumuz... nasıl derler, pınardan... Buyrun!"
"Hacı Tayyar Reis..."
"O pek sık gelmez buraya... Bana müsade..."

Yorgo Vassilidis, Bilâl'in birşey söylemesine fırsat bırakmadan, yaşından umulmayacak kadar çevik bir hareketle toparlanıp odadan çıktı.

Son bir saat içinde yaşadıkları, işittikleri, öğrendikleri zihnini büsbütün karıştırmıştı Bilâl'in.

"En iyisi bir-iki lokma yemeli..." diye düşündü.

Ağır kapı tekrar yavaşça açıldı ve Yorgo Vassilidis elinde bir ibrik-leğen takımıyla içeri girdi. Koluna kaba ve gevşek dokunmuş kumaştan bir kurulanma bezi asmıştı.

"Rahatsız olmayın..." diye gülümsedi. "Abdest almak isterseniz diye düşündüm..."

"Eyvallah!" dedi Bilâl, "Hak Te'âla, celle celâluhu, râzı olsun!"

"Kıble... tam karşısı... Seccâde... masanın çekmesinde..."

Sonra usulca yatağın yanına bırakıp elindekileri, Bilâl'in şaşkın bakışları arasında çıktı odadan; kapıyı örttü.

"Subhânallâh..." dedi Bilâl kendi kendine, "Rüyaysa da, gerçekse de, hayra çıkar Yâ Rabbî!"

Ağır ağır doğruldu çöküp kaldığı yerden ve abdest almak üzere ibriğin başına gitti. Yüzünü yıkarken sakallarının uzamış olduğunu farketti. Bir an duraksadı. Sonra gayriihtiyârî güldü kendi kendine. Öyle ya, en az beş günden beri ustura değmemişti yüzüne! "Rahmetli babama benzemiş miyimdir acaba?" diye geçirdi içinden, "Anacığım görse kim bilir ne der!" Yüreği burkulur gibi oldu. Sonra kararlı bir hareketle yeniden ibriğe davrandı.

***

Karnını güzelce doyurup, oturduğu yerde namazlarını edâ ettikten sonra tatlı tatlı bastıran uykuya fazla direnmedi Bilâl.

***

Uyandığında gece olmuştu. Gözleri karanlığa alışana kadar bir süre yattığı yerde kaldı. Sonra yavaşça doğrulup, uykuya dalmadan önce yaşadıklarını doğrulamak istercesine etrafına baktı. Yemek yediği tepsi kaldırılmış, yerine içi taze incir ve üzüm dolu bir sepet bırakılmıştı. İbrik ve leğen yerli yerinde duruyordu; kurulanma bezi muntazam bir şekilde katlanmış olarak ibriğin kulpuna asılmıştı.

"Rüyâ filân değil, besbelli..." diye düşündü, "ayniyle gerçek!"

Kalktı, pencereye doğru yürüdü. Hafifçe aralık duran kepengi itip ardına kadar açtı. Denizden gelen tatlı serin esinti yüzünü okşadı. Gözlerini kapatıp temiz havayı derin derin ciğerlerine çekti. Kayaları döven dalga seslerini dinledi. Sonra birden dalga sesleri arasına karışan insan sesleri işitti. Gözlerini açtı. Birileri kısık sesle ama heyecanla Rumca birşeyler anlatıyor, arkasından biri, sonra bir başkası besbelli ya cevap veriyor, ya da soru soruyordu.

Dikkatle kulak kesildi Bilâl. Ama kulaktan dolma Rumcası, ne konuşulduğunu tam olarak anlamaya yetmedi.

Birden başka bir ses Sırpça konuşmaya başladı. Sanki biri daha önce konuşulanları bir başkasına tercüme ediyordu.

Sonra kısa bir sessizlik oldu.

Ve Bilâl tam, 'Beni farkettiler galiba...' diye düşünerek pencereden geri çekilmeye hazırlanırken, Yorgo Vassilidis'in yumuşak sesi sessizliği bozdu.

Birden ürperdi Bilâl. Çünkü Yorgo Vassilidis, Arapça konuşuyordu ve dudakları arasından su gibi dökülen kelimeler, mubârek Kur'ân lâfzıydı!

Kulaklarına inanamadı Bilâl!

Heyecandan nabzının şakaklarında atmaya başladığını hissetti.

Neresiydi burası ve neler oluyordu?

Kararlı bir hareketle yavaşça dışarı doğru eğildi pencereden. Bulunduğu yerin hemen altında, bahçeyle hemzemin bir odanın açık duran pencerisinden yayılan titrek, sarı ışığı gördü. Sesler buradan geliyordu ve Yorgo Vassilidis şimdi tekrar Rumca konuşmaya başlamıştı.

Bilâl birşeyler anlayabilme gayretiyle bir süre daha kulak kabarttı Yorgo Vassilidis'in sesine.
Nafile.
Az önce işittiği mubârek âyeti hatırlamaya çalıştı ama başaramadı. Yaşadığı şaşkınlık hafızasını perdelemişti sanki.
Sonra pencereden geri çekildi.
Yarası hafif hafif sızlamaya başlamıştı.
Yavaşça yatağının başına döndü ve ağır ağır abdest aldı.
Bu esrarengiz durumun açıklığa kavuşabilmesi için sabahı beklemekten başka çare yoktu besbelli.
Derin bir nefes aldı. Zihnini tamamen boşaltmak için nefesini tutup gözlerini kapatarak bir süre bekledi.
O en sevdiği "*Yâ Hayy, Yâ Kayyûm, lâ İlâhe illâ ente!*" zikrini defalarca, defalarca geçirdi içinden. Tâ ki önce boynu, omuzları, kolları sonra bütün vücudu iyice gevşeyip, ruhu derin bir huzurla doluncaya dek.
Sonra dizleri üzerine çöktü, tekbîr getirip, namaza durdu.

***

Ve yine tuhaf, karmakarışık rüyâlarla dolu bir gece geçirdi Bilâl.
Dev bir kum saatinin içine hapsolmuştu bu defa rüyâsında. Ateş gibi kumlar tabanlarını yakıyor ve büyük bir girdap meydana getirerek ayaklarının altından kayıp, Bilâli aşağı doğru sürüklüyordu. Bilâl can havliyle kum saatinin fânusuna tutunmaya çalışıyor ama terden sırılsıklam olmuş avuçları, camın parlak mor hâreli yüzeyinde kanlı izler bırakarak, âdetâ bu kaymayı hızlandırıyordu. Buna rağmen kum bir türlü bitmek bilmiyordu. Kum saatinin dışında ise Râbia'sı ve anacığı onu kurtarmak için sessiz çığlıklar atarak çırpınıyorlardı. Sonra birden dev kum saatinin dibinde gördü kendini Bilâl. Kızgın kumlar biteviye tepesinde birikiyor ama bir türlü üzerine boşalmayıp, ateşten bir kubbe gibi havada duruyordu. Bu defa mor hâreli fânusun dışında Osman Hocaefendi,

Hacı Tayyar Reis ve Hacıbey Sungur, ellerinde gözalıcı parlaklıkta çelik kılıçlarla camı kırmaya çalışıyorlardı. Fakat kılıçlar mor hâreli fânusun yüzeyine suya dalar gibi dalıyor, değil camı kırmak, üzerinde iz bile bırakmıyorlardı. Sonra ayaklarının altında uçsuz bucaksız, koyu lâcivert bir deniz belirdi Bilâl'in. Çok yükseklerden uçarcasına, başdöndürücü bir hızda seyretmeye başladı denizin üzerinde. Uzaklardan çok uzaklardan derin ve latîf, ama o güne kadar hiç işitmediği bir ses Kur'ân okuyor ama Bilâl sesin sahibini bir türlü göremiyordu. Gözlerinden yaşlar boşanıyordu Bilâl'in. Ve gözyaşları yanaklarından aşağı göğsünün üzerine süzülüp, billûrdan damlalar halinde o uçsuz bucaksız denize, yağmur misâli yağıyordu.

Uyandığında yüzünün, göğsünün, üzerindeki incecik örtünün gözyaşlarıyla sırılsıklam kesilmiş olduğunu farketti Bilâl.

Sabah vakti girmek üzereydi.

Yatağının üzerinde, oturduğu yerde edâ ettiği namazından sonra usulca odasının kapısını açtı Bilâl. Büyük bir taş sofaya çıktı. Sofaya açılan ve tıpkı kaldığı odanınkine benzeyen üç kapı daha vardı. Taş bir merdiven alt kata iniyordu. Temkinli bir şekilde merdivenlerden indi. Burası da taş bir sofaydı. Taş duvardaki kemerli oyuklardan birinin içinde yanan irice bir yağ kandilinin titrek sarı ışığında, biri büyük, ikisi küçük üç kapı gördü. Ortalıkta ne en küçük bir hareket, ne de en hafif bir ses vardı; bina bomboştu sanki. Kararlı bir hareketle büyük kapıya doğru yürüdü. Besbelli ki bu, cümle kapısıydı. Yavaşça kapıyı açtı ve güneşin ilk ışıklarının aydınlatmaya başladığı bahçeye çıktı. Serin ve tertemiz, deniz ve yosun kokan sabah havasını derin derin içine çekti. Sonra zakkumlar, dev kaynana dilleri, adaçayı, lavanta, fesleğen öbekleri arasından geçen, büyük yassı taşlarla döşenmiş yolu takip ederek odasının penceresinden gördüğü incir ve zeytin ağaçlarının bulunduğu yere doğru yürüdü. Zeytinliğin yan tarafında mandalina, por-

"HİKÂYE-İ BİLÂL"

takal, limon ağaçları, küçük ama bakımlı bir üzüm bağı, etrafı çitle çevrili bir sebze bostanı ve bunların hemen ötesinde, yine taştan yapılmış küçük bir ahır, bir ağıl ve bir de kümes vardı. Ağaçların arasından iri kayalar ve onların biraz aşağısındaki sahil görünüyordu. Sahildeki küçük taş iskeleye bağlanmış bir sandal hafif hafif salınıyordu.

Bilâl yaşlı bir ceviz ağacının altındaki, keçi postları serilmiş kerevetin üzerine oturdu ve eve baktı. Üç katlı ve bir hayli uzun binanın büyük bir kısmı neredeyse harabe halindeydi.

"Evden ziyâde zindana benziyor..." diye düşündü Bilâl. Gayriihtiyârî ürperdi. Gözlerini kapattı. Üsküdar'da, kayıkhanede hiç beklemediği bir anda, durup dururken uğradığı saldırı canlandı gözünün önünde... Kimdi o iki adam ve ne... Birden Hacı Tayyar Reis'in teknedeki sözlerini hatırladı:

"Şevket şerefsizinin iki itini de haklamışsın!" demişti...

"Şevket... Şevket şerefsizinin iki iti..." diye mırıldandı Bilâl kendi kendine.

Yoksa...

"Şevket Paşa!" diye bağırarak gözlerini açtı Bilâl.

"Sabah şerifler hayr'olsun!"

Yorgo Vassilidis tam karşısında durmuş, mahçup bir edâda gülümseyerek yüzüne bakıyordu.

Bilâl bir an için şaşkınlıktan donakaldı. Sonra hemen kendini toparladı.

"Ha...hayırlı sabahlar..."

"Maşaallah... Maşaallah... Çok...iyi görünüyorsunuz..."

"İyiyim, elhamdulillâh..."

"Maşaallah... Maşaallah... Kahvaltınızı...buraya getireyim... ister misiniz?"

"Aman... Zahmet etmeyin... Ben..."

"Yoo! Zahmet değil! Bilakis! Hemen gelirim. Müsadenizle..."

Yorgo Vassilidis, Bilâl'in bir şey söylemesine fırsat vermeden arkasını dönüp eve doğru hızlı hızlı yürüdü.

Bilâl birden küçücük bir çocuk kadar çaresiz hissetti kendini. Neredeyse dedesi yaşındaki bu hiç tanımadığı, kim olduğunu bile bilmediği adamın, büyük bir tevazu, saygı ve nezaketle kendisine hizmet etmesinden çok rahatsızdı. Ama elinden hiç bir şey gelmiyordu. Daha doğrusu adının Yorgo Vassilidis olduğunu söyleyen bu yaşlı adam, Bilâl'in değil itiraz etmesine, tepki göstermesine, bir şey söylemesine dahi kesinlikle fırsat vermiyordu.

"Çoktan terkedilmiş bir mahpushanede, müşfik bir gardiyanın himmetine mahkûm edilmek gibi bir şey bu..." diye içinden geçirdi Bilâl, "Zavallı anacığım şu halimi görse, hem şaşar, hem de pek memnun, pek müsterih olurdu herhalde!"

***

"Buyrun efendim..."

Yorgo Vassilidis elindeki tepsiyi usulca kerevetin üzerine bıraktı. Tepside kekikli kırma zeytin, lor peyniri, petekli bal, kalınca bir dilim kaymak, ekmek ve bir çanak süt vardı.

"Afiyet olsun..."

Birden iyice acıkmış olduğunun farkına vardı Bilâl.

"Allah râzı olsun..."

"Sütümüz keçi sütüdür... Daha yeni sağdım... Bal da kendi kovanlarımızdan, âcizâne..."

"Siz de buyrun..."

"Teşekkür ederim... Ben yedim...Bolca yiyin... Artık kuvvet kazanmanız gerek!"

Bilâl iştahla yemeye başladı.

"Bismillâhirrahmânirrahîm..."

Yorgo Vassilidis yüzünde tatlı ve huzur dolu bir gülümsemeyle Bilâl'i bir süre seyretti. Sonra usulca yerinden kalktı ve sessiz adımlarla eve doğru uzaklaştı.

***

Yedikçe yiyesi geliyordu Bilâl'in. Öylesine acıkmıştı ki, bir süre için zihnini yoran sualleri unutuvermişti.

Tam kahvaltısını bitirmek üzereydi ki Yorgo Vassilidis, kokusu bir anda etraftaki bütün kokuları bastırıveren bir fincan kahveyle çıkageldi.

"Sade yaptım..." dedi, "kahvenizi... Uygundur inşaallah..."

"Zahmet etmişsiniz, ellerinize sağlık..."

"Zahmet değil! Afiyet olsun..."

Sonra Bilâl'in yanına oturdu.

"Osman Hocaefendi nasıl? Afiyette inşaallah..."

Bilâl birden şaşırdı.

"Kim?"

"Osman Hocaefendi... Dayınız..."

"İyi... iyidir... Elhamdullillâh... Yani son gördüğümde iyiydi... Tanır mısınız onu?"

Yorgo Vassilidis derin bir soluk alıp bir an için sustu, gözleri dalar gibi oldu.

"Seneler evvel... Çok güzel sohbet etmiştik... Allah selâmet versin..."

"Peki, onun benim dayım olduğunu nereden biliyorsunuz?"

"Hacı Tayyar Reis... O söyledi... Pek memnun oldum..."

Sonra uzun bir sessizlik çöktü üzerlerine. İkisi de derin düşüncelere, hatıralara dalmıştı sanki.

Kendini ilk toparlayan Bilâl oldu.

"Burası..." dedi, binaya işaret ederek, "bir mahpushane miymiş eskiden?"

Yorgo Vassilidis acı acı gülümsedi.

"Öyle de demek mümkün... Evet... Bir zamanlar öyleymiş... Şimdi de öyle..."

Bilâl birden gerildi, kaşlarını çattı.

"Yani..."

"Yoo... Sizin için değil! Fakir için... Tek mahkûm benim burada... Siz misafirimsiniz! Yalnızca misafir... Merak etmeyin!"
Sonra yerinden doğruldu Yorgo Vassilidis.
"Size... meyve getireyim..."
Bu defa yaşlı adamın hemen kaçıp gitmesine fırsat vermek istemiyordu Bilâl; hemen atıldı.
"Dün gece... Başka misafirleriniz de vardı galiba... İstemeden kulak misafiri oldum da..."
Yorgo Vassilidis duraksadı. Bir an için gözlerinde bir tedirginlik ifadesi görür gibi oldu Bilâl.
"Evet... Misafirlerim vardı... Rahatsız etmedik inşaallah..."
"Hâşâ! Namaz için kalkmıştım... Sohbet ediyordunuz herhalde..."
"Zaman zaman ziyaretime gelirler... Gençler... Sohbet ederiz biraz... Meyve..."
Bilâl, Yorgo Vassilidis'i göndermemekte kararlıydı. İkram teklifini duymazlıktan geldi.
"Bir ara Kur'ân okunduğunu işitir gibi oldum..."
Bir kere daha, bir an için ince bir tedirginlik hâresinin Yorgo Vassildis'in gözlerini kuşatır gibi olduğunu farketti Bilâl. Ama kendini hemen toparladı yaşlı adam. Gülümsedi.
"Hâfız-ı Kur'ânlara bazen öyle gelirmiş... Yorgun oldukları zaman... Osman Hocaefendi söylemişti... Evet. Taze üzüm kestim bağdan... Sonra da odanıza çıkıp yaranıza bir bakalım... Yeni merhem sürmek gerekir..."
Sonra kararlı bir hareketle arkasını dönüp, bu defa hızlı adımlarla uzaklaştı Yorgo Vassilidis, Bilâl'in yanından.
Bilâl daha fazla dayanamadı ve:
"Kim... Kimsiniz siz... Allah aşkına!" diye seslendi Yorgo Vassilidis'in arkasından.
Yaşlı adam mıhlanmış gibi durdu. Döndü, Bilâl'e baktı. Gözgöze geldiler.

"Allah'ın garip ve âciz bir kulu..." dedi sonra usulca, "Yalnızca Allah'ın garip ve âciz bir kulu!"
Ve yoluna devam etti.

***

"Maşaallah... Maşaallah... Yara tamamen kapanmış... Nasıl derler... Bünyeniz... bünyeniz pek kuvvetli, maşaallah..."
Bilâl yattığı yerden ilk defa gördü yarasını. Yaklaşık iki parmak boğumu uzunluğunda, bir parmak boğumu eninde ve üzeri neredeyse siyaha çalar koyukahverengi, kalın bir kabukla kaplı yaranın etrafında koyu pembe bir hâre vardı.
"Birkaç güne kalmaz, kabuğu da atar inşaallah... Sancınız, sızınız var mı?"
"Hiç yok, elhamdullillâh... Yalnızca kaşınıyor, hem de iyice!"
Tatlı tatlı güldü Yorgo Vassilidis.
"Şifa alâmetidir... İyidir!"
Sonra avuç büyüklüğünde bir çanaktan bal kıvamında, kül rengi bir merhemi ihtimamla yaranın üzerine sürdü ve yeni, temiz bir sargı sardı.
"Şimdi yatıp dinlenin... Bol bol uyuyun... Uyumaya gayret edin... Tedâvidir uyku... Şifâdır. Nasıl derler, nekahat gerekir..."
"Bahçeye çıkmak istiyordum ama..."
"Ooo... Pek âlâ! Pek âlâ! Açık havada uyumak... daha güzel olur! Hamak asayım..."
"Hamak gerekmez..." diye gayrihtiyârî gülümsedi Bilâl, "Kerevette yatarım."
"Yoo... Serttir kerevet... Rahatsızlık verir... Hemen asarım hamağı..."
"Yardım edeyim size..."
Yorgo Vassilidis bir an için durdu, Bilâl'in yüzüne baktı. Gözleri dolu dolu olmuştu.
"Yardım... ettiniz bile..." dedi kendi kendine konuşurcasına, "Yardım ettiniz... teşrifinizle!"

***

Bir süre bahçede gezdi Bilâl. Sonra sahile indi, nicedir özlediği deniz suyuyla elini, yüzünü, ayaklarını yıkadı. Uçsuz bucaksız denizi seyretti. Çok açıklarda bir iki ada vardı. Yorgo Vassildis'in "Adanın adasıyız" diye sözünü ettiği asıl ada, besbelli aksi yöndeydi ama bahçenin dışına çıkmaya bir türlü cesaret edemedi Bilâl.

Bir ara yorulunca kerevetin üzerine oturup, kâh bahçe işleriyle, kâh ufak tefek tamiratla uğraşarak, yemek ikram etmenin dışında, kendisinden besbelli ısrarla uzak durmaya çalışan Yorgo Vassilidis'i seyretti. Sonra mandalina, limon ve portakal ağaçlarının arasında dolaştı bir süre. Bu adacıkta kendine gelmeye başladığından beri zihnini kurcalayıp duran suallerin hiçbirine tam bir cevap alamayacağını ve sır perdesinin açılmayacağını artık iyice anlamıştı Bilâl. Bu yüzden yapabileceği tek ve hiç kuşku yok ki en doğru şeyi yapıyordu: sabretmek ve beklemek.

Günün geri kalan ve en büyük kısmını ise Yorgo Vassilidis'in iki yaşlı zeytin ağacının arasına kurduğu hamakta, çaresizlikten kaynaklanan bu kararlılık içinde uyuyarak geçirdi.

***

"Bilâl efendi! Bilâl efendi!"

Yorgo Vassilidis'in sesiyle gözlerini açtı Bilâl. Hava kararmış, ay iyice yükselmişti.

"Kusura bakmayın, rahatsızlık veriyorum ama... kalkmanız lâzım!"

Bilâl, Yorgo Vassilidis'in sesindeki ve yüzündeki ciddî endişeyi farkedince birden şaşırdı.

"Hayr'ola?"

"Bu gece... buradan ayrılmanız gerekiyor!"

"Ne?"

"Ne olur, kusura bakmayın tekrar... Ama buradan ayrılmanız gerekiyor... Hemen... Bu gece!"

"Kötü bir şey mi oldu yoksa?"
Ağzının kuruduğunu hissetti Bilâl.
"Hacı Tayyar Reis... Haber gönderdi az evvel..."
"Hacı Tayyar Reis burada mı?"
"Hayır... Haber gönderdi yalnızca... Bizim büyük adanın limanında bazı adamlar... Sizi soruyorlarmış..."
"Beni mi?"
"Evet... Bir iki balıkçıya sormuşlar... Kahvede... Esnafa da sormuşlar... Gitmeniz gerek!"
"Peki, ama nereye? Nasıl?"
"Ben her şeyi ayarladım... Kayalıkların altındaki iskeleden bir kardeşimiz sizi alacak... Adı Stavros'tur... Merak etmeyin... Şimdi odanıza çıkın... Orada bir kıyafet hazırladım size... Onu giyin... Bu fistanla rahat hareket edemezsiniz... Sonra hemen iskeleye ineceğiz... Acele edin... Vakit dar!"

Yorgo Vassilidis, Bilâl'in hamaktan inmesine yardımcı oldu.
Sonra birlikte binaya doğru yürüdüler.

***

Zihni birden tamamen boşalmıştı sanki Bilâl'in. Ne korku, ne heyecan, ne de endişe duyuyordu. Tam tersine, tuhaf bir sükûnet çökmüştü üzerine. Oysa...

"Hiç olmazsa bu defa yola çıkarken aklım başımda, şuurum yerinde..." diye düşündü kendi kendine, yatağın üzerine serilmiş yeni kıyafetini giyerken, "ondan olmalı!". Istanbul'da birkaç defa gördüğü bazı İtalyan gemicilerin giydiği kıyafetleri andırıyordu üzerindekiler: beli kemerli, bol, lacivert bir pantolon , aynı kumaştan ancak beline kadar gelen uzun kollu, yakasız bir üstlük ve içe giyilen kül rengi ince bir mintan...

Sonra dönüp son bir defa odaya baktı. Gözü masanın üzerinde duran ve karanlıkta daha da kalın ve iri gözüken kitaplara takıldı. "Keşke vaktim varken onlara bir baksaydım..." diye geçirdi içinden, "Ama şimdi buradan ayrılma zamanı... Hem de bir an evvel ve kim bilir nereye!"

***

Bilâl tekrar bahçeye indiğinde Yorgo Vassilidis'i elinde meşin bir hurçla kendisini bekler buldu. Hiçbir şey konuşmadan birlikte sahildeki taş iskeleye doğru yürüdüler.

Orada, Bilâl'in daha önce gördüğü küçük sandalın başında ortayaşlı, ufak tefek bir adam duruyordu.

"*Ola endaksi* - Herşey tamam mı?" diye sordu Yorgo Vassilidis, Rumca.

"*Ne* - Evet!"

"*Orea* - Güzel!" dedi Yorgo Vassilidis, sonra Bilâl'e döndü, gülümsemeye çalışarak, "Kusura bakmayın... Stavros kardeşimiz Türkçe bilmez..." diye devam etti.

"*Debirazi... Mia glosa eftani diomas*, inşaallah - Ziyanı yok... Benim Rumcam ikimize de yeter inşaallah!"

Yorgo Vassilidis ve Stavros, Bilâl'in düzgün Rumcasını duyunca çok şaşırdılar.

"Maşaallah! Maşaallah! Rumcanız ne kadar güzel!"

"*Para poli orea! Para poli orea!* "

Yorgo Vassilidis omzunda taşıdığı meşin hurçu Bilâl'e uzattı.

"Bunu... Sizin için hazırladım... İçinde bir-iki kat çamaşır, iki mintan... Biraz sabun... Yaranız için merhem de koydum... kabuk döküldükten sonra, tamamen bembeyaz iz kalıncaya kadar her gece ve her sabah sürün, bağlayın. Bir kaç kese içinde de başka devalar var... Ateş için... Mide için... Affedersiniz ishal için... ve yanık için... hepsinin içine ayrı ayrı yazdım, ne işe yaradıklarını, nasıl kullanılacaklarını... Ayrıca, ihtiyaç duyabileceğiniz birkaç ufak-tefek... Her ihtimâle karşı... Bir de fakîrden hatıra bir emanet... Fakîr vefat ettikten sonra... Osman Hocaefendiye, nasipse, teslim edersiniz... Hepsi bu kadar..."

"Allah râzı olsun... Ama... Hak Te'âlâ, celle celâluhu, gecinden versin, vefat ettiğinizi nasıl ve nereden..."

Yorgo Vassildis yorgun bir gülümsemeyle Bilâl'in elini tuttu.

"O gün geldiğinde anlarsınız... Merak etmeyin! Hakkınızı helâl edin..."

Bilâl şaşırmıştı.

"Aman efendim o nasıl söz... Benim üzerinizde ne hakkım olabilir ki! Asıl siz hakkınızı helâl edin... Sâyenizde..."

"Estağfirullah... Biz... ancak vesileyiz... Benim hakkım size, nasıl derler, ananızın ak sütü gibi helâldir! Siz de helâl edin... lûtfen..."

Bilâl göz yaşlarını tutamadı.

"Helâl olsun! Ganî ganî helâl olsun..."

Öpmek üzere Yorgo Vassilidis'in eline davrandı. Yaşlı adam hızla çekti elini geriye...

"Yoo, hâşâ... Liyâkatimiz yoktur! Hâşâ!"

Bir an için göz göze geldiler. Sonra sımsıkı kucaklaştılar. Bir süre öyle kaldılar.

"Yolun açık, Hak muinin olsun oğlum..."

"Duâ edin bana Yorgo efendi... "

"Sen de... fakîri duâdan beri bırakma..."

"Esselâmu aleykum ve rahmetullâh..."

"Ve 'aleykumselâm ve rahmetullâhi ve berekâtuhu...

"*Hayde pame...* - gidelim!" dedi Stavros, Bilâl'in elinden hurçu alarak.

Sandala bindiler.

Bilâl, Stavros'un küreklere asılmadan evvel usulca "Bismillâh..." dediğini işitir gibi oldu.

Sonra hızla sahilden uzaklaştılar.

***

Yorgo Vassildis sandal karanlığın içinde kaybolana kadar arkalarından baktı.

Ateş gibi gözyaşları göğsünü ıslattı.

Harula'sının gittiği günden beri böyle bir ayrılık acısı tatmamıştı.

***

Karmakarışık duygular içindeydi Bilâl.

Nereye doğru gittiklerini bile bilmiyordu.

Stavros besbelli ki çok usta bir kürekçiydi: sandal karanlık suyun üzerinde kayarcasına, neredeyse hiç ses çıkartmadan hızla ilerliyordu.

Adadan ayrılalı yaklaşık bir saat olmuştu.

Stavros, bir tek kelime dahi konuşmamıştı yol boyunca.

"Besbelli nefesini korumak istiyor..." diye düşündü Bilâl. Sonra yıldızlara bakarak hangi yönde hareket ettiklerini tahmin etmeye çalıştı. Batı'ya doğru gidiyorlardı.

Birden epey uzakta, büyükçe bir karaltı gördü: gözlerini kısarak bakınca bunun orta boy bir yelkenli olduğunu farketti. Heyecanlandı.

"*Kitakse...* Bak!" dedi Stavros'a ve eliyle yelkenliyi gösterdi.

"*Endaksi* - Tamam!"

Stavros küreklere daha kuvvetle asıldı. Sonra ayağa kalkıp artık iyice belirginleşen tekneye yöneldi ve arka arkaya, gecenin sessizliğini âdetâ yırtan üç keskin ve uzun ıslık çaldı. Teknenin güvertesinde biri ayağa kalktı ve aynı ıslıkla cevap verdi.

Stavros tekrar küreklerin başına döndü.

"*İrthikame* - Geldik!" dedi şakaklarından aşağı süzülen teri elinin sırtıyla silerek ve gülümsedi.

İlk defa ince bir heyecan dalgasının içini kapladığını hissetti Bilâl.

"Elhamdulillâh!"

Stavros sandalı tekneye yanaştırdı. Önce Bilâl'in hurçunu teknede bekleyen adama doğru attı.

"*To piyano!* -Yakala!"

Sonra bir eliyle tekneyi tutarak Bilâl'e doğru uzandı ve yelkenliye çıkmasına yardımcı oldu.

"Hoşgeldiniz!" dedi teknedeki adam, yabancı olduğunu hemen belli eden bir Türkçeyle.

"Hoşbulduk!"

"*Ego fevgo, ehete namupite kati?* - Ben gidiyorum, bir diyeceğin var mı?" diye seslendi Stavros teknedeki adama.

"*Den ehi Kalo taksidi* - Yok. İyi yolculuklar!"

"*Esas kalo taksidi* - Size de iyi yolculuklar!" dedi Stavros.

"*Efharisto para poli kiriye Stavros!* - Çok teşekkür ederim Stavros efendi!" diye seslendi Bilâl.

"*Parakalo!* Fî emânillâh!"

Sonra Bilâl'in şaşkın bakışları arasında küreklere asıldı.

Bilâl sandal karanlıkta kayboluncaya kadar arkasından bakakaldı.

"Buyrun..." dedi teknedeki adam Bilâl'e yol göstererek. Birlikte kamaradan içeri girdiler.

Kamara tavanında asılı duran küçük bir gemici fenerinin sarı titrek ışığında üç gencecik delikanlı gördü Bilâl.

"*Andiamo! Subito!* - Haydi, gidiyoruz! Çabuk olun!" diye İtalyanca komut verdi Bilâl'i karşılayan adam. Delikanlılar ok gibi fırlayıp kamaradan çıktılar.

"Buyrun..." dedi tekrar teknedeki adam peykede yer göstererek.

Karşılıklı oturdular.

Bilâl adamın yüzünü ilk defa o zaman gördü. Otuzbeş yaşlarında olmalıydı. Sarıya çalar açık kumral, uzun ve gür saçları ve yine aynı renkte, besbelli kendisini olduğundan çok daha yaşlı gösteren palabıyık tarzı bir bıyığı vardı. Elâ gözlerinin bakışları yumuşak ve sakindi. Üzerinde yalnızca Bilâl'in giydiğine benzeyen bir pantolon vardı. Çıplak göğsü ve omuzları bir hayli geniş, kolları hemen dikkati çekecek kadar adaleliydi.

"Tekrar hoşgeldiniz..."

"Hoşbulduk..."

"Adım Gaetano... Gaetano Dragonetti... İtalyanım. Ama annem Rumdur. Foça'da doğdum büyüdüm. Oralı sayılırım..."

"Benim de adım Bilâl... Müslü..."

"Biliyorum..." diye sözünü kesti Gaetano Dragonetti gülümseyerek, "Zahmet etmeyin. Hakkınızda yeterince bilgi sahibiyim!"

Sonra Bilâl'in şaşkınlık içinde yüzüne baktığını görünce devam etti:

"*Il Capitano* Hacı Tayyar Reis müşterek dostumuzdur!"

Güverteden demir alındığını ve yelken basıldığını belli eden sesler geliyordu. Gaetano Dragonetti bir süre bu seslere dikkatle kulak verdi. Tekne nazlı bir salınmayla hareket edinceye kadar bekledi. Sonra tekrar Bilâl'e yöneldi.

"İşte, gidiyoruz... Hayırlı yolculuklar..."

"Cümlemize..."

"Artık benim misafirimsiniz. Yolculuğumuz yaklaşık dokuz gün, dokuz gece sürecek. Bu süre boyunca, özellikle gündüz saatlerinde, kamaradan dışarı çıkmamanızı rica ediyorum. Geceleri serbestsiniz... Yanlış anlamayın... Kendi emniyetiniz için!"

"Ama ben..."

"Nasıl ki yerin kulağı varsa Bilâl efendi, bundan hiç şüpheniz olmasın, rüzgârın ve dalgaların da kulağı vardır! Tedbirden zarar gelmez! Dokuz gün, dokuz gece sonra, Allah'tan bir mani olmazsa, bir başka tekneye bineceğiz. Bu defa büyük, çok büyük bir tekneye... Bir gemiye... *Il Capitano* daha epeyce uzun bir süre İstanbul'a dönmemeniz gerektiğini söyledi."

"Ne kadar uzun bir süre?"
"Belki altı ay, belki bir yıl..."
"Bir yıl mı?"
Bilâl'in aklı yerinden çıkacak gibi oldu.
"Belki de daha fazla... Kim bilir?"
"Nasıl... nasıl olur... Ben..."
"Başınız ciddî belâdaymış... *Il Capitano* öyle dedi..."
"Peki sonra?"
"Sonrasını bilemem... Benim vazifem yalnızca sizi en iyi şekilde korumak ve buralardan mümkün olduğu kadar çabuk bir şekilde, mümkün olduğu kadar uzaklaştırmak!"
"Başka... başka ne dedi Hacı Tayyar Reis?"
"Hepsi bu kadar!"
Sonra kararlı bir hareketle ayağa kalktı Gaetano Dragonetti.
"İsterseniz gün doğana kadar güvertede oturabilirsiniz... Bol bol deniz havası almak iyi gelir... gün boyunca daha rahat uyumanızı sağlar!"

***

Tam dokuz gün boyunca, gündüz saatlerinde kamaradan hiç dışarı çıkmadı Bilâl. Gaetano Dragonetti onu mümkün olduğunca rahat ettirmeye çalışıyor, gündüzleri birkaç defa yanına uğrayıp halini-hatırını ve bir ihtiyacı olup olmadığını soruyordu. Geceleri çıktığı güvertede Bilâl yalnızca karanlık denizi, parlak yıldızlarla bezenmiş geceyi ve bazan da çok ama çok ötelerde bir yerde seyreden başka bir teknenin, belki de açığından geçtikleri bir adanın soluk ışıklarını görüyordu. Yine yıldızlara bakarak yaptığı tesbite göre hep Batı yönünde hareket ediyorlardı.

***

Dokuzuncu gün Gaetano Dragonetti'nin Bilâl'i ziyareti her zamankinden uzun sürdü.
"Bu gece, Allah'tan bir mani olmazsa, gemi değiştireceğiz!"

"Nihayet bir limana mı varıyoruz yoksa?"
"Hayır. Gemiye limanda değil, açık denizde bineceğiz."
Bilâl şaşırdı.
"Açık denizde mi?"
"Limanlar sizin için daha bir süre tehlikeli olabilir. Bineceğimiz gemi bu sabah İspanya'nın Cadiz limanından demir aldı. Ben de seyrimizi ve rotamızı ona geceyarısı sularında, açık denizde yetişecek şekilde ayarladım."
"İspanya, ha..." diye mırıldandı Bilâl kendi kendine, "Yahudilerin memleketi... Demek oralara kadar geldik!"
"Yahudilerin memleketi mi? O da nereden çıktı?"
"Kuzguncuk'ta... Yani bizim oralarda yaşayan Yahudiler anlatıp dururlardı, bir zamanlar İspanya diye bir memleketten geldiklerini... Yalansa, günahı boyunlarına!"
"Yoo, yalan değil! Doğru olmasına doğru da, İspanya Yahudilerin memleketi değil... Onlardan çok Müslümanların memleketi!"
"Müslümanların mı?"
"Elbette! Müslümanlar adam etti İspanya'yı... Âbâd etti... Anca bir avuç adamdı Yahudi tayfası orda... Her yerde olduğu gibi!"
"Vay canına! Şimdi, göremeyecek miyim ben oraları?"
"Nasip olursa, belki dönüş yolunda... Kim bilir, belki de *il Capitano*'yla buluşuruz orada!"
"Yani Hacı Tayyar Reis'le mi?"
"Evet."
"İnşaallah! İnşaallah! Bir hak helâlliği bile isteyemedim ondan..."
Gaetano tatlı tatlı güldü...
"Merak etmeyin, o hakkını helâl etmiştir çoktan! Herkese kendiliğinden ettiği gibi..."
"İnşaallah! Yine de yüzünü bir görmek isterim dünya gözüyle... Hem... niye habire *il Capitano* deyip duruyorsun ona?"

Yine güldü Gaetano Dragonetti.
"Çocukluğumdan kalma bir alışkanlık..."
"Çocukluğundan kalma mı?"
Derin derin iç geçirdi Gaetano Dragonetti. Gözleri daldı. Bir süre öyle kaldı.
"Hayatımı ona borçluyum..." dedi sonra yavaşça, "Daha nice insan gibi..."
Kamaraya ağır bir sessizlik çöktü. Zaman durmuştu sanki.
Ve sonra kendi kendine konuşurcasına başladı Gaetano Dragonetti anlatmaya:
"Babam... pek hayırlı bir insan değildi... Bir tür korsanlık yapardı... Birbirinden kurtulmak isteyen rakip tüccarlara hizmet ederdi genellikle. Kim daha çok para verirse onun hesabına çalışır, rekabeti patronu lehine çevirmek için, kâh açık denizde gemilere saldırır, kâh limanda yangın çıkartır, kâh kadın, kız, çocuk, yaşlı ayırmadan, işine-çıkarına uygun gördüğü kişileri kaçırıp rehin tutardı. Hatta gençlik yıllarında, para ve menfaat uğruna gözünü kırpmadan birkaç kişiyi boğazlarını keserek öldürdüğü rivayet edilirdi. Onun yanında, ona özenerek yetiştim ve çocuk denecek yaşta kendi çetemi kurarak, kendi başıma korsanlık yapmaya başladım. Başlangıçta yalnızca korsancılık oynayan haşarı bir çocukla muhatap olduklarını zanneden ve dolayısıyla beni hafife alıp tedbiri elden bırakanlar sayesinde, kısa zamanda çok para kazandım. Gezinti teknelerinin kâbusu haline gelmiştim. Tâ ki bir gün gücümün ve ünümün sarhoşluğu içinde *il Capitano*'nun teknesine saldırıncaya kadar! Evet! Güvertede tekneyi kullanan küçük bir kız çocuğu vardı yalnızca... Çok da güzeldi..."
"Nemîra..."
"Evet. Önce onu tek başına denize açılmış, ya da evden kaçmış zengin bir tüccar kızı zannettim. Tam dişime göre bir avdı. Tekneyi kızla birlikte rehin almak işten bile değildi. Ama öyle ol-

madı! Ben daha teknemi yanaştırır yanaştırmaz, Nemîra dişi bir kaplan gibi üzerime atıldı. Daha ne olduğunu anlayamadan göğsüme ve çeneme aldığım tekme darbeleriyle denize düştüm. Çetemdeki çocuklar dehşetten donakalmışlardı sanki. Kendimi toparlamaya çalışırken ayakbileğimi sımsıkı kavrayan güçlü bir el beni birden suyun dibine çekti. Boğulmak üzereydim. Kendimden geçtim. Ayıldığımda teknenin güvertesinde, ana direğe sımsıkı bağlanmış vaziyette buldum kendimi. Meğer *il Capitano* ben teknesine saldırdığımda dalıyormuş. Deniz kanunlarına göre artık onun esiriydim. Üç gün boyunca direğe bağlı kaldım. *İl Capitano* bu üç gün boyunca benimle hiç konuşmadı. Ama bana kötü de davranmadı. İstese beni döver, işkence eder hatta öldürebilirdi bile. Ama öyle yapmadı. Beni kendi elleriyle besledi, göğsüme aldığım darbeyle kırılmış olan kaburgamı tedavi etti."

"Ya seninkiler... Çeten yani?"

"Onlar çoktan kaçıp gitmişlerdi korkudan! Sonra bir gün iplerimi çözdü *il Capitano*. Denizin ortasındaydık ve kaçmam mümkün değildi. Kim olduğumu sordu. Anlattım. Meğer babamı tanırmış. Bana nasihatta bulundu. Önce kulak asmadım tabii! Aklım fikrim bir an önce kaçabilmekteydi. Ama, dediğim gibi, denizin ortasındaydık ve haftalarca kara yüzü görmemiştik. Ben, 'Nasıl olsa bir gün bir yerlere yanaşacak, o zaman bir yolunu bulur, kaçarım!' diye düşünüyordum ama o gün bir türlü gelmek bilmiyordu. Yavaş yavaş umudumu yitirmeye başlamıştım. Denizin ortasında öylesine başıboş seyreder gibiydik. Ne iş yaptığını da bir türlü çıkartamamıştım *il Capitano*'nun. Balıkçı değildi, tüccar değildi ama işin tuhafı, korsan da değildi... Hiç bir iş yapmama müsade etmiyordu *il Capitano*... Her şeyi Nemîra'yla birlikte kendi yapıyordu ve işin en kötüsü, benimle tek kelime bile konuşmuyordu. Bütün gün aylak aylak güvertede oturmaktan başka çarem yoktu. Sıkıntıdan patlamak üzereydim. Bir gün, elinde bir tomar haritayla gü-

"HİKÂYE-İ BİLÂL"

verteye çıktı *il Capitano*. Haritaları serip birtakım hesaplar yapmaya başladı. O güne kadar harita nedir bilmiyordum. İlgimi çekmişti. Sessizce yanına gidip seyretmeye başlamıştım *il Capitano*'yu. Hesap yaparken kullandığı pergeller, cetveller, zaman zaman içine baktığı kalın, meşin ciltli ve o güne kadar hiç görmediğim yazılar, rakamlarla dolu bir kitap, haritaların üzerine özenle koyduğu birtakım işaretler âdetâ büyülemişti beni. Bir süre sonra bana dönüp, 'Hoşuna gitti mi?' diye sordu İtalyanca. Şaşırmıştım. Çünkü o güne kadar yalnızca Rumca konuşmuştu benimle. 'Evet,' dedim, 'Hem de çok!'. 'Bu ilmi öğrenmek ister misin?' diye sordu sonra. Heyecanlanmıştım. 'İsterim! Çok isterim!' dedim. 'O halde ben de sana öğretirim. Ama bir şartım var!' Keskin mavi gözlerini kısıp, gözlerimin tâ içine bakışı hâlâ gözümün önünde... 'Önce tövbe edip, Allah'a söz vereceksin, yemîn edeceksin, bir daha asla haydutluk, zâlimlik etmeyeceğine... Ama unutma, Allah her şeyi gören, her şeyi işiten, her şeyi bilendir... Hatta biz kullarının kalplerinin derinliklerinde, herkesten gizleyebileceklerini zannettiklerini bile! Ve O'nun azâbı çok çetindir! Kim ya da ne olursa olsun, herkes, ne zaman geleceğini hiç kimsenin bilemeyeceği bir büyük Hesap Gününde, O'nun huzuruna çıkacak ve hayatı boyunca yaptığı her şeyin tek tek hesabını verecek ve mutlaka karşılığını alacak! Ve O Gün hiç kimsenin kimseye faydası olmayacak, bilesin!' Çok şaşırmıştım. Daha önce hiç kimse bana böyle bir şeyden söz etmemişti. Buna rağmen hemen atılmıştım, 'Söz veriyorum!' diye. Ama *il Capitano* kaşlarını çatmıştı. 'Hayır, öyle olmaz! Sana dilediğin kadar mühlet veriyorum... Git, iyice düşün, sonra kararını ver. Çünkü bir kere karar verdikten sonra sözünden döner, yemînini bozarsan, başın hayal bile edemeyeceğin kadar büyük bir belâya girer hem de sonsuza kadar sürecek ağır bir belâya!' - 'Yani, beni öldürür müsün?' diye sormuştum gayriihtiyârî. Birden acı acı gülmüştü *il Capitano*, 'Ben mi? Ben de kim oluyorum? Ölüm dediğin ne ki? Senin gibiler ölmekten de öldürmekten de korkmaz!

Ben de korkmam ölümden, hiç korkmadım kendimi bildim bileli ama - bizim senin gibilerden farkımız O Hesap Günün'den korkmamızdır! O Hesap Gününün ve bütün varlık âleminin, gördüğün-görmediğin, bildiğin-bilmediğin herşeyin Yegâne Sahibi'nden korkarız biz! Emirlerine, yasaklarına, ölçülerine uymamaktan, karşı çıkmaktan korkarız! Çünkü biliriz ki O'nun kudreti ve iradesi herşeyi kuşatmıştır ve ne kadar büyük, ne kadar güçlü, ne kadar zengin, ne kadar korkutucu olursa olsun, hiçbirşey O'na asla denk olamaz, tam aksine, herkes, dirense de direnmese de, kabul etse de etmese de, O'na, yalnız O'na tâbidir; O'nun, yalnız O'nun kulu, kölesidir! Onun için dikkatli ol evlât, iyi düşün! Kime söz verdiğini ve neden söz verdiğini iyice içine sindirmeye bak. Sonrası kolay. Hem de çok kolay!'. Hâlâ hatırladıkça tüylerim diken diken oluyor - öylesine derin bir tesir bırakmıştı üzerimde *il Capitano*'nun o sözleri... Haritaların, pergellerin, cetvellerin cazibesi birden silinip gidivermişti sanki zihnimden. Güce ve kudrete, neredeyse taparak büyümüştüm. Çünkü güç ve kudretin neler yapabileceğini daha çok küçük yaşta görmüş, tatmıştım. Sonra da alabildiğine güç ve kudret sahibi olmak için ne gerekiyorsa, onu yapmıştım. Zayıfların ve çaresizlerin üstüne basa basa, kanlarını eme eme güçlendikçe güçlenmiş, ama her seferinde benden daha güçlü birilerinin olduğunu görmüştüm. Sonra onlarla mücadele etmeye başlamıştım. Çok kısa zaman sonra en büyük gücün bile tek korktuğu şeyin, kendisinden daha büyük bir güç olduğunu öğrenmiştim. Her güç, ne kadar büyük olursa olsun, kendinden biraz daha üstün olanın karşısında boyun eğiyordu, eğmek zorunda kalıyordu. Ama her güç sahibi, bütün boyun eğdirdiklerinin, günün birinde güç kazanıp kendisini alt etmeye çalışacaklarını, bu hırsla yaşadıklarını ve şartlar uygun düştüğünde de bunu başarabileceklerini, hatta başardıklarını çok ama çok iyi biliyordu. Bu yüzden de güç sahibi olan herkes, yalnız gücünü sabit tutmak değil, aynı zamanda her geçen gün daha da arttırmak zorundaydı. Güç arttıkça zorlaşan bir mücadeleydi bu! Ve öyle bir an geliyordu ki, güç sahibi, gücünü sürekli arttırma mücadelesinden yorgun düşüyordu. Tıpkı daha çok kazanmak için sürekli çalışan ama hem kazanma hırsı, hem de kazandıklarını kaybetme korkusu ile dinlenmeyi, giderek uyumayı bile ihmal eden bir insan gibi. Yorgunluk iyice bastırınca da, artık direnecek hali kalmıyordu. Önce dikkati iyice dağılıyor, hızı, gücü kesilmeye başlıyor sonra da çaresiz bir şekilde teslim oluyordu uykuya - gaflet uykusuna! İşte o zaman, sahip olduğu bütün güç, ne kadar büyük, gösterişli ve hatta korkutucu olursa olsun, bir anda yok olup gidiveriyordu göz açıp kapayıncaya kadar. Ve işte o an, güç sahibinin kesin sonu oluyordu! Üstelik sahip olduğu güç orantısında, korkunç oluyordu güç sahibi için kendi kaçınılmaz sonu. Değişmeyen, değişmesi de mümkün olmayan bir işleyişti bu. Çünkü insan, ne kadar güçlü olursa olsun, önünde-sonunda zayıftı: en azından hastalanıyordu ve yaşlanıyordu. Bütün bunları gördüğüm, bildiğim halde yine de vazgeçemiyordum bir türlü güç sahibi olma hırsından - tıpkı diğer bütün güç sahipleri gibi. Kurtulmanın mümkün olmadığı dev bir şelâleye doğru sürükleyen bir akıntıya kapılıp, o akıntıyı daha da hızlandırmak istercesine, habire küreklere asılmak kadar çılgın ve saçma sapan bir işti bu. Ama *il Capitano*, bütün güçlerin üstünde bir güçten söz etmişti... Bütün güçleri ve güç sahiplerini kuşatan ve hepsinin, isteseler de istemeseler de, sonunda O'na teslim oldukları başka bir Güç Sahibi'nden! Foça kıyılarına dehşet saçan babamdan, bütün Akdenizi ve Okyanusu haraca kesen o büyük efsânevî korsanlardan, oturduğumuz topraklara, dolaştığımız denizlere hükmeden padişahtan, gelmiş geçmiş bütün kralların ve imparatorların en büyüğü, en kudretlisi olarak bilinen Büyük Moğol ve Çin İmparatorundan da büyük bir Güç Sahibi'nden! Asla yorulmayan, zayıf düşmeyen ve ölmeyen, hep diri bir Güç Sahibi! Düşündükçe zihnim allak bullak oluyor, içimi derin bir korku sarıyordu..."

"Sonra?"

"Sonra... bana açlığı ve uykuyu bile neredeyse unutturan, kaç gün ve kaç gece sürdüğünü hâlâ bilmediğim bu derin ve korkutucu tefekkürden sonra, yine haritalarıyla meşgul olduğu bir sırada, *il Capitano*'nun yanına gittim. Bitkindim. Başını kaldırıp bana baktı. 'Evet,' dedi, 'kararını verdin mi?'. 'Evet' dedim güçlükle. Dilim öylesine kurumuştu ki, ağzımın içinde zor dönüyordu, 'Ben bu işi yapamayacağım...' - 'Neden?' diye sordu *il Capitano* kaşlarını çatarak. Besbelli benden bu cevabı alacağını hiç beklemiyordu. 'Çünkü...' dedim, 'O Güç Sahibi'ne vereceğim sözü tutamamaktan ve bu yüzden azâbına uğramaktan korkuyorum! Hem de çok korkuyorum!' *Il Capitano* bir an için nefesini tutar gibi oldu. Sonra yavaşça, 'Ölmekten bile mi çok?' diye sordu. O anda artık gözyaşlarımı tutamadım, 'Evet, ölmekten bile çok!' diye haykırdım, 'Çünkü... Çünkü ben iradesi zayıf... çok zayıf ve çok... çok kötü bir insanım... ve...' *Il Capitano* yavaşça yerinden doğruldu, bana sımsıkı sarıldı ve 'Sana haritacılığı öğreteceğim, evlât.' dedi, 'Bunu, vallahi hakkettin!'. O günden sonra tam üç sene boyunca hiç ayrılmadım yanından. Önce okuma yazma, sonra cebir ve logaritma öğretti bana ve haritalar ve haritacılık hakkında bildiği her şeyi. Uğradığımız her limanda kitaplar, yeni ve eski haritalar aldı bana. Bu sayede Arapça, İspanyolca hatta Felemenkçe bile öğrendim..."

"Felemenkçe mi? O da ne?"

"Zaman zaman açıldığımız Büyük Denizin kuzeyindeki küçücük bir memleketin lisanı. Memleketleri küçük ama yaman adamlar! Sonra bir gün *il Capitano* artık ayrılmamız gerektiğini söyledi..."

"Neden?"

"Bunu ben de sordum ona. 'Ufkunu açman gerek evlât.' dedi, 'Benim sana öğretebileceklerim artık bitti!' Oysa ben hâlâ daha, ondan çok şeyler öğrenebileceğimi düşünüyorum! Sonra *il Capita-*

no beni, 'Al, bu garip serçeyi ve ondan heybetli bir kartal yap!' diyerek İspanya'da büyük bir kalyonun kaptanına teslim etti. Tam yedi yıl boyunca gemiden gemiye, denizden denize dolaştım durdum. Heybetli bir kartal olabildim mi sonunda, bilemiyorum, ama yedi denizin üçünde, en iyi ve en güvenlir haritacılardan biri olarak nâm saldım, itibar kazandım. *Il Capitano* Hacı Tayyar Reis sayesinde..."

"Sık görüşür müsünüz?"

"Pek sık sayılmaz... Çünkü bu mümkün değil... Yollarımız kesiştikçe demek daha doğru olur!"

"Bir de ihtiyaç söz konusu olunca, besbelli!"

"Aynen öyle! *Il Capitano* nerede olursam olayım, beni hemen bulur. Sırlarından biri de budur! Genelde hep o yetişmiştir imdâdıma, en ummadığım anda. Bazan da hizmet etmek bana düşer..."

Gaetano Dragonetti kararlı bir hareketle ayağa kalktı. Gülümseyerek Bilâl'e baktı.

"Başınızı ağrıttım epey... Kusura bakmayın!" dedi.

"Siz..."

"İşler beni bekliyor! Geceye hazırlık yapmak lâzım... Müsadenizle..."

Ve daha Bilâl'in "...Müslüman mısınız?" diye sualini tamamlamasına fırsat bırakmadan, çevik bir hareketle kamaradan çıktı.

Bilâl bir süre Gaetano Dragonetti'nin arkasından bakakaldı.

"Kalplerde olanı ancak Hak Te'âlâ, celle celâluhu, bilir!" diye geçirdi içinden. Sonra İspanya'yı ve Cadiz limanını bulmak için harita tomarlarının içinde durduğu pelesenk ağacından yapılmış büyük sandığın başına gitti.

***

Tam dokuz gün boyunca yaptığı gibi, Osman dayısının öğrettiği şekilde, yatsı vaktinin girişini yıldızlara bakarak tesbit etmek üzere güverteye çıkmaya hazırlanıyordu ki Bilâl, birden Gaetano Dragonetti içeri girdi.

"Vakit tamam, Bilâl efendi! Yatsıyı öbür gemide edâ edersiniz. Şimdi hurçunuzu bana verin ve şunu üzerinize giyin."

Kaba yünden dokunmuş, uzun ve kendinden külahlı, siyaha çalan bir cübbeydi Gaetano Dragonetti'nin Bilâl'e uzattığı.

Bilâl şaşırdı.

"Kukuletayı kafanıza iyice çekin ki yüzünüz belli olmasın... Her ihtimale karşı!"

Sonra Bilâl'in cübbeyi giymesine yardımcı oldu ve belini kalınca bir iple bağladı.

"Tamam! Buyrun!"

Birlikte kamaradan çıktılar.

Gecenin serinliğine rağmen terden sırılsıklam kesilmişti Bilâl yün cübbenin içinde.

Başını hafifçe kaldırınca üç direkli, büyük bir yelkenli gemiye borda etmiş olduklarını gördü. Gaetano Dragonetti geminin güvertesinden sarkıtılmış ip merdivenin başında bekleyen iki kişiye doğru fırlattı elindeki hurcu. Sonra Bilâl'e döndü ve Rumca:

"*Kalos horisate* - Buyrun pek muhterem efendim" dedi.

Bilâl sesini çıkartmadan kısa ip merdiveni tırmandı. Merdivenin başında bekleyen iki tayfa büyük bir saygıyla kollarına girerek güverteye aldılar Bilâl'i. Sonra Gaetano Dragonetti de çıktı güverteye.

"*Hola compañeros!*" diye selâmladı adamları

"*Hola!*" diye cevap verdiler.

Gaetano Dragonetti hurçu adamlardan alıp omzuna astı ve neredeyse incitmekten çekinircesine Bilâl'in koluna girdi.

"*Oriste pame* - Buyrun, gidelim!"

Bilâl kendilerini bu gemiye getirmiş olan yelkenlinin yavaşça ayrıldığını hayal meyal gördü. Yanlarından geçerlerken büyük saygıyla toparlanıp yol veren tayfaların arasından geminin kıç tarafına doğru yürüdüler. Bilâl, yüzünü gizleyebilmek için hep önüne bakıyordu. Sonra birkaç basamak çıktılar.

"*Hola hermano! Bienvenido!* - Merhaba kardeş, hoş geldin!" dedi, besbelli bütün gün bağırmaktan örselenmiş, kısılmış bir ses.

Bilâl hafifçe başını kaldırıp baktı.

Sesin sahibi kırkbeş-elli yaşlarında, sıska, uzun boylu bir adamdı. Hemen yanıbaşında duran, onbeş yaşlarında bir miçonun tuttuğu gemici fenerinin ışığında Bilâl adamın yüzünü seçmeye çalıştı. Gözleri siyah, burnu kemerli ama zarifti. Alt dudağının altında kısa ve üçgen şeklinde özenle kırpılmış, demirkırı bir sakalı ve yine özenle şekil verilmiş ince bıyıkları vardı. Pırıl pırıl parlayan gür ve simsiyah saçları arkaya doğru taranmıştı. Üzerine yakası göğsüne kadar açık bembeyaz bir gömlek ve kısa, lacivert bir ceket giymişti. Baldırlarına kadar uzanan lacivert pantalonun altından cilâlı siyah çizmeleri görünüyordu.

Gaetano Dragonetti ile kısa bir kucaklaşmadan sonra, besbelli geminin süvarisi olan adam Bilâl'e dönüp, büyük bir saygıyla başını eğerek, kötü bir Rumcayla:

"*Kalos horisate* - Hoş geldiniz, pek muhterem efendim!" dedi.

"*Efharisto para poli* - çok teşekkür ederim..." diye alçak sesle mırıldandı Bilâl.

Gaetano Dragonetti süvarinin kulağına eğilerek alçak sesle birşeyler söyledi.

"*Si! Si! Claro!*" dedi süvari ve aynı saygılı tavır içinde bir adım geri çekilerek Bilâl'e geçmesi için işaret etti:

"*Oriste* - Buyrun..."

Sonra Gaetano Dragonetti tekrar Bilâl'in koluna girdi ve birlikte biraz berideki bir kapıya doğru yürüdüler.

Gaetano Dragonetti kapıyı açtı, Bilâl'i içeri buyur etti ve hemen ilk iş olarak tavandan sarkan dört kollu lambayı yaktı.

Burası, duvarları maun ağacı kaplı, oldukça büyük ve ferah bir kamaraydı. Karşılıklı duran iki büyükçe yatak, birçok çekmecesi olan büyük bir çalışma masası, iki ayrı gömme dolap, bir orta sehpası, iki koltuk ve masanın başında bir iskemle vardı. Perdeyle örtülebilen dört büyük lumbozdan kıç güvertenin bir kısmı ve deniz görünüyordu.

Gaetano Dragonetti perdeleri örttü.

"Şimdi artık cübbenizi çıkartabilirsiniz!" dedi, "Yeni evimize hoş geldiniz!"

"Hoşbulduk!"

Bilâl terden sırılsıklam kesilmiş vücudunu Gaetano Dragonetti'nin dolaptan alıp kendisine verdiği temiz, beyaz bir havluyla kuruladıktan sonra yatağın üzerine oturdu. Derin bir nefes aldı.

"Burası," dedi Gaetano Dragonetti öbür yatağın üzerine oturarak, "yaklaşık otuz gün boyunca paylaşacağımız mekân... Fena sayılmaz, öyle değil mi?"

"Otuz... otuz gün mü dedin?"

Bilâl bütün vücudunu yeniden ter bastığını hissetti.

"Evet" dedi Gaetano Dragonetti sakin bir tavırda, "Her şey yolunda giderse tabii!"

"Nereye... nereye gidiyoruz biz öyle?"

"Uzağa... Çok uzak bir memlekete... Amerika'ya!"

"A... Ame... Amerika mı? Orası da neresi?"

"Dedim ya, çok uzak bir memleket... Güzel ve büyük bir memleket! Görünce, eminim hoşunuza gidecek."

"Peki ama... Ne işimiz ..."

"Size vermem gereken bazı bilgiler var. Bu bir İspanyol gemisi. Adı *Estrella del Mar*, yani Denizin Yıldızı. Güzel bir gemidir. Çok güçlü ve sağlam. Bizi karşılayan zat, tahmin etmiş olabileceğiniz gibi, bu geminin süvarisi olan kaptan Felipe Alejandro Bobadilla'dır. Bu yolun kaptanlarının en tecrübelilerinden biridir. Ve yine bu yolun kaptanlarının hemen hepsi gibi biraz kaba, sert, sinirli hatta aksidir ama özünde çok iyi, fedâkâr, dürüst ve şerefli bir insandır. Gerçi yolculuğumuz boyunca pek, belki de hiç yüzyüze gelmeyeceksiniz ama bilmenizde, içinizin rahat etmesi açısından fayda var diye düşündüm. Ne yazık ki bu bir hayli uzun yolculuk boyunca da kamaramızdan dışarı çıkamayacaksınız!"

"Aman Yâ Rabbî!" diye inledi Bilâl.

"Biliyorum, çok zor olacak ama başka çaremiz yok! Ben yine de elimden geleni yapacağım ara sıra hava alabilmeniz için. Bundan şüpheniz olmasın. Ama ancak ben yanınızda olduğum zaman çıkabilirsiniz dışarı, o da yanımdan kesinlikle ayrılmamak şartıyla!"

"Peki ama neden?"

"Çünkü başta kaptan Bobadilla olmak üzere bu gemide bulunan herkes sizi çok muhterem bir papaz efendi zannediyor!"

Bilâl'in gözleri birden fal taşı gibi açıldı.

"Papaz... Papaz efendi mi?"

"Ortodoksluktan Katolikliğe geçmiş, bulaşıcı olmamasına rağmen ölümcül bir hastalığa yakalanmış, genç bir Rum papaz..."

"Subhânallâh!"

"Son birkaç yıldır, Ortodoks papazların, özelllikle de gençleri arasından Katolikliğe geçenlerin sayısında dikkati çeken bir artış oldu buralarda. Bunların hepsi de tabii ki derhal kendi kiliseleri tarafından afaroz ediliyorlar ama buna mukabil Katolikler nezdinki itibarları çok ama çok yüksek! Sizi işte onlardan biri biliyor. Bu yolculuğa, hiç bir güçlükle karşılaşmadan, hele uzun ve ayrıntılı bir soruşturmaya tâbi tutulmadan, hemen yolcu olarak kabul edilmenizi buna borçlusunuz! Ha, bir de ölümcül hastalığınız... Bu husus çok önemli! Genç yaşta sizi yakalamış olan bu hastalık yüzünden bitkin durumda olduğunuz için, sizi hiç kimse rahatsız etmeyecektir. Yoksa yol boyunca her gün, hele bir fırtına patlak verdiğinde, gemide mutlaka âyin yapmanızı isterlerdi! Bir düşünsenize!"

"Aman Yâ Rabbî! Aman Yâ Rabbî!"

"Yine herkes sizin, genç yaşta pençesine düştüğünüz o hastalığa rağmen, son nefesinize kadar, kendinizi Hrisiyanlığı, daha doğrusu Katolikliği yaymaya adamış, bu uğruda her türlü acıya ve sıkıntıya katlanmaya âmâde azimli bir misyoner olduğunuza ve hepsinden de önemlisi, bu uzun ve yorucu yolculuğa sırf bu yüzden çıktığınıza inanıyor! Dahası..."

"Yeter! Yeter! Daha fazla dayanamayacağım!"

Bilâl ellerini yüzüne kapattı. Aklını oynatmak üzereydi sanki. Kulaklarına inanamıyordu.

Ama Gaetano Dragonetti sakin tavrını hiç bozmadan devam etti:

"Dahası... Sizin bu olağanüstü gayretiniz ve yüksek meziyetlerinizden dolayı, kim bilir hangi dağ başında ya da hangi ormanın derinliğinde, birtakım yoksul ve cahil insanları, kiliseye sımsıkı bağlı, iyi Katolikler haline getirme gayreti içinde son nefesinizi verdikten sonra, Kilise tarafından 'azîz' ilân edileceğinize neredeyse kesin gözüyle bakıyorlar! İşte bu yüzden yolculuğumuz boyunca rahat bırakacaklar sizi. Ve tabiî ki yine bu yüzden sizi yol boyunca canları pahasına koruyacaklar!"

"Ama bütün bunların yalan olduğunu bile bile nasıl... Ben... ben hayatım boyunca hiç... hiç yalan söylemedim! Günahtır diye yalanın her türlüsünden kaçtım... Şimdiyse..."

"Bu saatten sonra yapacak bir şey yok! Artık günahı *il Capitano*'un boynuna..."

Beyninden vurulmuşa döndü Bilâl.

"*Capitano*... Yani... yani Hacı Tayyar Reis... O... o mu... Aman yâ Rabbî!"

"Ben yalnızca onun bana verdiği talimata uyuyorum! Aslına bakarsan, *il Capitano* haklı... Kaptan Bobadilla koyu bir Katoliktir. Onu, sizi bu gemiye yolcu olarak kabul etmeye başka türlü asla ikna edemedik! Şimdi gelelim diğer bilgilere... Ben yolculuğumuz boyunca bu geminin harita ve seyir zabiti olarak vazife yapacağım. Dolayısıyla günümün büyük bir kısmı kaptan köşkünde, kaptan Bobadilla'nın yanında geçecek. Bu kamarada ihtiyaç duyabileceğiniz hemen her şey var. Yemeklerinizi kaptan Bobadilla'nın özel hizmetini gören miço buraya getirecek. Rumca bilmediği ve sizi rahatsız etmemek konusunda sıkı sıkıya tembihlendiği için, merak etmeyin, sizinle konuşmayacaktır. Bana, bunların dışında sormak istediğiniz herhangi bir şey var mı?"

"Yok..." diye inledi Bilâl, "Hak Te'âlâ, celle celâluhu, taksiratımızı affetsin!"

"Amin! O halde ben müsadenizle kaptanın yanına gidiyorum. Soyunun dökünün, rahatınıza bakın..."

Ve kamaradan çıktı Gaetano Dragonetti.

Bir süre oturduğu yerde öylesine kalakaldı Bilâl. Bütün adaleleri gerilmişti. Kayıkhanede uğradığı saldırıdan beri yaşadıklarını düşündü gayriihtiyârî. Üstüste yaşadığı şaşkınlıklardan ve besbelli yorgunluktan öylesine allak bullaktı ki zihni, aradan tam olarak ne kadar zaman geçtiğini bile doğru dürüst hatırlayamıyordu. Sanki daha dün sözleşmişlerdi Râbia'sıyla birlikte kaçıp uzaklara gitmek üzere, imsak vakti Şemsipaşa'daki evlerinin baktığı sokakta buluşmaya...

"Hak Te'âlâ'dan, celle celâluhu, bir mâni olmazsa, yarın bu saatte hazır olacağım burada!"

Sonra...

Râbia'sının, o doyasıya bakmaya dahi kıyamadığı yüzünü son bir defa olsun bile göremeden... Mahzun anacığıyla helâlleşip vedâlaşamadan...

Gözlerinin karardığını hissetti Bilâl... Yüreğinin daraldığını... Kim bilir ne haldeydiler şimdi, neler gelmişti başlarına... Sarı Niyâzi... Şevket Paşa...

Ya Osman dayısı?

Mutlaka ne yapıp edip, bir şekilde sahip çıkmıştı onlara...

Ama...

"Çaren yok, deli oğlan!" diye mırıldandı Bilâl kendi kendine, "Öylesine yaman bir kapana kısıldın ki Yûnus aleyhisselâm misâli, ancak Hak Te'âlâ, celle celâluhu, kurtarabilir seni oradan!"

Birden derin bir ürpertiyle sarsıldı Bilâl. İşte, denizin ortasındayı nicedir; hem de değil karaya ayak basmak, karanın yüzünü bile görmemecesine... Bir kamaradan çıkartılıp, bir diğerine aktarılıyordu durmadan... Dev bir balığın karnına hapsedilmişçesine...

Sonra mubârek âyetler kendiliğinden, birbiri ardınca dökülüvermeye başladı dudaklarından:

"*Ve zennûni iz zahabe muğâzibân fe zanne en len naqdiri 'aleyhi...* Ve Yûnus... Hani öfkelenerek gitmişti de biz kendisini asla sıkıştıramayız zannetmişti; derken zulmetler, karanlıklar içinde kalıp 'Senden başka ilah yok, sana arz-ı tesbih ederim, ben doğrusu zalimlerden oldum' diye nidâ etti. *Festecebnâ leh...* Biz de duâsını kabul ile icabet ettik de kendisini gamdan kurtardık. İşte mü'minleri böyle kurtarırız!"

Gözyaşları içinde yere çöktü Bilâl...

"Yâ Rabbî! Bilmeyerek günahkâr olmuşsam, istemeyerek isyân etmişsem Sana, affet beni! Sen şüphesiz, her şeyi gören, işiten, bilensin! Gafûrsun, Afuvvsun, Tevvâbsın! Azâbınla değil rahmetinle terbiye et şu âciz kulunu!" diye yakardı hıçkırıklara boğularak.

Evet, öfkelenmişti... Râzı olmamıştı başına gelene ve sabretmemişti... Daha da fenâsı isyân etmişti alabildiğine... Ve gözünü karartan öfkesi içinde kaçıp gitmeye karar vermişti... Sonra da birden kopkoyu karanlıkların içinde buluvermişti kendini... Sadece kendisinin değil, en sevdiklerinin de dünyâsını bir anda boğarcasına kuşatıveren kopkoyu karanlıkların içinde...

"*Lâ ilâhe illâ ente... Subhâneke... İnnî kuntu min ez-zâlimîn!*" diye zikretti dudakları kuruyuncaya kadar, "*Lâ ilâhe illâ ente... Subhâneke... İnnî kuntu min ez-zâlimîn!*"

"HİKÂYE-İ BİLÂL"

Bir süre öylesine kaldı çöktüğü yerde.

"Bu âciz kulunu da duâsı kabûl olup, Senin, yalnız Senin yardımınla kurtulan mü'minlerden eyle..."

Sonra yavaş yavaş yerinden doğruldu. Abdest alıp namaza durabilmek için su ve ibrik aradı kamaranın içinde. Duvar boyunca sıralanmış dolap kapaklarını bir bir açtı. Biri tıka basa kitaplar ve harita tomarlarıyla doluydu. Bir diğerinde, yağlıymış gibi parlayan bir kumaştan yapılma uzun cübbeler asılıydı. Bir başkasının içinde irili ufaklı bir sürü tahta kutu ve o güne kadar benzerini hiç görmediği tuhaf şekilli madeni edevat vardı. Nihayet en büyük dolabın kapağını açınca, tıpkı anacığının evindeki gibi, duvarları çinko kaplı, ama bir hayli dar, bir çeşit gusülhane gördü. El yetişecek yükseklikte bir musluk vardı. Uzandı, musluğu açtı. İncecik süzülen suyu daha görür görmez ferahladı. Kenarda duran tahta kovayı doldurup, kovaya asılmış tahta maşrapayla abdest aldı.

"Elhamdulillâh! Elhamdulillâh! Elhamdulillâh!"

Masanın üzerindeki kalın fanuslu büyük pusulaya bakarak kıbleyi tayin etti, yatağının üzerindeki battaniyelerden birini seccâde niyetine yere serip, onca zaman sonra, hiç farkında olmadan, ilk defa ayakta namaza durdu.

"*Rabbi, enzilnî munzilen mubâreken...* Rabbim, mubârek bir menzile indir, eriştir beni... Çünkü, indirenlerin, insana erişmesi gereken yere nasıl erişeceğini gösterenlerin en hayırlısı Sensin!" duâsıyla tamamladıktan sonra namazını usulca yerinden doğruldu. Yüreği ferahlamış, içi paklanmış, aydınlanmıştı. Battaniyeyi katlayıp, bundan böyle seccâde olarak kullanmak üzere, kendisine tahsis edilmiş dolaba koydu.

Lumbozun perdesini hafifçe aralayıp dışarı baktı. Hafif dalgalı denizde ağır ağır seyreden geminin soluk ışıklarına daldı bakışları.

"*Rabbi, enzilnî munzilen mubâreken...*" diye tekrarladı kendi kendine, "*... ve ente hayru'l-munzilîn!*"

Sonra yatağının başına döndü ve Yorgo Vassilidis'in verdiği hurcun bağlarını çözdü. İçindekileri ilk defa göreceği için heyecanlıydı. Çünkü Gaetano Dragonetti, "Burada buna ihtiyacınız olmaz!" diyerek hurcu kamaradaki dolaplardan birine kaldırmış, Bilâl de hiç sesini çıkartmamıştı.

Bilâl hurcun içindekileri birer birer çıkartıp yatağının üzerine koymaya başladı: kaba keten dokumadan iki uzun kollu mintan ve bir fistan... Bir çift beyaz yün çorap... Üç kalıp eğri büğrü, iri ama mis gibi zeytin kokan sabun... Yine kaba dokunmuş pamuklu kumaştan iki havlu... Siyah bezden bir şalvar... Uzun ve enli bir yün kuşak... Sonra, üzerine "Şifa ancak Allah'tandır" yazısı kazınmış, ıhlamur ağacından bir kutu buldu Bilâl. Kutunun içinde ağızlarını bağlayan ince sırımlara iliştirilmiş ince deriler üzerine, özenli bir yazıyla, ne işe yaradıkları belirtilmiş, çok sayıda irili ufaklı meşin kese vardı:

"Mîde içün", "Âteş içün", "Yanık içün", "Yara-Bere içün", "İshal içün"...

"Allah râzı olsun..." diye geçirdi içinden. Keselerin içinde birtakım tohumlar, kuru yapraklar, kökler, tozlar ve katlanmış kâğıtlar üzerinde bunların herbirinin nasıl kullanılacaklarını izah eden tarifler vardı: "Kaynatıp sabah-akşam içiniz...", "İyice ezip, miktar-ı kâfi kaynamış su ile macun haline getiriniz ve yaranın üzerine itina ile sürünüz... Tâ ki kabuk bağlayıp, dökülene kadar...", "Aman bir miskâlden ziyâde istimâl etmeyiniz-maazaallah zehr'olur!"

Sonra ağzı sıkıca dikilmiş, dikişin düğüm yeri kurşunla mühürlenmiş ve üzerinde "Muhterem Hacı Osman Hocaefendi hazretlerine takdîm edilmek üzre... Zâta mahsustur" yazan şişkince bir meşin torba... Kahverengi keçi kılından bir tür küçük örtü ya da battaniyenin içine sarılmış başka bir kutu. Bilâl küçük bir battaniye zannettiğini açınca, bunun özenle dokunmuş, beyaz kıblegâhlı, zarif bir seccâde olduğunu görünce şaşırdı. Seccâdenin üzerine sarıldığı kutu ise abanoz ağacından yapılmıştı. Bilâl temkinli bir şekilde kutunun kapağını açtı. İçi parlak hâreli koyu yeşil ipekle kaplanmıştı ve biri iyice dar, biri enli iki gözü vardı. Dar göze biri beyaz, diğeri siyah kumaştan iki namaz takkesi, imamesi ve durakları fildişinden, püskül yerine gümüşten oyma, damla şeklinde bir "Yâ Hayy" hattı iliştirilmiş doksandokuzlu bir abanoz tesbih, pirinç muhafazalı küçük bir pusula ve enfiye kutusuna benzer gümüş bir kutu konmuştu. Bilâl bu kutuyu açınca, yağlı kağıda sarılmış bir parça anberin latîf kokusu geldi burnuna. Gayriihtiyârî gözlerini kapatıp derin derin içine çekti anber kokusunu. Bir an için Osman dayısının kendisini hâfız-ı Kur'ân'lığa çalıştırdığı çocukluk günlerine gider gibi oldu. Garip anacığı nasıl da istemişti tıpkı dayısı gibi büyük bir âlim olmasını... "Bırak gönlü ne istiyorsa onu yapsın. Yeter ki iyi bir mü'min olsun! Zira gün olur, gözümün bebeği hanım bacım, sağlam bir mü'min, en büyük âlimden bile çok daha fazla işe yarar, çok daha önemli hizmetler verir! Sevâbı da, mükâfatı da, Hak Te'âlâ, celle celâluhu, katında ona göre olur!" demişti Osman dayısı. "Sen yine de aslanımı âlim olacakmış gibi yetiştir! Başka bir şey istemem senden!" - "Emir baş üstüne hanım bacım, emir baş üstüne, hay hay!" Gerçekten de öyle yapmıştı Osman dayısı. Bilâl, Osman Hocaefedinin kolu kanadı altında, dizi dibinde nice insanın gıpta edeceği düzeyde sağlam bir dinî eğitim almıştı yıllar boyunca. Ama sonra...

Sonra kendini toparlayıp, kutunun enli gözünde, üzeri sırma işlemeli deri kılıfa yöneldi Bilâl. Birden içi ürperdi.

"Yoksa..."

Heyecandan titreyen elleriyle usulca kılıfı açtı ve...

"Allahu Ekber!"

Daha ilk bakışta bir hayli eski ve çok kıymetli olduğu anlaşılan mushâf-ı şerîfi gözyaşları içinde öptü, öptü başına koydu.

"Kimsin sen, Yorgo Vassilidis?" diye mırıldandı kendi kendine, "Kimsin sen?"

Sonra mushâf-ı şerîfin kapağını açtı.

"E'ûzubillâhimineşşeytânirracîm... Bismillâhirrahmânirrahîm..."

O güne kadar hiç görmediği, son derece sâde ama lâtif ve işlek bir hatla yazılmış, okunmaktan yıpranmış sayfaları okşarcasına çevirdi, çevirdi, çevirdi... ve birden, sivri kesilmiş ucu bir âyetin tam üzerine gelecek şekilde yerleştirilmiş, uzun, zar gibi ince-şeffâf bir kâğıt gördü.

"Subhânallâh!"

Mubarek Kalem suresinin son bölümüydü kâğıdın işaret ettiği yer. Dikkatle okudu:

"*Fe'sbir li hukmi rabbike...* O halde Rabbinin hükmüne sabret... Ve o balık sahibi gibi olma... Hani o, kederle dolu bir halde haykırmıştı... Eğer Rabbinden ona bir ni'met yetişmiş olmasaydı, o kınanmış bir kimse olarak şüphesiz ıssız bir yere, bir sahile atılmış olacaktı... Fakat Rabbi onu seçip sâlih kimselerden kılmıştı..."

Beyninden vurulmuşa döndü bir anda Bilâl!

Mubarek âyette "Balık sahibi" olarak anılan Yûnus peygamberden, aleyhisselâm, başkası değildi ve kâğıttan işareti oraya yerleştiren besbelli...

"Peki ama nasıl ve nerden bilebilir ki..." diye düşündü.

Sonra dudaklarından kendiliğinden döküldüverdi "*Kâlû subhâneke... Lâ 'ilme lenâ illâ mâ 'allemtenâ... İnneke ente'l-'alîmu'l-hakîm!* Dediler ki, Subhânsın... Senin bize öğrettiklerinden başka bizim için bir ilim yoktur! Şüphe yok ki Alîm ve Hakîm, her şeyi bilen ve her işi hikmetli olan, ancak Sensin!" mubârek âyet-i kerîmesi.

Boynunu büktü.

Usulca mushâf-ı şerîfi kapattı, kılıfının içine yerleştirip tekrar kutunun içine koydu.

"HİKÂYE-İ BİLÂL"

Yorgo Vassilidis'in hazırladığı hurcun içinden bir de kabzası gümüş çakmalı fildişinden, kara meşinden kalınca bir kemere takılmış kını yine gümüş kabaralarla süslenmiş, Yemen işi, iki ağzı da ustura kadar keskin bir hançer çıktı. Bu hançerin bir benzerini yıllar önce Osman dayısında gördüğünü hatırladı Bilâl. Hançeri beline bağladı. Hurçtan boşalttığı eşyayı kendisine tahsis edilmiş olan dolaba yerleştirdi.

Tam hurcu katlarken dibinde bir sertlik farketti. Tekrar açtı hurcu ve içini yokladı. Hurcun tam dibinde, dikiş boyunca kıvrılmış ve dikişle birlikte sıkıca tutturulmuş, sucuk şeklinde bir şey geldi eline. Ne olduğunu görmek için hurcu tersyüz etti: ağzı yağlı sırımla sımsıkı bağlanmış meşin bir keseydi bu.

Dikkatle kesenin bağını çözünce gözlerine inanamadı Bilâl!

"Aman Yâ Rabbî!" diye haykırdı kendini tutamayarak.

Kese ağzına kadar altın para doluydu.

Tek tek çıkartıp yatağın üzerine koydu altın paraları. Ve beşi Napolyon, beşi Rus, beşi Avusturya, beşi İspanyol, geri kalanı Osmanlı olmak üzere tam elli altın lira saydı.

"Bir servet... bir hazine bu!" diye mırıldandı kendi kendine.

Yorgo Vassilidis!

Ondan başka kim koymuş olabilirdi ki bu parayı oraya!

"Fakîr vefat ettikten sonra... Osman Hocaefendiye, nasipse, teslim edersiniz..." dediği emanet bu muydu acaba?

Gayriihtiyârî kesenin üzerine baktı Bilâl. Hiçbir yazı ya da işaret yoktu. Oysa bir başka, ağzı dikili meşin torbanın üzerinde "Muhterem Hacı Osman Hocaefendi hazretlerine takdîm edilmek üzre... Zâta mahsustur" ibâresini görmüştü.

O halde...

"Ayrıca, ihtiyaç duyabileceğiniz birkaç ufak-tefek... Her ihtimâle karşı..." demişti Yorgo Vassilidis...

Bu kadar büyük miktarda para için 'birkaç ufak-tefek' demek mümkün olamayacağına göre...

Altın liralara bir kere daha baktı Bilâl.

Ömrü boyunca bu kadar çok altın parayı hiç birarada görmemişti.

Sonra kararlı bir hareketle altınları tekrar kesenin içine yerleştirmeye başladı.

"Yeniden kavuşmak nasib olursa..." diye düşündü, "Aynen teslim ederim Yorgo Vassilidis'e emanetini... Başka yolu yok!"

Kesenin ağzını dikkatle sımsıkı bağladı, hurçu tekrar eski haline getirip katladı ve dolabının en dibine yerleştirdi.

Birden üzerine büyük bir yorgunluk çöktüğünü hissetti Bilâl.

Yatağına uzandı, gözlerini kapattı ve çok geçmeden derin, çok derin bir uykuya daldı.

İspanya'nın Cadiz limanı açıklarında, bir gece yarısı başlayan yeni yolculukları Gaetano Dragonetti'nin öngördüğünden kısa sürdü ve Bilâl'in beklediğinden çok daha rahat geçti.

Yolculuğun onikinci günü yakalandıkları ve üç gün süren şiddetli bir fırtınanın dışında önemli bir vukuat olmadı. Bilâl hemen hemen hergün, Gaetano Dragonetti'nin eşliğinde ve onun uygun gördüğü bir saatte güverteye çıkma imkânı buldu. Her seferinde, hava şartları ne olursa olsun, Bilâl mutlaka papaz cübbesini üzerine giyiyor ve başlığını iyice yüzüne doğru çekiyordu. Gaetano Dragonetti'nin kolunda, başı öne eğik, ağır adımlarla dolaşırken, herkes saygıda kusur etmekten çekinircesine kenara çekilerek Bilâl'e yol veriyordu.

Ama gününün büyük bir kısmını kamarasında geçiriyordu Bilâl. Bol bol Kur'ân okuyarak hem ruhunu, hem zihnini diri tutuyor, hem de nicedir ihmal etmiş olduğu hâfızlığını tazeliyor, geliştiriyordu. Kitapların ve harita tomarlarının bulunduğu dolabı karıştırırken eline geçen Arapça bir seyahatnâme sâyesinde Arapça bilgisini de tazeleme imkânı bulmuştu Bilâl. Bu arada Gaetano Dragonetti'nin yardımıyla harita okumayı ve rota tayini için gereken hesaplamaları yapmayı da enikonu öğrenmeye başlamıştı.

Kaptan Felipe Alejandro Bobadilla bu süre zarfında yalnızca, o da Gaetano Dragonetti'nin eşliğinde üç defa uğrayıp kamaraya, kötü Rumcasıyla, nezâketen ve besbelli âdet yerini bulsun diye hatırını sormuştu Bilâl'in.

***

"Bu bir ticaret gemisi. Yükümüzün çoğu kumaş, baharat ve şarap" diye bilgi vermişti Gateano Dragonetti, Bilâl'in yeni ortama artık iyice intibak ettiğine kanaat getirdiğinde. "*Estrella del Mar* eski bir gemi. Bir zamanlar kendi türünün en iyilerinden biriydi. Bu yolculuk onun Amerika'ya yaptığı son seferi olacak. Dönüşte, bir aksilik olmazsa, yepyeni, sac gövdeli, buhar makinalı en son model gemilerden biriyle döneceğiz!"

"Sac gövdeli, buhar makinalı mı?"

"Artık onlar revaçta. Kaptan Bobadilla yola çıkmadan tam altı ay evvel sipariş verdi Amerikalılara. İleri görüşlüdür, işini iyi bilir!"

***

Yolculuğun son günleri yaklaştığında yarası da artık tamamen iyileşmişti Bilâl'in. Besbelli Hacı Tayyar Reis'in büyük bir maharetle attığı dikişler, Yorgo Vassilidis'in tatbik ettiği ve devam etmesini Bilâl'e sıkı sıkı tembih ettiği merhem tedavisi sayesinde, düşmüş, yaranın etrafını saran kızarıklık giderek kaybolmuş, yerini hayal meyal seçilen koyu pembe bir ize bırakmıştı. Ama Bilâl'i bu hususta en çok sevindiren şey, artık namazlarını rahat rahat ayakta ve yüksek ateş nöbetlerinin baygınlığına düşmeksizin, hiç aksatmadan kılabilmesiydi.

***

Bir gün, yine bir sohbet etme imkânı bulduğunda - çünkü Gaetano Dragonetti genellikle Bilâl yattıktan çok sonra ve çok yorgun bir şekilde gelip kamaraya, hemen derin bir uykuya dalıyordu - zihnini belki de en çok kurcalayan suali sormuştu zorunlu yol arkadaşına:

"Yorgo Vassilidis'i tanır mısın?"

"Herkes kadar."

Şaşırmıştı Bilâl bu hiç beklemediği cevap karşısında.

"Anlayamadım..."

Bunun üzerine tatlı bir gülümsemeyle devam etmişti Gaetano Dragonetti:

"Bizim oralarda hemen herkes tanır Yorgo Vassilidis'i. Ama hiç kimse onun hakkında çok fazla bir bilgiye sahip değildir. Bilenler ise bu konuda ya alabildiğine ketum davranırlar, ya da çoktan ölüp gitmişlerdir zaten."
"Yani, kimdir, nedir, ne iş yapar bilinmez mi?"
"Çok zor bu suâllere cevap vermek. Ben ve benim kuşağım kendimizi bildik bileli, Keçi Adası denen o avuç içi kadar adadaki terkedilmiş manastır harabesinde yaşar Yorgo Vassilidis. Neden yaşamak için orayı seçmiştir, bilinmez. Hakkında bir sürü rivayet dolanıp durur ortalıkta... Yok efendim, bir zamanlar azılı bir korsan, yol kesen-boğaz kesen bir katil imiş de, sonradan tövbekâr olmuş, buraya sığınmış diye... Yok, memleketinden sürgün edilip Yunanlı bir pîr-i fânî kılığında buralara kaçmış, kimine göre Leh, kimine göre Sırp, kimine göre Macar, hatta kimine göre koca Osmanlı hânedânına mensup güçlü bir prens, bir şehzâdeymiş diye... Yok, bir zamanlar kiliseye başkaldırdığı için aforoz edilmiş ve lânetlenmiş Hristiyan din âlimlerinden bir başpatrikmiş diye... Velhâsıl her kafadan bir ses çıkar ve dediğim gibi, gerçeğin ne olduğunu bilenler de, sanki inadına susar! Aslına bakarsanız pek de fazla merak eden yoktur onun kim ve ne olduğunu... Çünkü herkes gayet iyi bilir ki o, herkesin, özellikle de başı ciddî bir şekilde belâya girmiş olan, yani kimsenin öyle kolay kolay yardım etmeyeceği, yardım etmekten çekineceği kimselerin yardımına koşar. Hem de hiçbir şekilde ayırım yapmadan, soru sormadan, itham etmeden ve yüksünmeden! Kimileri, günün birinde ona muhtaç olabileceklerini düşünerek hiç kurcalamazlar bu meseleyi; kimileri, onun insanların malına ve canına zarar vermiş suçlulara da yardım ettiğini, onlara iyi davrandığını iddia ederek, hakkında sürekli korkunç şayialar yaymakla ve insanların zihinlerini büsbütün bulandırmakla meşgul olduklarından, hiç ilgilenmemeyi tercih ederler onun hakiki kimliği-neliğiyle; kimileri de, gizli gizli, ki bana kalırsa

onu tanıyanların çoğu, onun bir azîz, Allah'ın sevgili ve çok özel bir kulu, neredeyse kutsal bir adam olduğuna inandıkları için, günaha girme korkusuyla, ne merak edip kurcalarlar Yorgo Vassilidis'in gelmişini geçmişini, ne de bu konuda bir kelime konuşurlar..."

"Ama eğer gerçekten de suç işlemiş kimseleri koruyorsa, bu pek doğru bir davranış olmasa gerek..."

"Allah şahittir, suçlu bilinip de Yorgo Vassilidis'in yanına sığınanlardan hiç birinin, ne ona, ne de herhangi birine, bir daha herhangi bir şekilde zarar verdiklerini, ne gördüm, ne de işittim! Bilakis, daha önce verdikleri zararları, işledikleri suçu bir şekilde tazmin ve telâfi edebilmek için ellerinden gelen her şeyi yapanlarına, hatta ömürleri boyunca, zarar verdikleri insana bir köle gibi hizmet edenlerine, para gönderenlerine bile şahit oldum!"

Sonra Bilâl, adada kendine geldiği ilk günün gecesinde şahit olduğu ve bir türlü anlamlandıramadığı olayı sormuştu Gaetano Dragonetti'ye çekine çekine:

"Bir gece... Yorgo Vassilidis... Yorgo Vassilidis'in mubârek Kur'ân'dan bir âyet okuduğunu işittim birilerine... Çok şaşırdım... Yani, demek istediğim..."

"Yorgo Vassilidis bu... Ne zaman, ne yapacağı belli olmaz..." demişti Gaetano Dragonetti ve kararlı bir hareketle yerinden kalkıp, "Yarın fırtına çıkacağa benzer... Hazırlık yapmakta fayda var... Kaptan Bobadilla'yla bir istişâre edelim bakalım..." diye kamaradan çıkmıştı.

***

Ve nihayet Cadiz limanı açıklarında gemiye bindikleri yirmialtıncı günün gecesinde, Gaetano Dragonetti yüzünde bir hayli yorgun ama sevinçli bir ifadeyle, nicedir hasretle beklediği müjdeyi verdi Bilâl'e:

"Yarın sabah, erken saatlerde, Allah'tan bir mani olmazsa *Galveston* limanına gireceğiz!"

"Gal... ne?"
"*Galveston*... Çok büyük bir liman, çok büyük ve zengin bir ticaret şehri. Orada üç gün kalacağız. Hem geminin umumi bakımı yapılacak, hem de mal indireceğiz. Üç gün sonra yeniden demir alıp kuzeye doğru devam edeceğiz..."
Bilâl şaşırdı.
"Yani hemen dönmeyecek miyiz... İstanbul'a... Yani... Neyse işte, geldiğimiz yere..."
Gaetano Dragonetti gülümsedi.
"Elbette döneceğiz dönmesine, Allah izin verirse, hem geldiğimiz yere, hem de İstanbul'a ama..."
"Ama?"
"Ama üç limana daha uğradıktan sonra. Yani buralarda en az onbeş günümüz daha geçecek!"
"Demek daha en az onbeş gün, ha! Bir de dönüş yolu var bunun... O da en az yirmibeş gün sürer... İstanbul'a varana kadar... Bir on gün daha... Aman Yâ Rabbî!"
"Tabiî bu arada *il Capitano*'dan İstanbul'a dönmeniz için henüz erken olduğu yolunda bir haber gelmezse!"
"Ağzından yel alsın! O nasıl söz öyle! Bunca zaman geçmiş aradan..."
"Belli olmaz! *Il Capitano* bu! Bir şey söylerse mutlaka bir bildiği vardır. Bana da netice itibariyle onun emirlerine kayıtsız şartsız uymak düşer... Aksini düşünmek bile istemem!"
"Ama..."
"Neyse... Biz şimdi henüz doğmamış bebeye don biçmeyi bırakalım da bir yana, esas işimize bakalım! *Galveston* limanında, belli yükler hariç gemiyi tamamen boşaltacağız - yani hepimiz tası tarağı toplayıp karaya çıkacağız..."
"Neden?"

"Dedim ya, gemide umumi bakım ve temizlik yapılacak. Daha sonra uğrayacağımız diğer limanlar için bu durum sözkonusu değil. Onun için en iyisi siz bu akşamdan eşyanızı toplayın. Kamarada geminin demirbaşlarından başka hiçbir şey kalmasın. Zaten pek fazla bir yükünüz yok."

"Peki üç gün boyunca nerede..."

"Merak etmeyin, ben emniyetiniz ve rahatınız için gereken herşeyi ayarlarım. Siz sadece gemi mürettebatıyla ilişkide olduğunuz sürece 'azizlerin arasına katılmaya aday muhterem bir papaz efendi' olduğunuzu unutmayın yeter! Şimdi müsadenizle son hazırlıkları tamamlamak üzere Kaptan Bobadilla'nın yanına gidiyorum. Geceniz mubârek olsun!"

Bilâl bir süre Gaetano Dragonetti'nin arkasından bakakaldı. Zihni karmakarışık olmuştu. Sanki o zamana kadar hâfızasının kuytu köşelerinde gizlenip duran, anacığına ama ille de Râbia'sına duyduğu o büyük hasret ve İstanbul'dan apar topar, hatta tamamen kendi iradesi dışında ayrılmak zorunda kaldığından beri âkıbetleri konusunda duyduğu merak ve endişe, birden bire ortalığa fırlayıp Bilâl'i kıskıvrak kuşatıvermişti. Onca zaman hiçbir haber alamamıştı ne anacığından, ne de Râbia'sından. Evet, Osman dayısı mutlaka, hayatı pahasına bile olsa, sahip çıkardı ve hiç şüphesiz sahip çıkmıştı onlara ama...

"Benim başıma gelenler hakkında mutlaka birşeyler işitmişlerdir... En azından Hacı Tayyar Reis ne yapıp edip, bir şekilde sağ sâlim hayatta olduğumun haberini ulaştırmıştır Osman dayıma... Kim bilir, belki adından dahi haberdâr olmadığım yâd illerin yoluna düşmüş olduğumu bile biliyorlardır... Ama... Ya...?"

Ama... ama... ama... diye uğuldayıp duruyordu Bilâl'in kulaklarında ve "ama"ların, "ya"ların ardı arkası kesilmiyordu.

Nihayet kararlı bir hareketle silkinerek yerinden doğruldu ve hurcunu derleyip toparlamak üzere dolaba yöneldi.

***

"*Estrella del Mar*", Amerika Birleşik Devletleri'ne yeni katılmış olan *Texas* eyâletinin *Galveston* limanına demir attığında, güneş iyice yükselmişti.

Bilâl gece boyunca doğru dürüst uyuyamamış, yorgun ve tedirgin ruhunu bol bol Kur'ân okuyup nâfile namazları kılarak sükûnete erdirmeye çalışmıştı. Sabah namazından sonra bir an evvel güverteye çıkıp limana girişi seyretmek istemişti ama Gaetano Dragonetti bunu uygun görmemişti.

"Gemi demir attıktan sonra yalnızca ikimiz bir sandala binip rıhtıma çıkacağız. Kaptan Bobadilla'ya yıllar önce buraya göç etmiş eski bir baba dostunu ziyaret edeceğinizi ve *Galveston*'dan ayrılana kadar onun misafiri olacağınızı söyledim..."

Bilâl, Gaetano Dragonetti'yi tanıdığı günden beri, onun hiçbir sözüne itiraz etmemeyi ve hatta sual bile sormamayı iyice öğrenmişti artık. Bu yüzden kamarada, papaz cübbesinin içinde terleyerek Gaetano Dragonetti'nin gelip kendisini almasını sabırla bekledi, bekledi.

***

"*Oriste* - Buyrun..."

Kamara kapısında Gaetano Dragonetti, yanında Kaptan Bobadilla ile birlikte hürmetkâr bir tavırda bekliyordu.

Bilâl ağır ağır yerinden doğruldu, cübbesinin başlığını iyice yüzüne doğru çekerek dışarı çıktı. Kaptan Bobadilla'nın miçosu hurcu taşımak üzere ok gibi kamaraya daldı.

"*Kalimerasas... Kalimerasas...* - Hayırlı sabahlar... Hayırlı sabahlar..." dedi Bilâl hırıltılı bir sesle.

"*Kalimerasas...*" diye cevap verdi Kaptan Bobadilla saygıyla bir adım geri çekilip Bilâl'e yol açarak.

Gaetano Dragonetti, Bilâl'in koluna girdi ve saygıda kusur etmekten çekinircesine kenara çekilerek kendilerine yol veren tayfaların arasından geçtiler.

Bilâl temkinli bir şekilde hep başını öne eğik vaziyette tuttuğundan Gaetano Dragonetti'nin yardımıyla ip merdivenden indi ve birlikte hazır bekleyen sandala bindiler. İskeleye yanaşıncaya kadar yol boyunca tek kelime bile konuşmadılar.

Gaetano Dragonetti, Bilâl'in iskeleye çıkmasına yardım etti, hurcu omuzladı ve kısa bir komutla tayfayı geri gönderdikten sonra usulca Bilâl'e yöneldi.

"Ben size, tamam, artık rahatız diyene kadar edânızı bozmayın. Merak etmeyin bir süre için de olsa rahatlamanıza az kaldı!"

Gerçekten de Bilâl terden sırılsıklam kesilmişti. Limanın sıcak ve nemli havasına karışan ağır koku nefes almasını güçleştiriyordu. Sürekli önüne bakmasına rağmen büyük bir kalabalığın arasından sıyrılırcasına geçtiklerini farketti Bilâl. Kulaklarına çarpan sesler, o güne kadar hiç işitmediği bir lisandaydı. Bir süre sonra kalabalık durulmaya, insan sesleri azalmaya başladı. Hafifçe başını kaldırdı Bilâl ve bir hayli tenha bir sokağa sapmış olduklarını gördü. Biraz daha yürüdükten sonra bir evin önünde durdular.

"Geldik" dedi Gaetano Dragonetti ve kapının burmalı zilini çevirdi.

"Ooo, Mösyö Dragonetti! Hoş geldiniz, hoş geldiniz! Bu ne şeref!"

Bilâl Türkçe konuşulduğunu duyunca birden şaşırdı ve gayriihtiyârî başını kaldırıp baktı. Karşısında elli yaşlarında, esmer, demirkırı saçları iyice dökülmüş, tıknaz ve simsiyah, dolgun palabıyığı ve bir o kadar da kalın simsiyah kaşları hemen ilk bakışta dikkati çeken, kısaya yakın orta boylu bir adam duruyordu. Üzerinde kolları dirseklerine kadar sıvanmış yakasız beyaz bir gömlek, beli kalın kemerli koyu kahverengi bir pantolon ve ayağında iyice eskimiş keçe terlikler vardı. Bir an için Bilâl'le göz göze geldiler. Adamın koyu kahverengi gözlerinde bir şaşkınlık ifadesi belirdi. Alçak sesle ve kötü bir İtalyanca ile:

" *Siete venisti col il benvenuto... con l'onore* - Siz de hoşgeldiniz, şeref verdiniz, *padre...*" dedi. Sonra geri çekilerek Türkçe devam etti:

"Buyrun, buyrun! Kapıda kalmayın... Buyrun..."

"Hoşbulduk Onnik efendi..." dedi Gaetano Dragonetti Türkçe sonra Bilâl'e döndü:

"Buyrun..."

Birlikte içeri girdiler.

Onnik efendi kapının yanındaki alçak bir dolaptan tıpkı kendisininkilere benzeyen birer çift keçe terlik çıkartıp önlerine bıraktı.

"Buyrun..."

Sonra besbelli yeni silindiği için hâlâ mis gibi sabun kokan loş sofaya bakan kapılardan birini açıp genişçe bir odaya buyur etti onları.

"Artık cübbenizi çıkartabilirsiniz, dostlar arasındayız..." dedi Gaetano Dragonetti. Evini ziyarete gelen bir manastır keşişine Türkçe hitap edildiğini duyunca birden çok şaşırdı Onnik efendi; Bilâl'in bir an evvel kurtulmak istercesine hemen üzerinden çıkarttığı cüppeyi aldı ama odanın orta yerinde kalakaldı.

"Merak etme Onnik efendi... Herşeyi anlatacağım..." diye güldü Gaetano Dragonetti, "Önce bir nefeslenelim hele!"

Onnik efendi hemen toparlandı.

"Oh, tabiî, tabiî... Kusura bakmayın... Buyrun, beğendiğiniz yere oturun... Rahatınıza bakın... Ben... Şimdi geliyorum..."

Sonra Bilâl'i bir kez daha şaşkın bakışlarla tepeden tırnağa süzdü ve odadan çıktı.

"Buyrun," dedi Gaetano Dragonetti, Bilâl'e, "Onnik efendinin dediği gibi, beğendiğiniz yere oturun!"

Bilâl de en az Onnik efendi kadar şaşkındı. Karşısına gelen ilk koltuğa oturdu. Sonra odanın içine şöyle bir göz gezdirdi. Sokağa bakan pencereleri ucu dantelli beyaz patiska perdelerle örtülü olan odanın duvarları kireç boyalıydı. Vişneçürüğü kadife kaplı yüzleri bir hayli eskimiş, baş kısımları ve kolçakları beyaz dantel örtülerle örtülmüş üç geniş koltuk ile divanın yanlarında sedef kakmalı Maraş işi ceviz sehpalar vardı. Oymalı ve cam kapaklı bir ceviz dolabın içine özenle serilmiş dantellerin üzerine porselen bir çay takımı ve kahve fincanları yerleştirilmişti. Duvarda, yine sedef kakmalı Maraş işi ceviz bir çekmecenin hemen üzerinde, büyükçe bir istavroz asılıydı. Tavanda ise beş kollu, fanusları kahverengi damarlı sarı camdan bir avize vardı. Odanın tahta zeminine ise besbelli çok kıymetli ve çok büyük bir Kayseri halısı seriliydi.

"Nasıl," dedi Gaetano Dragonetti tatlı tatlı gülümseyerek, Bilâl'in şaşkın ve meraklı bakışlarla etrafı süzdüğünü görünce, "Yeni evinizi beğendiniz mi?"

Bilâl tam cevap vermeye hazırlanıyordu ki kapı açıldı ve Onnik efendi içeri girdi. Sanki kendi evinde değilmiş ve odada bulunan muhterem zevatı rahatsız etmekten çekiniyormuşçasına biraz tedirgin ama alabildiğine mütevazı bir edâda koltuklardan birine ilişiverdi.

"Tekrar hoşgeldiniz Mösyö Dragonetti... Siz de..."

"Bilâl efendi..." dedi Gaetano Dragonetti, "Müşterek misafirimizin adı Bilâl efendi."

"Bilâl efendi..." diye mırıldandı Onnik efendi.

"Hoş bulduk efendim..." diye alçak sesle mukabele etti Bilâl.

Bir süre öyle sessiz kaldılar. Besbelli herkes bu yeni ve şaşırtıcı durumu kendince hazmetmeye çalışıyordu.

Onnik efendinin pırıl pırıl gözleri Gaetano Drgaonetti ile Bilâl arasında mekik dokuyordu âdetâ.

"Anuş hanımefendi yengem nasıl?" diye sessizliği bozdu Gaetano Dragonetti, "Vartuhi kızım, Vartan kardeşim... Afiyetteler inşaallah..."

"Çok şükür, çok şükür..." diye toparlandı Onnik efendi Gaetano Dragonetti'ye yönelerek. "Hepsi iyi. Anuş hanım birazdan

gelir... Çok şaşırdı ve çok sevindi geldiğinize... Vartuhi piyano dersinde... O da akşama doğru gelir... Vartan..." Derin derin iç geçirdi Onnik efendi birden, "Vartan bizi bırakıp gitti!"
"Gitti mi?" Bu defa şaşıran Gaetano Dragonetti'ydi, "Nereye?"
"Onsekiz ay oluyor... 'Ben artık burada yaşayamayacağım, kendime yeni bir iş, yeni bir hayat kuracağım' diye kuzeye gitti!"
"Kuzeye mi?"
"Gitti gideli doğru dürüst bir haber alamadık ondan. Yalnızca değişik yerlerden gönderdiği birkaç kısacık telgraf, 'Beni merak etmeyin, iyiyim' diye. Hepsi bu. En son telgrafı New York'tan geldi, o da altı ay kadar evvel. 'Merak etmeyin. iyiyim...'. Elde mi merak etmemek! Evlât hasreti... Çok koyuyor insana... Hele gurbet ellerde, bir gurbet daha yaşanınca bin beter oluyor! Madam Anuş çok üzüldü, çok... Kahroldu adetâ... Ben de öyle tabii... Ama elden ne gelir... Kader-kısmet..."
"Peki, ya Vartuhi? O ne yaptı ağabeyi gidince?"
"Belki inanmayacaksın ama Mösyö Dragonetti, en çok o destekledi ağabeyinin bizden ayrılıp gitme kararını, hatta onu teşvik bile etti!"
"Allah Allah... Ağabeyinin biricik minik kuzucuğu, ha?"
Onnik efendi belli belirsiz bir hareketle gözünde biriken yaşı sildi.
"Evet... Ağabeyinin biricik minik kuzucuğu... Gerçi için için üzülüyor, biliyorum, ondan bu kadar uzak kalmaya ama... 'Git,' dedi ona, 'Git ve gönlünde yatanı gerçekleştir. Allah korusun, hüsrâna uğrasan da, ileride pişman olmaktan iyidir!'"
"Vay Vartuhi kız vay! Demek ağabeyine akıl verecek kadar büyüdü, ha!"
"Görsen tanımazsın Mösyö Dragonetti!"
"Doğru. Çok zaman geçti aradan."
Bir süre için derin bir sessizlik çöktü odaya. İki eski dost sanki Bilâl'in varlığını unutmuş gibiydiler.

"Peki, ya siz nasılsınız Mösyö Dragonetti?"
"Hep bildiğiniz gibi Onnik efendi... Hep bildiğiniz gibi... Hayatım denizlerde geçiyor... Kâh orada, kâh burada..."
"Hacı Tayyar Reis efendi nasıllar?"
Hacı Tayyar Reis'in adını duyunca Bilâl gayrihtiyârî irkildi. "Aman Yâ Rabbî!" diye geçirdi içinden, "Burada da mı tanıyorlar onu!"
"O da hep bildiğiniz gibi... Selâmları var size..."
"'Aleykumselâm..."
"Bilâl efendi, Hacı Tayyar Reis'in bize emaneti..."
Bu defa gözle görülür bir şekilde irkilen Onnik efendi oldu. Döndü, sanki ilk defa görüyormuşçasına ama yüzünde büyük bir hürmet ifadesiyle Bilâl'i tepeden tırnağa süzdü.
"Tekrar hoşgeldiniz..." diye mırıldandı, "Afiyettesiniz inşaallah..."
Bilâl toparlandı.
"Elhamdulillâh... Şükürden âciziz..."
Bir kere daha derin bir sessizlik hâkim oldu odaya.
Gaetano Dragonetti tam söz alacaktı ki, odanın kapısı açıldı ve Anuş hanım elinde, üzeri dantel örtülü bir tepside bir sürahi limonata ve bardaklarla içeri girdi. Elli yaşlarında, oldukça kısa boylu ve tombul bir kadındı. Üzerinde boyununa kadar ilikli, yere kadar uzun, uzun kollu, yakası ve kol ağızları beyaz dantelden, lâcivert bir elbise vardı. Başının üzerine serbestçe örttüğü kenarları mavi oyalı bembeyaz tülbentin altından gözüken ve büyük bir ense topuzuyla bağlanmış saçları iyice kırlaşmıştı. Yüz hatları biraz kaba ama yumuşak ve daha ilk bakışta insanın yüreğini burkacak kadar hüzünlüydü. Özellikle gözlerinin altları, besbelli uykusuzluktan ve çok ağlamaktan, koyulaşmış, torbalanmıştı. Boynunda kalın, burma bir altın zincire takılı, Osmanlı altını büyüklüğünde, kadranı lâcivert mineli zarif bir saat, sağ elinin yüzük parmağında ise, üzeri altın kakmalarla bezeli siyah Oltu taşından bir yüzük vardı.

"HİKÂYE-İ BİLÂL"

Anuş hanım gülümsemeye gayret ederek, alçak sesle, nerdeyse fısıldarcasına:

"Hoşgeldiniz Mösyö Dragonetti" dedi.

Bilâl'e döndü:

"Siz de hoşgeldiniz..."

Yüz ifadesi ve sesi donuktu Anuş hanımın. Bilâl bir an için "Sanki ölü gibi..." diye geçirdi içinden. Ürperdi.

Elindeki tepsiyi sehpalardan birine usulca bıraktı Anuş hanım. Sonra bardaklara limonata doldurmaya başladı. Hareketleri uykudaymışçasına yavaş ve yumuşaktı. Sürahiyi sehpanın üzerinde bırakıp önce Bilâl'e, sonra Gaetano Dragonetti'ye, sonra da Onnik efendiye limonata ikramında bulundu.

"Buyrun... Afiyet olsun..."

Sonra divanın kenarına ilişti, tepsi kucağında bakışları uzaklara daldı gitti. Etrafında olup bitenlerin hiç farkında değilmiş ya da herkesten ve herşeyden çok uzakta bambaşka bir zaman ve mekânda yaşıyormuş gibi bir hali vardı.

Anuş hanımın bu durumu Gaetano Dragonetti'nin de gözünden kaçmamıştı. Bir süre endişeli gözlerle Anuş hanımı süzdü. Sonra Onnik efendi ile gözgöze geldiler. Onnik efendi 'Maalesef durum bu, yapacak bir şey yok!' dercesine hafifçe omuzlarını kaldırıp ellerini iki yana açtı, bakışlarını yere eğip öyle kaldı. Gaetano Dragonetti tedirgin olmuştu. Limonatayı bir dikişte içip bardağını yanındaki sehpanın üzerine bıraktı.

"Elinize sağlık Anuş hanım..." dedi, "Pek makbule geçti!"

Anuş hanım söylenenleri duymamıştı. Yüzüne âdeta yapışmış bir gülümsemeyle dalıp gitmişti bir yerlere.

Gaetano Dragonetti bir an için gözlerini kapattı, dudaklarını sıktı; dudakları bembeyaz kesildi. Onnik efendi hâlâ önüne bakıyordu. Gaetano Dragonetti kendini toparlayıp Onnik efendiye döndü:

"Ben artık müsadenizle gideyim Onnik efendi..."

"Yemek yeseydik birlikte..."

"Yoo, sağolun... Ben de çok isterdim ama sonra çok gecikirim... Yapılması gereken bir sürü iş var, hem limanda, hem de gemide, bilirsiniz."

"Karar sizin Mösyö Dragonetti..."

"Şimdi: dediğim gibi, Bilâl efendi *il Capitano*'nun bana özel bir emanetidir. Can güvenliği tehlikede olduğu için İstanbul'dan uzun bir süre için uzaklaşmak durumunda kalmıştır. Şimdilik bu kadarını bilin, yeter. Ben de onu size emanet ediyorum."

"Sizin de, Hacı Tayyar Reis'in de emanetlerinin başımızın üzerinde yeri var, her zaman!"

"Burada, bugün itibariyle daha üç gün kalacağız. Sonra kuzeye doğru yola çıkacağız. Sizden ricam, Onnik efendi, üç gün sonra Bilâl efendiyi güneş batmadan limana getirmeniz. Gemimizin adı *Estrella del Mar*. Ben orada sizi bekliyor olacağım."

"Saat altı suları uygun olur mu?"

"Uygundur. O halde üç gün sonra, saat altıda, limanda buluşmak üzere sözleştik demektir."

"Tamam."

"Bu süre içinde Bilâl efendi mümkün olduğu kadar sokağa çıkmasın. Çıkacak olursanız da liman civarına fazla yaklaşmayın. Unutmayın, gemideki herkes onun buralara misyonerlik yapmak için gelmiş Katolik ve çok hasta bir keşiş olduğunu zannediyor!"

Onnik efendi gayriihtiyârî Bilâl'e dönüp onu şaşkın bakışlarla şöyle bir süzdü.

"İyi ama yüzümü hiç kimse görmedi ki!" dedi Bilâl.

"Olsun! Gemici tayfasının sağı-solu belli olmaz. Biz yine de her ihtimale karşı tedbirli davranalım. Evet. Müsadenizle."

Gaetano Dragonetti kararlı bir hareketle ayağa kalktı. Onnik efendiyle kucaklaştılar.

"Zahmetleriniz için teşekkür ederim Onnik efendi."
"Estağfirullah... Zahmet de ne demek... Pek memnun olduk. Keşke bir faydamız olsa! Bilâl efendiyi rahat ettiririz inşaallah..."
"Üç gün sonra, saat altıda, limanda!"
"Üç gün sonra... saat altıda... limanda..."
Gaetano Dragonetti, etrafında olup biteni, konuşulanları hiç duymuyormuşçasına, hâlâ aynı dalgın tavırda, hiç kıpırdamadan oturan Anuş hanıma yöneldi. Bir an için üzgün bakışlarla şöyle bir süzdü onu. Sonra ona doğru eğilerek, küçük bir çocuğa hitab eder gibi şefkatle ve usulca:
"Allahaısmarladık Anuş hanım... yenge..." dedi.

Anuş hanım birden irkildi, korkudan faltaşı gibi açılmış gözlerle önce etrafına, sonra kocasına ve Gaetano Dragonetti'ye baktı. Tanıdığı, bildiği bir mekânda, tanıdık, bildik yüzleri görünce rahatlar gibi oldu. Yüzüne yine o aynı donuk gülümseme yerleşti. Kendi kendine fısıldarcasına:

"Güle güle Mösyö Dragonetti..." dedi, "Yolunuz açık olsun... Yine buyrun... Bekleriz... Şeref verirsiniz..."

Gaetano Dragonetti, Anuş hanımın gayriihtiyârî uzattığı elini usulca tuttu, öpüp alnına koydu. Sonra doğruldu, Bilâl'e döndü.

"Merak etmeyin... Burada emniyettesiniz... Rahatınıza bakın... Kendi evinizde bilin kendinizi... Üç gün sonra buluşuruz..."

"İnşaallah..." dedi Bilâl.

Gaetano Dragonetti odadan dışarı çıkarken Onnik efendi ona eşlik etti.

Bilâl şaşkındı. Ne yapacağını, ne söyleyeceğini bilemiyordu. Her şey o kadar büyük bir hızla ve tamamen kendi iradesi dışında gelişiyordu ki bazen yaşadıklarına inanası gelmiyordu. Sanki kayıkhanede düşüp bayıldığı yerde bir türlü uyanamadığı ve bitmek bilmeyen bir rüyâ görüyordu.

Anuş hanıma baktı. Kadıncağız öylesine, hiç kıpırdamadan oturuyordu yerinde, tıpkı terkedilmiş, unutulmuş bir taş bebek gibi. "Aslında ondan hiçbir farkım yok!" diye düşündü Bilâl. "Zavallı kadın... Kim bilir neler geldi başına ki bu hallere düştü... Benim halim de, dışarıdan bakılınca, onunkine benziyor mu acaba?"

Onnik efendinin tekrar odadan içeri girmesiyle kendine geldi Bilâl.

"Buyrun, Bilâl efendi... Müsadeniz olursa size odanızı göstereyim... Belki şöyle bir soyunup dökünüp rahatlamak istersiniz... Malûm, yol yorgunluğu... Denizde geçen onca zaman sonra... Nasıl olur bilirim..."

"Eyvallah! Zahmet olacak size..."

"Aman efendim, hiç olur mu! Buyrun... Buyrun..."

Bilâl yerinden doğruldu, hurçunu omuzladı ve birlikte odadan çıktılar.

Anuş hanım odada tek başına kaldığını farketmedi bile.

***

Bilâl'e tahsis edilen oda evin, dar ve dik bir döner merdivenle çıkılan çatı katındaydı.

"Biraz küçük, kusura bakmayın, ama sessiz ve rahattır. Vartan'ın... yani oğlumun odasıydı bir zamanlar... Banyo ve tuvalet... yani, helâ ve hamam demek istiyorum, hemen odanızın yanında... Yemek vaktine kadar dinlenin... Ben kapınızı tıklatırım... İsterseniz tabii! Ama burada yemek isterseniz, yemeğinizi buraya da getiririm... Nasıl isterseniz..."

"Yoo, yoo! İstemem!" diye birden atıldı Bilâl gayriihtiyârî, "Yeterince kapalı kaldım hep aynı mekânda!"

Onnik efendi Bilâl'in bu beklenmedik çıkışı karşısında afalladı.

Bilâl de şaşırdı birden, hiç istemeden gösterdiği sert tepkiye. Ama hemen kendini topladı. Gülümsemeye çalıştı.

"Kusura bakmayın... Yolculuk boyunca pek çıkmak nasib olmadı da kamaradan... Hakkınızı helâl edin..."

Onnik efendi de gülümsedi.

"Helâl olsun... helâl olsun... O da ne kelime! Olur bazan böyle... Yolculuk hali... Yorgunluk hali. Teklif tekâlüf yok bizde... Rahat edin, rahat olun yeter! Müsadenizle..."

Onnik efendi kapıya yöneldi. Tam çıkmak üzereyken birden aklına bir şey gelmişçesine durdu, gerisin geri döndü ve odanın beyaz kireç boyalı duvarında asılı duran ıstavrozu usulca aldı. Mahcup bir edâda Bilâl'e baktı. Alçak sesle:

"Kusura bakmayın..." dedi, "Düşünemedim..."

Sonra, Bilâl'in şaşkın bakışları altında odadan çıktı.

***

Bilâl ilk iş olarak soyundu, dökündü. Onnik efendinin 'banyo' dediği hamam odasına girip bir güzel temizlendi, paklandı. Yorgo Vassilidis'in armağanı olan pusulasını çıkartıp kıbleyi tayin etti ve seccâdesini serip namaza durdu. Sonra yatağın üzerine uzanıp Onnik efendinin kapıyı, kendi deyişiyle 'tıklatma'sını beklemeye koyuldu. Odaya şöyle bir göz gezdirdi. Yatağın dışında oymalı bir elbise dolabı, üzeri raflı, rafları kitaplarla dolu bir çalışma masası, vişneçürüğü kadife kaplı, oymalı bir iskemle ve yine aynı kumaştan irice bir koltuk vardı odada. Yegâne penceresi daracıktı ve melek tasvirli dantelden bir perdesi vardı. Ortalık hemen dikkati çekecek derli toplu ve tertemizdi. Bilâl bir an için odanın sahibini gözünün önüne getirmeye çalıştı. Babasına mı benziyordu acaba, yoksa annesine mi? Neden bırakıp gitmişti onları, uzaklara? İnsan mecbur olmadıkça bırakıp gider miydi hiç anasını-babasını, en yakınlarını, en sevdiklerini? Ağabeyinin gitmesini destekleyen kız... o nasıl biriydi acaba? Ve neden arka çıkmıştı, o kadar ısrarla, ağabeyinin çekip gitme kararına? Sonra kendini düşündü... Kader onu böylesine beklenmedik bir şekilde alıp kopartmasaydı anacığından, Râbia'sından, vallahi kuşku yok, aklının köşesinden bile geçirmezdi günün birinde onları terkedip uzaklara gitmeyi! Derin derin iç geçirdi Bilâl. Gözlerini kapattı.

***

Midesinde şiddetli bir burulma ve kazınmayla gözlerini açtığında ortalık kararmıştı. Birden şaşırdı Bilâl.

"Hay Allah!"

Yerinden doğruldu. El yordamıyla daha önce yazı masasının üzerinde gördüğü mumu buldu, şamdanın altlığında duran kibritle yaktı. Usulca odanın kapısını açıp dışarı çıktı, etrafına bakındı. Merdiven sahanlığını aşağıdan gelen solgun bir ışık hafifçe aydınlatıyordu. Bilâl kulak kabarttı: hiçbir ses duyamadı. Sonra abdest almak üzere yavaşça hamam odasına yöneldi.

***

Bilâl, kazaya kalan namazlarını edâ ettikten sonra tekrar odadan çıkmaya hazırlanıyordu ki kapı usulca vuruldu.

"Buyrun!"

Kapı yavaçşa aralandı ve Onnik efendi başını içeri doğru uzattı. Bilâl'i elinde mumla ayakta bekler görünce tatlı tatlı gülümsedi.

"Hoş kalktınız... Akşam şerifler hayr'olsun!"

"Hayırlı akşamlar..."

Onnik efendi içeri girdi.

"Daha önce, yani gündüz de kapıyı tıklattım ama... sizden bir ses alamayınca... uyuduğunuza ya da rahatsız edilmek istemediğinize hükmettim..." dedi utana sıkıla.

"Yoo, estağfirullâh... Uyuya kalmışım... Yorgunluktan besbelli... İşitmedim... Kusura bakmayın..."

"Kusur bizde olur ancak... Acıkmışsınızdır iyice... Sofra hazır... Teşrif ederseniz, bahtiyar oluruz..."

"Estağfirullâh... estağfirullah... Hakikaten pek acıktım, ayıptır söylemesi... Buyrun, gidelim!"

Birlikte yeniden en alt kata indiler. Bu defa başka bir odanın kapısını açtı Onnik efendi.

"Buyrun..."

Bu oda eve geldiğinde ilk girdikleri odadan çok daha küçüktü. Dikdörtgen şeklinde bir masa ve çevresine dizilmiş iskemleler neredeyse odanın tamamını dolduruyordu. Ayrıca duvarın yarı yüksekliğinde, üstü kara mermerden, oymalı kapaklı uzunca bir dolap vardı. Masaya bembeyaz, işlemesi kendinden bir örtü serilmiş, yine beyaz dört düz tabağın üzerine, beyaz çukur tabaklar yerleştirilmişti. Tabakların iki yanına madeni, bir ihtimal gümüşten çatal-kaşık-bıçak konmuştu. Su bardakları kesme camdan ve ayaklıydı ve her tabağın yanında ayrı birer tane vardı.

Onnik efendi bir iskemleyi geri çekerek Bilâl'e yer gösterdi.

"Buyrun, oturun..."

Bilâl, hayatında ilk defa böyle bir sofraya oturmanın rahatsızlığı ve tedirginliği içindeydi. Onnik efendi masanın öbür tarafına geçip oturdu ve Bilâl'in her halinden belli olan tedirginliğini biraz olsun yatıştırabilmek gayesiyle gülümsedi:

"Anuş hanım ve Vartuhi de birazdan gelirler... Sizin için özel yemek yaptılar... Mercimek çorbası... Lahana sarması... Pilâv... Köfte... Hasret kalmışsınızdır diye..."

Odanın kapısı açıldı ve Anuş hanım elinde iki kulpundan tuttuğu beyaz porselenden derin, büyük ve kapaklı bir çorba kabıyla içeri girdi, çorba kabını mermer tezgâhlı dolabın üzerine bıraktı. Bilâl'e döndü. Yüzünde onu ilk gördüğü andan itibaren sanki hiç bozulmadan kalmış gibi duran o donuk gülümsemeyle:

"Hoş kalktınız..." dedi.

Bilâl daha cevap veremeden odadan içeri Onnik efendi ve Anuş hanımın kızları Vartuhi girdi. Elinde, üzerinde beyaz porselenden üç büyük kayık tabağın durduğu büyük bir tepsi vardı. Üzerine, tıpkı annesininkine benzeyen, uzun kollu, ama yalnızca yakası dantelden olan kül rengi bir elbise giymiş, simsiyah saçlarını, yine tıpkı annesi gibi ensesinde toplamıştı. Bir hayli kalın oldukları için ilk bakışta çatık gibi duran özenle şekil verilmiş kaşları, koyu kahverengi gözleri, irice ama muntazam burnu yüzüne sert bir ifade veriyordu. En fazla yirmi yaşında olmalıydı.

"Hoşgeldiniz..." dedi alçak sesle.

Sesi annesininkine benziyordu.

"Hoşbulduk..."

Anuş hanım Vartuhi'nin elindeki tepsiden kayık tabakları birer birer alıp sofraya yerleştirdi. Birinde lahana sarması, diğerinde tepeleme beyaz pirinç pilâvı, üçüncüsünde ise tavada kızartılmış bol maydanozlu köfteler vardı.

Nicedir hasretini çektiği türden yemekleri görüp, iştah açıcı kokularını alınca Bilâl'in ağzı sulandı, iştahı daha da bir kabardı.

Anuş hanım tabaklara çorba koymaya başladı.

Onnik efendi iştahlı bakışlarla yemekleri süzen Bilâl'in yüzünün birden gölgelendiğini farketti. Hemen atıldı:

"Ah! Merak etmeyin Bilâl efendi... Köftelerin kıymasını Yahudi kasaptan aldık... Hacı Tayyar Reis bir keresinde bunun dininizce câiz olduğunu söylemişti... Rahatlıkla yiyebilirsiniz... Buyrun!"

Sonra hep birlikte yemeğe koyuldular.

***

Yemek boyunca, hemen hiç konuşulmadı. Anuş hanım zaten bambaşka bir dünyadaydı. Vartuhi ise sanki inadına sessiz, suskundu. Onnik efendinin bu sessizliği bozma çabaları ise bir-iki "Nasıl, tadı hoşunuza gitti mi? Biraz daha yemek ister misiniz?" kelâmı etmekten öteye geçemedi bir türlü.

"Ellerinize sağlık efendim... Hak Te'âlâ, celle celâluhu, razı olsun, sofranızın, hanenizin bereketini arttırsın..."

"Afiyet olsun Bilâl efendi... Allah sizden de râzı olsun... Mütevâzı soframızı şereflendirdiniz... Eh, kahveleri de salonda içeriz artık... Ne dersiniz?"

"Anlamadım nerede?"

Onnik efendi tatlı tatlı güldü.

"Misafir odasında... Uygun görürseniz tabii!"

"Estağfirullâh... Bu kadar ezmeyin beni Allah aşkına... Ben kim oluyorum da..."

"HİKÂYE-İ BİLÂL"

"Misafirimizsiniz! Hem de çok uzaklardan, ah, o dünyalar güzeli memleketimizden gelmiş bir misafir! Daha ne olsun! Kahvenizi sâde mi içersiniz?"

Onnik efendi sözünü henüz bitirmişti ki, Anuş hanım birden iki elini yüzüne kapayarak sarsıla sarsıla ağlamaya başladı. Vartuhi ok gibi fırlayıp yerinden annesinin yanına gitti ve onu kolları arasına aldı. Bebeğini sakinleştirmeye çalışan bir anne gibi, alçak sesle birşeyler mırıldanarak saçlarını okşamaya başladı. Anuş hanımın hıçkırıkları giderek yükseliyor, âdeta nefesi tıkanıyordu. Vartuhi annesine bir bardak su vermek üzere yerinden doğrulduğunda Bilâl, bir an onun Onnik efendiye fırlattığı neredeyse kin ve öfke dolu sert bakışı yakalayınca, şaşırdı. Baba-kız bir an için göz göze geldiler. Onnik efendi acı ve utanç içinde başını önüne eğdi. Hep gülümsemeye çalışan yüzü bir anda kapkara kesilivermişti sanki Onnik efendinin. Bir süre öyle başı önüne eğik kaldı.

Bilâl büyük bir şaşkınlık içindeydi.

Vartuhi annesine usulca su içirmeye çalışırken Onnik efendi yavaşça yerinden doğruldu, Bilâl'in yanına geldi.

"Kusura bakmayın..." dedi alçak sesle, "Densizlik ettim...Buyrun, gidelim..."

Birlikte odadan çıktılar.

***

Onnik efendi ve Bilâl salonda, avizenin sarı ışığının altında çok uzun bir süre sessizlik içinde oturdular. Onnik efendi başını iki elinin arasına almış, derin bir acı ve sıkıntı içinde önüne bakıyordu. Bilâl ise tam bir çaresizlik içindeydi; ne yapacağını, ne söyleyeceğini bir türlü bilemiyordu.

Bir süre sonra Onnik efendi yavaş yavaş doğruldu. Gözleri yaş içindeydi. Bilâl'e baktı.

"Kusura bakmayın, ne olur..." dedi hırıltılı bir sesle.

Bilâl cevap veremedi.

Sonra ağır ağır konuşmaya başladı Onnik efendi:

"Anuş hanım... Çok hasta... Buralara, bu kahrolası gurbete geldiğimizden beri böyle... Hiç... Hiç istememişti buraya gelmeyi... Hiç!... Hep... Hep benim yüzümden! 'Ayırma... ayırma beni memleketimden... komşularımdan, dostlarımdan... Ne olur!' diye yalvardı durdu hep. Dinlemedim! Ahh, dinlemedim! Alışamadı buralara bir türlü... Aylarca... Aylarca komşularımızı sayıklayıp durdu geceleri... Zahide hanımı, Tâciser hanımı, Madam Marika'yı... Hepsini... Hatta mahalledeki çocukları bile... İsimleriyle, tek tek... Yüzü bir defa olsun doğru dürüst gülmedi buraya geldik geleli. Ama gözyaşları, 'Ahh!' çekmeleri, iç geçirmeleri dinmek bilmedi. 'Suyunun bile doğru dürüst tadı yok... Nesini seveyim ben buranın!' dedi durdu. Her geçen gün biraz daha küstü hayata, biraz daha içine kapandı. Sonunda, bundan onsekiz ay evvel Vartan'ın bizi bırakıp gitmesi bütün bunların üstüne tuz -biber ekti! Gözbebeğiydi Vartan onun, herşeyi! Aah, ah..."

Derin bir sessizlik çöktü odaya.

Onnik efendi tekrar başını iki elinin arasına alıp önüne bakmaya başladı.

Bilâl iyice meraklanmıştı. Bir süre sonra temkinli bir tavırda sordu:

"Peki, neden... Neden terketti oğlunuz sizi?"

Onnik efendi başını kaldırıp Bilâl'in yüzüne baktı, acı acı gülümsedi.

"Ben neden memleketi bırakıp buralara geldiysem, ondan: daha zengin olmak için! Evet. Daha zengin olmak için!"

"İşiniz çok mu kötü gidiyordu?"

Onnik efendi bu defa acı bir kahkaha attı.

"Kötü mü... Ne kötüsü! Bilâkis çok iyiydi işlerim. Memlekette de, İstanbul'da da. Burada da iyi. Hem de çok iyi!"

"Sizin asıl memleketiniz İstanbul değil mi?"

"HİKÂYE-İ BİLÂL"

"Ben aslen Kayseriliyim. Kayseri Ermenilerinden yani. Gıda toptancılığı yapıyordum orada. İşlerimi büyütmek için İstanbul'a yerleşmeye karar verdim. Anuş hanımı orada tanıdım. O halis İstanbulludur. İyiydi İstanbul'da işlerim. Kayseri'den pastırma, sucuk, peynir, yağ getirtip hem toptan, hem de perakende sattığım dükkânlarım vardı. Ama gözüm, ah o kör olası gözüm doymak bilmedi bir türlü! Bir Yahudiye ortak oldum. Birlikte kumaş ticaretine başladık. Sonra iş mücevher ve altın ticaretine dönüştü. Bütün paramı, varımı yoğumu bu işe yatırdım. Çok para kazandık birlikte, hem de çok! Ama bir gün, artık iyice yükümüzü tuttuğumuzda, beni dolandırıp gitti. Nasıl yaptı anlayamadım! Çok kurnaz bir adamdı. Meğer sinsiymiş de aynı zamanda. Bir sabah uyandığımda, ailesi dışında, içinde oturduğu ev dahil, sahip olduğu herşeyi kaybetmiş, üstüne üstlük gırtlağına kadar borca batmış biri olarak buldum kendimi! Ölmek işten bile değildi. Öylesine batmış, rezil rüsvay olmuştum. İşin kötüsü etrafımda yardım elini uzatacak hiç kimse yoktu, - kalmamıştı daha doğrusu o kahrolası ortağımın arkamdan çevirdiği dolaplar-dümenler yüzünden. Bir Hacı Tayyar Reis. Bir o yetişti imdadıma. Allah ebediyyen râzı olsun ondan."

Bilâl birden çok şaşırdı. Kendini tutamadı:

"Hacı... Hacı Tayyar Reis mi?"

"Evet. Hayatımı ona borçluyum desem yeridir. Yahudi ortağımla uzak denizlerden mal getirtmeye başladığımızda tanışmıştım onunla. Daha o zaman 'Bırak bu işleri...' demişti, 'Sen iyi yürekli, kendi halinde, mütevazı bir adamsın özünde. Bu işler sana göre değil. Başını döndürür, gözünü karartır. Bugüne kadar çalışıp, alnının teriyle kazandıkların sana yeter de artar bile! Hem rızkı veren Allah Te'âlâ'dır - ama rızkı kesen de O'dur, kul kulluğunu bilmezse! Güzel bir ailen var, hanımın, çocukların... Bu işlere bulaşırsan yazık olur onlara...' Evet. Öyle demişti. Ama ben dinlememiştim. Gözüm, kulağım perdelenmişti sanki. Zengin, çok zengin, daha da zengin olmaktan ne zarar gelebilir ki, diye düşünüyordum. Gelirmiş meğer! Hem de ne zarar! İnsan en büyük zenginliğini kaybedermiş önce: kendini. Sonra da en sevdiklerini; birer birer. Hiç farkına varmadan! Evet."

Derin derin iç geçirdi Onnik efendi.

Yine kendi içine kapandı.

Bir süre sonra, kendi kendine konuşurcasına anlatmaya devam etti.

"Hacı Tayyar Reis sâyesinde, Allah ondan ebediyyen râzı olsun, başım belâdan kurtulunca yeni bir hırs sardı beni. Altın ve mücevher piyasasında ismin bir kere değil lekelenmeye, gölgelenmeye görsün - bitersin. Bir daha, asla, hiç kimse iş yapmaz seninle. Ben de çaresiz, tekrar gıda işine döndüm. Yavaş yavaş, sıfırdan, yeniden kurmaya başladım hayatımı. Samatya'da küçük bir bakkal dükkânı açtım. Sessiz ve kendi halinde. Ama, dedim ya, şeytan girmişti kanıma bir kere, çünkü zenginliğin, müreffeh hayatın tadını tatmıştım. Aklım fikrim eski servetimi yeniden elde etmekteydi. Hatta daha da fazlasını! Önce aileme, sonra da çevreme ispat etmek istiyordum hayata mağlup olmadığımı, bilakis çok güçlü olduğumu ve kaybettiğim ne varsa, fazlasıyla yeniden elde edebileceğimi. Ve... evet, aslında kendime. Yalnızca kendime. Halbuki hiç kimse benden böyle bir şey beklemiyordu. Herkes hayatından memnundu. 'Aç değiliz, açıkta değiliz...' diyordu Anuş hanım, 'Karnımız tok, sırtımız pek... Hastamız, hastalığımız yok, çok şükür. Neyine yetmiyor...' Dinlemiyordum onu. Dinlemedim. Hatta beni engellemeye kalkıyorlar diye gün oldu kötü, çok kötü bile davrandım onlara. Bakkal dükkânıma uğrayıp duran bir misyoner papaz vardı. Arzu eden Hristiyanları ama öncelikle de Hristiyanlaştırmayı başardığı gençleri gizli gizli Amerika'ya kaçırıyordu. Ondan yardım istedim. Bir sürü şart koştu bana. Hepsini, bilâ istisna, kabul ettim. Benim diyen babayiğidin kabul edebileceği gibi değildi bazıları. Ama içlerinde bana en kolay gelenin, en ağırı, en korkuncu olacağını görememiştim o gözümü-gönlümü bürüyen hırs körlüğü içinde..."

Birden hıçkırıklarla sarsılmaya başladı Onnik efendi.

Bilâl çok şaşırdı ve telâşlandı. Su arandı, Onnik efendiye vermek için, bulamadı. Odadan çıkmaya davrandı.

Onnik efendi yürek paralayıcı bir "Aah, ahh!" çekerek kendini toparladı.

Bilâl'i ayakta görünce şaşırdı.

"Hayr'ola? Canınızı pek mi sıktım yoksa... Kusura bakmayın... Hakkınızı helâl..."

"Yoo, hayır!" diye atıldı Bilâl, "Su getirecektim size..."

"Zahmet etmeyin, gerekmez. İyiyim... iyiyim. Kahve içecektik sözümona... Nerden, nereye... Hakkınızı helâl edin... Şimdi... şimdi yaparım kahvelerimizi..."

Onnik efendi yerinden doğruldu.

Bilâl, Onnik efendinin yanına gitti, usulca elinden tutup yerine oturttu.

"Kahve gerekmez..." dedi.

Onnik efendi şaşkın şaşkın baktı Bilâl'in yüzüne.

Bilâl, Onnik efendinin dizinin dibine, yere, halının üzerine oturdu ve gözlerinin içine baktı.

"Bir mahsuru yoksa... Haddim olmayarak... Pek merak ettim sizin o kolay zannedip de aslında çok ağır olan, sizi bunca zaman sonra hâlâ bu kadar kahreden şartı..."

Onnik efendi büyük bir acı çekercesine gözlerini kapattı.

Derin bir sessizlik çöktü odaya.

Sonra ağır ağır konuşmaya başladı Onnik efendi.

"Bir kere buraya geldikten sonra... Bir daha asla memlekete geri dönemeyecektik... Şartlar ne olursa olsun... Asla!"

Bilâl şaşırdı.

"Peki ama niye?"

"Çünkü… çünkü… buralara gelip, rahatça yerleşip, iş kurabilme imkânı verilmesi karşılığında bir vesika imzalamam gerekiyordu…"

Bilâl büsbütün meraklanmıştı.

"Nasıl bir vesika?"

Onnik efendi birden yeniden hıçkırıklara boğuldu.

"Yaşadığımız memlekette, yani kendi memleketimizde, bize Hristiyanlar olarak kötü… kötü muamelede bulunulduğunu… haklarımızın gaspedildiğini… iyi birer Hristiyan olarak ve öyle kalarak hayatımızı sürdürmenin… tamamen imkânsız olduğunu, üstelik… üstelik de…"

"Evet?"

"Yemin ederek beyân ettiğimiz bir vesika!"

"Ama…"

"Evet. Ve ben… yalan olması bir yana… Hiç… hiç düşünemedim… Bu… bu vesika yüzünden… Doğduğum, büyüdüğüm topraklara, memleketime… Memleketimize ebediyyen geri dönemeyeceğimi, hiç mi hiç düşünemedim…"

"Ya Anuş hanım… Kızınız… Çocuklarınız…"

"Buraya gelip yerleştikten, hayatımızı, düzenimizi kurup, yeniden servet sahibi olmaya başladıktan sonra… Çok sonra öğrendiler bunu. O günden beri de… Ne Anuş hanım… Ne evlâtlarım…"

Bilâl yavaş yavaş yerinden doğruldu. Dönüp tekrar eski yerine oturdu.

Bir süre öylesine sessiz oturdular karşılıklı.

"Ben… müsadenizle…" dedi Bilâl sonra.

Onnik efendi hiç sesini çıkartmadı. Yalnızca belli belirsiz başını salladı. Hissettiği büyük utanç ve acı, öyle bir silkinişte kurtulunabilecek cinsten değildi besbelli.

***

"HİKÂYE-İ BİLÂL"

Bilâl tam odasından içeri girmek üzereydi ki merdiven sahanlığında kısık bir sesin:
"Duâ edin bize... Duâ edin... Allah aşkına!" diye yakardığını işitti.
Durdu.
Sesin sahibini görmek için aşağıya baktı.
"Allah aşkına... Duâ edin bize!"
Merdiven sahanlığı karanlıktı.
"Kim o?" diye seslendi usulca Bilâl.
İşittiği tek şey bir kapının usulca kapanışı oldu.

***

O geceyi karmakarışık hisler içinde geçirdi Bilâl. Anuş hanımın hali ve hele Onnik efendinin anlattıkları zihnini allak bullak etmişti.
O gece duâlarına bu acı dolu aileyi de katmayı ihmal etmedi.

***

Bilâl'in Onnik Gasparyan'ın evinde misafir olduğu üç gün, ilk geldiği güne nazaran çok daha sakin ama bir o kadar da soğuk bir havada geçti. Onnik efendinin kızı Vartuhi bu üç gün boyunca hiç ortalıkta gözükmedi; hatta yemek saatlerinde bile. Anuş hanım ise hayalet misâli ortalıkta dolaşıp durdu, evin hanımı olarak üzerine düşen vazifeleri eksiksiz ve yüzünden o donuk gülümsemeyi eksik etmemeye büyük özen göstererek, yerine getirmeye çalıştı.
Onnik efendiye gelince...
Bilâl'le ilk gece aralarında geçen o çok özel sohbetten sonra, utancından Bilâl'in yüzüne bakmaktan çekiniyormuş gibi bir hali vardı. Gerçi nezaketinden ve misafirperverliğinden eksilen bir şey olmamıştı ama, yine de bariz bir huzursuzluk içindeydi. Bu yüzden Bilâl de gerekmedikçe odasından dışarı çıkmamaya karar verdi.
"Şimdi de gönüllü mahpusluk çattı başımıza! Hep dört duvar arasına sıkışmış olarak yaşamaktan kurtulmak kolay kolay nasib olmayacak bana galiba..." diye düşündü.

***

Misafirliğinin ikinci gününde Bilâl evin içinde hummalı bir faaliyet farketti. Sabah kahvaltısı için alt kata inince sofada Onnik efendinin kan ter içinde bazı ev eşyalarını battaniyelere ve eski örtülere sımsıkı sarıp sarmalamakta olduğunu gördü.

"Kolay gelsin... Bir faydam olur mu?"

"Teşekkür ederim... Zahmet etmeyin. Eşyalarımızı topluyorum. Birkaç güne kadar buradan ayrılacağız da..."

"Başka bir eve mi taşınıyorsunuz?"

Onnik efendi omzuna atmış olduğu kocaman bir mendille alnında biriken teri silip, içinde besbelli ufak tefek ev eşyasının bulunduğu büyük tahta sandığın üzerine oturdu. Kendi kendine acı acı gülümsedi.

"Başka bir eve değil, Bilâl efendi..." dedi, "Başka bir yere taşınıyoruz... Gidiyoruz bu şehirden... Uzaklara..."

Sonra başını kaldırıp Bilâl'in şaşkınlık içindeki yüzüne baktı.

"Buyrun kahvaltı edelim... Sofrada konuşuruz..."

***

"Anuş hanım çok hasta... Siz de gördünüz, şahit oldunuz... Hele Vartan bizi bırakıp gittikten sonra iyice arttı hastalığı... Buradan, kendisini memleketinden, dostlarından, sevdiklerinden kopartmış olan bu şehirden nefret ediyor! Görünen o ki, artık burada yaşaması mümkün değil. Durumu her geçen gün biraz daha kötüleşiyor. Onu muayene eden hekimlerin hemen hepsi mutlaka ve bir an evvel memleketimize dönmemiz gerektiğini söylediler. Böyle bir şeyin..."

Onnik efendi yutkundu, başını önüne eğdi.

"Siz de biliyorsunuz artık... böyle bir şeyin bizim için maalesef imkânsız olduğunu söyledim onlara. Bunun üzerine, hiç olmazsa bu şehirden uzak, başka bir yere taşınmamızı tavsiye ettiler. Ben de, bundan üç ay kadar evvel Batı'ya doğru bir seyahat yaptım.

Yeni kurulmuş, şipşirin bir kasaba buldum orada. Adı *Fairville*. Julius Hunt adında muhterem bir zât kurmuş orayı. Kendi ifadesiyle 'Huzur, sükûnet ve adalet arayan namuslu ve mütevazı insanlar için'. En azından kasabanın girişindeki levhada böyle yazıyor. Çok hoşuma gitti. İki hafta kaldım orada. Hakikaten de öyle bir yer olduğuna, en azından umumi havasıyla, kanaat getirdim ve altın aramak için Batı'ya gitmeye hazırlanan bir adamın çiftliğini satın aldım. Gerçi biraz kasabanın dışında kalıyor ama, fiyatı çok uygundu. İşte, Allah'tan bir mani olmazsa, birkaç güne kadar oraya yerleşmek üzere yola çıkacağız."

"Hayırlı olsun, inşaallah!"

"İnşaallah... Belki oranın havası, suyu iyi gelir Anuş hanıma. Ben çiftçilik yapmaktan anlamam ama oralarda da küçük bir ticarethane kurabilirim. Bir şekilde geçinip gideriz. Yeter ki Anuş hanım birazcık olsun huzur bulsun."

"Hak Te'âlâ, celle celâluhu, gönlünüze göre verir inşaallah... Peki, kızınız ne diyor bu işe?"

"Vartuhi mi? O tabii ki buraların hareketli hayatını daha çok seviyor ama annesinin huzuru ve sıhhati onun için herşeyden önemli... Bakalım, göreceğiz... Kader bu defa neler çıkartacak önümüze... Duâ edin bize..."

Bilâl birden irkildi.

"Dün gece... Siz... Demek sizdiniz..."

Onnik efendi şaşırdı.

"Ne oldu dün gece?"

"Aileniz için duâ etmemi istemiştiniz hani..."

Onnik efendi düşünceli bir tavırda kaşlarını çattı.

"Hatırlayamadım... Ne zaman?"

"Yatmadan önce... Merdiven sahanlığında... Arkamdan seslenmiştiniz..."

"Ben mi? Yoo... Siz yatmak üzere yanımdan ayrıldıktan sonra salondan hiç dışarı çıkmadım... Orada sabahladım..."

"Hay Allah! Demek... demek bana öyle geldi."
"Her neyse... Siz yine de duâdan beri bırakmayın bizi..."
"Eyvallah! Müsade ederseniz toplanmakta yardımcı olayım size... Küçük bir katkım, bir faydam olsun isterim... Hem gördüğüm kadarıyla ilâve erkek gücü gerektiren daha bir hayli şey var..."

Onnik efendinin yüzü bir an için hüzünle gölgelenir gibi oldu.

"Evet," dedi kendi kendine, "Vartan'ım gitti gideli ilâve erkek gücü gerektiren pek çok şey var bu evde..."

Derin derin iç geçirdi. Sonra Bilâl'in yüzüne baktı. Gülümsemeye çalışarak:

"Gerçekten de yardıma ihtiyacım var... Hem de çok!" dedi "Ama size hiçbir şekilde zahmet vermek, külfet olmak istemem. Ne de olsa Mösyö Dragonetti'nin ama ondan da önce Hacı Tayyar Reis'in emanetisiniz bize..."

"Emin olun, Onnik efendi, her ikisi de pek memnun olurdu, size azıcık da olsa bir faydamın dokunduğunu görmekten!"

"Allah râzı olsun sizden Bilâl efendi... Allah râzı olsun sizden!"

***

Ertesi gün Bilâl'in ve Onnik efendinin, elbirliğiyle evin eşyalarını kırılıp bozulmadan taşınabilecek şekilde derleyip toplamalarıyla geçti.

... ve Bilâl her gece, odasına çıkarken aynı fısıltılı sesi işitti:
"Duâ edin bize... Duâ edin... Allah aşkına!"

... ve duâ etti Bilâl. Her gece.

***

"Artık yeniden keşiş kisvesine bürünme vakti geldi!"

***

"Hakkınızı helâl edin, Anuş hanım..."
"Helâl... helâl olsun... oğ..."

Sözün sonunu getiremeden hıçkırıklara boğuldu Anuş hanım ve koşaradım uzaklaştı.

"Buyrun Bilâl efendi gidelim artık... Geç kalacağız..."

***

Bilâl ve Onnik efendi limana vardıklarında güneş batmak üzereydi.

"Geminin adı ne demişti Mösyö Dragonetti?"

"*Estrella... Estrella del Mar...*"

"Ha, evet... Hatırladım... Ne tarafta acaba?"

"Bilmiyorum... Görme imkânım olmadı... Biliyorsunuz..."

"Doğru, doğru... Haklısınız... Kusura bakmayın... Neyse, Mösyö Dragonetti bizi bulur bir şekilde nasıl olsa... Nerdeyse gelir... Saat daha yeni altı oldu... Sözünün eridir."

Akşam saatine rağmen limanın havası bir hayli bunaltıcıydı ve Bilâl papaz cübbesinin içinde iyice terlemeye başlamıştı. Başını sürekli olarak önüne eğik şekilde tutmaktan boynu ağrıyordu.

"Rahata ne de çabuk alışıyor insan..." diye geçirdi içinden Bilâl. Sonra bir an duraksadı. Rahat ha! İçinde bulunduğu durumu hatırladı birden. Başına bir anda gelen ve akıllara durgunluk verici bir şekilde gelişen bütün olaylar bir bir gözünün önünde canlandı. Rahat...

"Hâfıza-i beşer..." diye mırıldandı kendi kendine, "nisyân ile maluldür... Elhak, öyle!"

"Nerede kaldı Mösyö Dragonetti... Gecikmezdi bu kadar!"

"Belki acil bir işi çıkmıştır..." dedi Bilâl alçak sesle.

"Belki... Beklemekten başka çare yok!"

"Siz isterseniz dönün eve, gecikmeyin... Nasıl olsa bir şekilde beni bulur!"

"Yoo, kendi ellerimle teslim etmeden sizi ona, bir yere gitmem! Katiyen!"

Ama güneş batıp karanlık çöktüğünde limana, Gaetano Dragonetti hâlâ yoktu ortada!

Onnik efendi huzursuzlanmaya başlamıştı iyice. Durup durup cep saatine bakıyor, alnında boncuk boncuk biriken teri siliyordu kocaman mendiliyle. Nihayet:

"Ben en iyisi gemiyi bulayım... *Estrella del Mar* mıydı adı?"

"Evet..."

"Siz... Burada beni bekleyin... Hemen gelirim... Sakın bir yere ayrılmayın, tamam mı?"

"Beklerim... Merak etmeyin... Beklemeye alışkınım..."

Onnik efendi hızlı adımlarla uzaklaştı.

***

...ve bekledi Bilâl. İçinde her geçen dakikayla birlikte büyüyen derin bir sıkıntı peydâ olmuştu birden. Nefes almakta zorlanıyordu sanki.

"Havanın sıcaklığından olsa gerek..." diye düşündü, "...ve de şu lânet olası cübbenin yüzünden!"

Yine de...

"Başıma durup dururken katil olmaktan, anacığımdan, Râbia'mdan kopup bu kadar uzaklara, hiç bilmediğim yerlere düşmekten daha beter ne gelebilir ki!" diye kendini teskin etmeye çalıştı. Derin bir nefes aldı, gözlerini kapattı ve gayrihtiyârî Yûnus aleyhisselâmın duâsını zikre başladı:

"*Lâ ilâhe illâ ente... Subhâneke... İnnî kuntu min ez-zâlimîn! Lâ ilâhe illâ ente... Subhâneke... İnnî kuntu min ez-zâlimîn! Lâ ilâhe illâ ente... Subhâneke... İnnî kuntu min ez-zâlimîn!*"

***

Birinin birden hızla koluna girmesiyle irkildi Bilâl. Kendini toparlamaya çalıştı.

"Gidiyoruz!" dedi Onnik efendi hırıltılı bir sesle. Yüzü kireç gibi beyaz ve ter içindeydi.

Bilâl şaşırdı. Etrafına baktı.

"Gaetano... Gaetano Dragonetti nerede?"

"Gidelim!" dedi Onnik efendi daha sert bir sesle, "Gidelim... Çabuk!"

Bilâl sırtından aşağı soğuk bir terin boşandığını hissetti.

"Ne oldu? Gaetano Dragonetti nerede?"

"Evde... Evde anlatırım. Haydi, gidelim!"

Onnik efendi şaşkınlık içindeki Bilâl'in kolunu mengene gibi sımsıkı kavrayıp âdetâ sürüklemeye başladı.

"Gidelim... Gidelim buradan!"

Limandaki meyhanelerden taşan gürültülerin arasından hızla sıyrılıp, karanlık sokaklardan koşaradım geçtiler. Evin kapısına vardıklarında ikisi de nefes nefeseydiler. Onnik efendi titreyen ellerle yeleğinin cebinden anahtarı çıkarıp kapıyı açtı. Karanlık sofadan geçip salona girdiler. Onnik efendi lambayı yaktı. Yüzü hâlâ bembeyaz ve ter içindeydi. Gözlerinin altı bir anda çökmüş, kararmıştı sanki.

"Oturun..." dedi hırıltılı bir sesle, "...lütfen."

Bilâl yavaşça oturdu. Elleri ayakları buz gibiydi.

Onnik efendi Bilâl'in tam karşısındaki koltuğa geçti. Başını ellerinin arasına alıp önüne eğdi. Bütün vücudu sıtma nöbetine tutulmuşçasına titriyordu. Bir süre öyle kaldı.

Sonra, başını kaldırmadan, hırıltılı bir sesle:

"Gaetano... Gaetano Dragonetti...ölmüş..." dedi.

Yıldırım çarpmışçasına sarsıldı Bilâl.

"Ne?" diye haykırdı boğuk bir sesle.

Onnik efendi yavaşça başını kaldırıp Bilâl'in yüzüne baktı. Gözleri âdetâ camlaşmıştı.

"Dün gece... Limanda çıkan bir kavgada... öldürülmüş!"

"Aman Yâ Rabbî!"

Bir an için gözlerinin karardığını hissetti Bilâl. O ana kadar sımsıkı kucağında tuttuğu hurç yere düştü.

Odaya derin, ölümcül bir sessizlik çöktü birden.

Onnik efendi tekrar başını önüne eğdi.

Nabzı şakaklarında atıyordu Bilâl'in. Ağzı kupkuru kesilmişti. Kulaklarına inanamıyordu.

"Nasıl... nasıl olur..." diye mırıldandı kendi kendine.

"Bilmiyorum... Dün gece... Geç saatte... Büyük bir arbede çıkmış limanda... Kan gövdeyi götürmüş... Çok insan yaralanmış... Ama..."

Boğazı tıkanır gibi oldu Onnik efendinin.

"Ama... ne?" dedi Bilâl merakla.

"Ama... yalnızca... yalnızca Mösyö Dragonetti ve... geminin kaptanı... Kaptan Bobadilla'ymış adı galiba... bir de o ölmüş!"

"Aman Yâ Rabbî! Aman Yâ Rabbî!" diye inledi Bilâl acıyla.

Odaya yeniden sessizlik hakim oldu.

"Gemi..." diye devam etti Onnik efendi bir süre sonra, "Gemi daha arbede devam ederken... Askerler duruma müdahale edemeden... Demir almış..."

Bilâl kaşlarını çattı.

"Yani... Peki... Hay Allah... Ya Kaptan Bobadilla ve... ve Gaetano Dragonetti'nin cesetlerini... ne..."

"Tayfalar gemiye götürmüş diyorlar..."

"Nasıl yani?"

"Bilmiyorum... Çok fazla konuşamadım... Öyle dediler... Ya da ben öyle anladım..."

"Cesetler ortada yok, öyle mi?"

"Yok. Ama öldükleri kesin! Olayı bana anlatan adam... kendi görmüş... Mösyö Dragonetti..."

Birden ellerini yüzüne kapatıp hıçkıra hıçkıra ağlamaya başladı Onnik efendi.

"Mösyö Dragonetti'nin... Boğazını kesmişler usturayla..." dedi boğulurcasına.

Bilâl acı içinde gözlerini kapattı. Sanki kendi boğazı kesilmiş gibi inledi. Az önce soğuktan donan vücudu şimdi alev alev yanıyordu. Âni bir hareketle üzerindeki cübbeyi sıyırıp attı. Ayağa kalktı. Yalnızca Onnik efendinin iniltiye dönmüş hıçkırıklarının yankılandığı odanın içinde kafese konmuş kaplan misali dolaşmaya başladı.

Aklını oynatmak üzereydi Bilâl. Gözleri kararıp dizlerinin dermânı kesilinceye kadar dolaştı, dolaştı, dolaştı...

"Peki... ben... ben ne yapacağım şimdi?"

Onnik efendi toparlandı. Yavaşça başını kaldırıp Bilâl'e baktı. Bilâl dizleri üzerine çökmüş, belli belirsiz ileri-geri sallanıyordu. Gözlerini yere dikmiş, yüz hatları gerilmiş, âdetâ kasılmıştı.

"Ne yapacağım şimdi ben..."

Onnik efendi kendi kendine konuşurcasına mırıldandı.

"Bilmiyorum...Bilmiyorum..."

***

"Elimden kurtulacağını mı sandın! Ha? Kurtulabileceğini mi sandın elimden?"

Kapkara bir gölge Bilâl'in üzerine eğilmiş bir yandan boğazını sıkıyor, bir yandan da kafasını karşı konulmaz bir kuvvetle yere, sağa-sola çarpıyordu.

"Kimse kurtulamaz benim elimden! Hiç kimse! Hiç kimse!" diye kükrüyordu tüyler ürpertici bir ses, "Ne Gaetano Dragonetti, ne Hacı Tayyar Reis, ne Osman dayın... Hiç kimse!"

Kan fışkırıyordu Bilâl'in gözlerinden... Alev alev yanan, alev alev yakan bir kandı bu!

Kapkara gölge birden olanca ağırlığıyla Bilâl'in göğsünün üzerine çöktü. Kaburgalarının sırça çubuklar gibi birer birer kırıldığını, unufak olduğunu hissetti Bilâl. Acıyla haykırmak istedi... Sesi çıkmadı. Dudaklarının arasından siyaha çalan bir kan boşandı, bütün vücudunu, yattığı yeri kuşattı köpük köpük. Yavaş yavaş bu kan gölüne batmaya başladı.

Kapkara gölge şimdi korkunç kahkahalar atıyor ve kıvılcımlar saçan bir çekiçle akkor çiviler çakarak Bilâl'in gözkapaklarını elmacık kemiklerine çiviliyordu.

"Bir daha göremeyeceksin Râbia'nı! Asla göremeyeceksin onu! Asla! Asla!"

Yediği her çekiç darbesiyle kafası sarsılıyor, bir daha açılmamacasına kapanan gözkapakları, içine savrula savrula düştüğü derin bir karanlığa gömüyordu Bilâl'i. Bütün gayretiyle açmaya çalışıyordu Bilâl gözlerini. Hacıbey Sungur'un sözleri çınlıyordu kafasının içinde:

"Topla kuvvetini kızanım! Ne var, ne yoğsa özündeki kuvvette, akıt iğne ucu kadar bir noktaya ve topla orada! Yaman iştir ha! Akıt ve topla... akıt ve topla... akıt ve topla... Sonra 'Yâ Hayy!' diye nidâ edip dilinle ve kalbinle, sal yıldırım misali topladığın var kuvvetini! Sal! Sal! Sal! Patlatamayacağın bend olmaz kızanım, karşında benî beşer tohumu ayaküstü duramaz! Sal! Sal! Sal!"

Ve birden toparlanıp Bilâl olanca gücüyle "Yâ Hayy!" diye haykırdı. O an şiddetli bir patlayışla tuzla buz oldu gözünü örten perde... Pırıl pırıl ışık sardı her yanını içine çekti kapkara gölgeyi, yuttu yoketti!

Aynı anda kan ter içinde yattığı yerden fırlayarak gözlerini açtı Bilâl. Karanlık odada dehşet içinde etrafına baktı. Dantel perdelerin arasından süzülen ayışığına takıldı gözü. "Beni teskin etmeye çalışıyor sanki..." diye gayrihtiyârî geçti içinden. Oysa...

Derin bir nefes aldı. Tekrar gözlerini kapattı. Nabzının yavaşlamasını bekledi. Ağzının içi kupkuruydu. Boğazı yanıyordu.

Yavaş yavaş yerinden doğruldu. Sofaya çıktı. Merdiven sahanlığı karanlıktı. Usulca hamam odasına girip abdest aldı. Tekrar odasına dönerken alt kattan, karanlığın içinden yükselen o tanıdık fısıltıyla ürperdi:

"Duâ edin bize, Bilâl efendi... Duâ edin... Allah aşkına duâ edin!"

Durdu. Kapının kapanma sesini bekledi.
Sonra odasına dönüp namaza durdu. Uzun uzun duâ etti.

***

Bilâl yeniden uyandığında kendini yerde, seccadesinin üzerinde buldu. Her tarafı tutulmuştu. Güçlükle yerinden doğruldu. En son hatırladığı şey sabah namazını edâ ettikten sonra secdeye kapanıp içine düştüğü bu büyük anafordan kendisini ve benzeri durumda olan herkesi, bilâ istisna kurtarması için Âlemlerin Rabbi Yüce Allah'a, celle celâluhu, kalbinin derinliklerinden koparak ve gözyaşları içinde duâ edişiydi.

Pencereden içeri dolan parlak güneş ışığına bakarak saati kestirmeye çalıştı: öğlene geliyor olmalıydı. Birden alt kattan yükselen sevinç çığlıklarıyla irkildi. Şaşırdı. Yerinden doğrulup kulak kabarttı. Sonra odadan çıkıp yavaşça alt kata indi. Misafir odasının kapısı açıktı. Anuş hanım, Bilâl'in daha bir gün önce Onnik efendiyle birlikte battaniyelerle sarıp sarmaladığı koltuklardan birinin üzerine oturmuş bir yandan neşeli kahkahalar atıyor, bir yandan gözlerinden boşanan yaşları siliyordu. Onnik efendi de bir anda gençleşmiş, dinçleşmiş gibiydi. Elinde tuttuğu bir mektubu bayrak gibi sallaya sallaya bayram çocuğu edâsında odanın içinde dönüp duruyordu. Bilâl bir an için misafir odasından içeri girip girmemek konusunda tereddüt etti. Aslında bir hayli merak etmişti bu hiç beklenmedik büyük sevincin sebebini ama, geri çekilip Gaetano Dragonetti ile kaptan Bobadilla'nın öldürülüp, geminin apar topar gitmesiyle içine düştüğü sıkıntılı duruma bir çözüm bulabilmek için tekrar odasına çekilmeye karar verdi. Tam o sırada Onnik efendi ile gözgöze geldiler.

"Hoş kalktınız Bilâl efendi! Hoş kalktınız! Kusura bakmayın... birden farkedemedim sizi... Buyrun, buyrun..."

Anuş hanım da Bilâl'i görünce yerinden doğruldu. Solgun yüzüne renk gelmişti sanki. Tatlı bir gülümsemeyle:

"Hoş kalktınız... Hoş kalktınız..." dedi.

Bilâl bir an için gayriihtiyârî yüreğinin acıyla burkulduğunu hissetti. Aralarında besbelli köklü bir sevgi ve saygı bağı olan bir dostlarının, Gaetano Dragonetti'nin korkunç bir şekilde öldürüldüğünü haber almalarının üzerinden daha bir gün bile geçmemiş olan bu insanları, birden, sanki hiçbir şey olmamışçasına büyük bir sevinç coşkusu içinde görmeyi bir türlü anlamlandıramıyor, içine sindiremiyordu. Başını önüne eğdi.

"Ben..." dedi sıkıntılı bir sesle, "...sizi rahatsız etmeyeyim... Limana... Belki bir yol..."

"Yoo! Kat'iyen olmaz! Kat'iyen mümkün değil!" diye atıldı Onnik efendi ve Bilâl'in koluna girerek odanın ortasına doğru çekti. "Hiçbir yere gidemezsiniz! Her şey... her şey değişti... Her şey değişti artık!"

Bilâl şaşkına dönmüştü. Yoksa Gaetano Dragonetti...

Onnik efendi Bilâl'i zorla odanın içindeki denklerden birinin üzerine oturttu. Sonra elinde tuttuğu mektubu Bilâl'e doğru sallayarak:

"Mektup..." dedi sevinçten pırıl pırıl parlayan gözlerle, "Vartan'dan... Oğlumuzdan mektup geldi bu sabah!"

"Hayırlı olsun... Gözünüz aydın..."

Onnik efendi elinde tuttuğu mektubu okumaya başladı.

"Sevgili anneciğim, muhterem babacığım, cânım hemşirem Vartuhi'm... Nihayet size bunca ayrılıktan sonra başım dik ve göğsümü gere gere yazabiliyorum. Biliyorum, bana çok kırgınsınız benden çok ama çok uzun bir zaman doğru dürüst bir haber alamadığınız için ama inanın başka çarem yoktu. Umarım hepiniz afiyettesinizdir ve beni, bu mektubumu okuduktan sonra artık affedersiniz. Eğer yanlış hatırlamıyorsam size son olarak *New York*'tan bir telgraf yollamıştım bundan altı ay kadar önce. Bu mektubumu size *Boston*'dan yazıyorum. Size buradan telgraf çekmeyip mektup yollamamın sebebi, artık buraya yerleşmeye karar vermiş

"HİKÂYE-İ BİLÂL"

olmam. Evet! Yanlış okumadınız. Ben buraya, *Boston*'a yerleşmeye karar verdim. Daha doğrusu yerleştim bile ve... şimdi sıkı durun, özellikle de sen sevgili anneciğim, sizi buraya, ömrünüzün sonuna kadar benimle birlikte yaşamaya davet ediyorum! Canım anneciğimi hasta eden o berbat şehri bırakın ve buraya yanıma gelin! Ayrıntıları buraya geldiğiniz zaman uzun uzun anlatırım. Çok ama çok iyi bir işim var burada. Şansım yaver gitti bu defa ve çok para kazanıyorum. O kadar çok ki kendime bir ev bile satın aldım! *Boston* harika bir şehir. Çok güzel, çok temiz ve herşeyden önce çok sakin, çok huzurlu. Evim bahçe içinde ve hep birlikte rahatça yaşayabileceğimiz kadar büyük. Hatta bir hizmetçim bile var. Size biletlerinizi gönderiyorum. Bu mektup elinize geçtikten iki gün sonra - umarım bir aksilik olup da fazla gecikmez - *Galveston*'dan kalkacak olan *Albany* adlı gemide yer ayırttım sizlere. Hem de en güzel, en lüks kamarada. Gemiye bindikten sonra en geç üç gün içinde burada olursunuz. Ben sizi limanda karşılayacağım. Biliyorum, emrivâki yaptım sizlere biletlerinizi göndermekle ama inanın kendimce başka çare bulamadım sizi bir an evvel buraya getirtebilmek için. Evi olduğu gibi bırakın, yalnızca ihtiyaç duyacağınız birkaç parça kılık kıyafet alıp yanınıza, kapıyı kilitleyin ve gelin! Burada her şey ama her şey var! Evi ne yapacağımıza daha sonra hep birlikte karar veririz. Şimdi önemli olan bir an önce birbirimize kavuşmamız! Sanırım buna herkesten çok anneciğimin ve tatlı Vartuhi'min ihtiyacı var! Tabiî ki benim de! Uzun sözün kısası... tereddüt etmeyin, gelin! Bu arada müstakbel gelininiz Odette de sizinle bir an evvel tanışmaya can atıyor! Eminim siz de onu merak ediyorsunuz ve görüp tanıyınca pek seveceksiniz... Ellerinizden ve yanaklarınızdan öperim. Sizi çok seven biricik oğlunuz Vartan"

Onnik efendi durdu. Mektubu öptü:

"Canım, canım, aslan oğlum benim!"

Sonra Bilâl'e döndü:

"Nasıl? Bir mucize değil mi bu?"

Bilâl de şaşırmıştı mektubu dinleyince. Ama kaygıları ve sıkıntısı azalmamış, bilakis artmıştı.

"Sizin adınıza çok sevindim..." dedi gülümsemeye çalışarak, "Hayırlı olur inşaallah! Tekrar gözünüz aydın..."

Anuş hanım gözyaşları içinde Bilâl'e baktı. Yüzü tarifi imkânsız bir mutluluk ifadesiyle canlanmış, aydınlanmıştı.

"Sizin... duâlarınız sayesinde..." dedi alçak sesle, "Duâlarınız sayesinde..."

Bilâl birden ürperdi. Demek...

"Estağfirullah... ben..." diye kekeledi.

"Ben öyle olduğunu biliyorum" diye yumuşak bir tavırda sözünü kesti Anuş hanım, "Bunu hissediyorum ve adım gibi biliyorum. Sesimi işittiniz. Acımızı gördünüz, yaşadınız. Ve bize duâ ettiniz... her gece. Bunu biliyorum. Bundan eminim. Ve Allah da sizin, bu hiç tanımadığınız acılı insanların, Müslüman, gayri Müslim demeyip hatırını kırmayarak ve kim olursa olsun, bir ananın acısına ortak olarak, belki de onun acısını kalbinizin derinliklerinde hissederek ettiğiniz duâları kabul buyurdu..."

"Estağfirullah... Estağfirullah... Ben kim oluyorum da... Hâşâ..."

Anuş hanım tatlı tatlı gülümsedi.

"Siz besbelli iyi bir mü'min, hâlis bir Müslümansınız... Daha ne olsun! Çocuklarımın ikisi de Müslüman komşularımın çok duâsını aldılar, o duâlarla büyüyüp serpildiler... Tâciser hanımın, Zâhide hanımın güzel duâlarıyla... Aah, ah... Öyle özledim ki onları... Kim bilir nasıllar, hayattalar mı acaba..."

Anuş hanım birden sustu. Gözleri uzaklara dalıp gitmişti. Onnik efendi endişeli gözlerle hanımına bakıyordu. Oğullarından gelen güzel haberlerden sonra yaşadığı mutluluk ve huzurun yerini bir anda tekrar o derin sıkıntının almasından korkuyor gibi bir hali vardı.

Anuş hanım kendini toparladı. Tekrar gülümseyerek Bilâl'e yöneldi.

"Ben... biliyorum." dedi. "Allah sizden râzı olsun. Allah sizden râzı olsun."

Onnik efendi rahatlar gibi oldu ve hemen havayı değiştirmek istercesine atıldı:

"Gemi... Bu sabah, mektubu okur okumaz gittim limana, yarın akşam hareket ediyor."

Bilâl sarsıldı.

"Yarın akşam mı?"

"Evet. Neyse ki herşeyi toparlamıştık önceden. Bir kapıyı kilitlemek kaldı! Öyle değil mi Anuş hanım?"

Anuş hanım cevap vermedi. Gözlerini kocasının gözlerine dikip bekledi. Sanki ona sessiz bir ısrarla, mutlaka söylemesi gereken bir şeyi hatırlatmak ister gibi bir hali vardı.

Bilâl başını önüne eğmişti. "Demek yarın akşam gidiyorlar, ha..." diye geçirdi içinden. "Peki ya benim halim ne olacak? Ne yapacağım buralarda tek başıma... Ağzım var dilim yok... Yol bilmem, yordam bilmem..." Birden *eleyse Allahu bi kâfin 'abdehu* - Allah kuluna kâfi değil mi mubarek âyet-i kerimesi şimşek gibi çaktı zihninde. "Tövbe... tövbeler olsun Yâ Rabbî!" diye mırıldandı, iliklerine kadar ürpererek kendi kendine. "*Hasbun Allâhu ve n'ime'l-vekîl, n'ime'l-mevlâ ve n'ime'l-nasîr*! Nasıl da düştüm bir an gaflete, hem de Hak Te'âlâ'nın, celle celâluhu, *lâ tahzen innallâhe me'anâ* -üzülme, şüphesiz Allah bizimle beraberdir, buyurmuş olduğunu bile bile! Affet bu âciz ve fakîr kulunu Yâ Rabbî, tövbe!"

Omzuna bir elin usulca dokunmasıyla kendine geldi Bilâl. Onnik efendi tam karşısında, yere diz çökmüş duruyordu.

"Müsade ederseniz, Bilâl efendi, özel bir mesele konuşmak istiyorum sizinle..."

Bilâl toparlandı.

"Buyrun..." dedi alçak sesle, "Sizi dinliyorum..."

"Açıkçası söze nereden başlayacağımı pek bilemiyorum... Ben... yani biz... buradan gideceğimize göre... düşündük ki..."

"Beni merak etmeyin..." diye sözünü kesti Bilâl, Onnik efendinin, "Başımın çaresine bakarım bir şekilde, bi iznillâh!"

"Bundan şüphem yok! Ama siz... herşeyden önce Hacı Tayyar Reis ve mösyö Gaetano'nun emanetisiniz bize... Kaldı ki..."

Onnik efendi yutkundu. Gözleri dolu dolu olmuştu.

"Siz elinizden gelen her şeyi en iyi şekilde yaptınız..." dedi Bilâl, "Ben..."

"Anuş hanımla düşündük ve karar verdik... Eğer kabul ederseniz..." Onnik efendi birden kararlı bir hareketle ayağa kalktı ve Anuş hanımın kucağında duran kahverengi deriden ince bir çantayı alıp Bilâl'e uzattı.

"*Fairville*'de satın aldığım çiftliği size vermek istiyoruz!"

Birden beyninden vurulmuşa döndü Bilâl. Kulaklarına inanamıyordu!

"Yoo! Hayır! Olamaz! Olmaz böyle şey!" diye bağırdı kendini tutamayarak.

"Oldu bile!" dedi Onnik efendi tatlı bir gülümsemeyle deri çantayı açarak. "Bu sabah noterde devir işlemini yaptım. Bir sizin imzanız eksik."

Bilâl, Onnik efendinin kendisine uzattığı kâğıtları görmedi bile. Hızla ayağa kalktı.

"Bu..." dedi hırıltılı bir sesle, "Bu mümkün değil! Hayır! Asla, asla kabûl edemem böyle bir şeyi! Ben... Aman Yâ Rabbî, nasıl olur! Yoo... Hayır, hayır!"

Onnik efendi Bilâl'i usulca omuzundan tutarak yerine oturttu.

"Biliyorum... Çok şaşırdınız... Haklısınız... Ama... Bakın, ben orayı sırf Anuş hanım huzura kavuşsun, rahat etsin diye satın almıştım. Biliyorsunuz... Ama artık buna ihtiyaç kalmadı, çok şükür. Siz de işittiniz... Vartan bizi yanına istiyor. Sıkıntımız bitti artık! O çiftlik boşu boşuna duracak orada... Lûtfen..."

"Ne olursa olsun, bunu kabul edemem! Hayır, asla edemem!"

"Biz gidince buralarda tek başınıza kalamazsınız... Unutmayın, limanların sizin için tehlikeli olacağını söylemişti mösyö Dragonetti... Hem buradan gitseniz bile, nereye gideceksiniz?"

"Bilmiyorum... Bilmiyorum..." diye sıkıntıyla kekeledi Bilâl, "Bilmiyorum... Ama yine de..."

"Bakın, isterseniz bizimle birlikte *Boston*'a da gelebilirsiniz... Başımızın üzerinde yeriniz var... Vartan da, eminim..."

"Yoo! Bu hiç mümkün değil! Olmaz! Asla olmaz!" diye yerinden fırlamaya çalıştı Bilâl.

Onnik efendi tekrar yerine oturttu onu. Gülümseyerek:

"'Olmaz, deme!' derdi rahmetli babam hep, 'Olmaz olmaz!'. Hayatta her şey olur Bilâl efendi. Bunu siz de en az benim kadar iyi biliyorsunuz. Gerçi başınıza neler geldi, hangi fırtına sizi önüne katıp da buralara kadar sürükledi bilmiyorum, bilmek de istemiyorum, ama büyük sıkıntılar, çok büyük sıkıntılar yaşamış olduğunuzu tahmin edebiliyorum, bundan hiç şüpheniz olmasın! Bizimle birlikte *Boston*'a gelmek istemeyişinizi anlayışla karşılarım. Ama *Fairville*'deki çiftliği kabul etmek zorundasınız."

"Ama ben..."

"Ne olur, sözümü kesmeyin Bilâl efendi... Ben nerdeyse babanız yaşında, çok görmüş geçirmiş, çok çileler çekmiş bir insanım... Zor duruma, çıkmaza düşmek ne demektir iyi bilirim... Onun için sözlerime itibar edin ve iyi kulak verin. Şimdi... Her hâl ü kârda, bu geçici bir süre için olsa da, hayatınıza bir nizam vermek zorundasınız. Öyle nereye çıkacağını bilmediğiniz, bilemediğiniz yollarda daha fazla savrulup duramazsınız. Beni dinleyin ve *Fairville*'e gidin. Oraya yerleşin. Gün ola, devran döne... Her şey yeniden yoluna girene kadar orada yaşayın. İnanın en doğru çözüm yolu, en azından şimdilik, bu. Gelin, işi yokuşa sürmeden kabul edin şu teklifimi. Sözlerimi sakın yabana atmayın. Zaten öyle fazla düşünecek, ince eleyip sık dokuyacak zamanınız da yok. Haydi atıverin şuraya imzanızı, olsun bitsin!"

Onnik efendi elindeki kâğıtları Bilâl'in kucağına bırakarak Anuş hanımın yanına gitti, elini eline alıp, yanına yere oturdu.

Uzun ve derin bir sessizlik hâkim oldu odaya.

Bilâl'in kafası karmakarışık olmuştu bir kere daha.

Gözlerini kapattı. Zihnini toparlayıp sakin bir şekilde düşünmeye çalıştı.

Aslında haklıydı Onnik efendi sözlerinde. Şartlar ve hiç beklenmedik bir şekilde gelişen olaylar gerçekten de çaresiz bırakmıştı Bilâl'i. Bu saaten sonra gidecek hiçbir yeri, Âlemlerin Rabbi Yüce Allah'tan, celle celâluhu, başka sığınabilecek kimsesi yoktu. Yaklaşık bir ay öncesine kadar adını bile bilmediği, varlığından bile haberdar olmadığı bir memleketin, kim bilir neresine savrulup gelmişti. "Belki de Hak Te'âlâ'nın, celle celâluhu, bir ikramı bana Onnik efendinin teklifi" diye düşündü. "Bu da bir imtihan besbelli! Ya da imtihanımın bir parçası. Kimin eliyle gerçekleşirse gerçekleşsin, hiç şüphesiz Hak Te'âlâ'dan, celle celâluhu, gelen böyle bir ikramı geri çevirmek nankörlük hükmüne girer mi acaba?" Ama öyle kolay kolay altından kalkılabilecek gibi bir teklif değildi Onnik efendinin sunduğu: geçimlik para ya da sermaye, iş ortaklığı değil, koskoca bir çiftlikti sözkunusu olan! "Ne yaparım ben orada?" diye düşünmeye devam etti Bilâl. "Çiftten çubuktan anlamam ki! Kendimi bildim bileli, kolumun, bileğimin gücüyle denizden çıkartmışım ekmeğimi!" Sonra Istanbul'da, o meş'um günde kayıkhanede başına gelenler ve oradan ayrıldı ayrılalı yaşadıkları canlandı Bilâl'in zihninde. Sakin ve mütevazı hayatının, küçücük ve masum dünyasının bu kadar şiddetle ve bu kadar hızlı bir şekilde değişebileceğini değil söyleseler inanmak, hayal bile edemezdi. "Alnımızın yazısı böyleyse, bunun da altından kalkacak gücü verir elbette Cenâb-ı Hakk, celle celâluhu!" Evet. Bu durumda Onnik efendinin teklifini kabul etmekten başka çaresi gerçekten de yoktu. Yine de bu ikramı tamamen karşılıksız bırakmayı bir türlü içine sindiremiyordu. Birden Yorgo Vassilidis'in hurcuna yerleştirmiş olduğu altın dolu keseyi hatırladı. Onların bir kısmıyla bir ihtimal Onnik efendinin çiftliğini ondan satın alabilirdi! "Kendine gel, deli oğlan!" diye silkindi, "Onlar da emanet sana!"

"Efendim?"

Onnik efendinin sesini duyunca kendine geldi Bilâl.

"Ne söylediniz anlayamadım?" dedi Onnik efendi yüzünde şaşkın bir gülümsemeyle.

Bilâl kendini toparladı.

"Size söylemedim... Düşünüyordum yalnızca..."

"Afferdersiniz..."

"Yoksa, aklımdan geçen herşeyi farkında olmadan yüksek sesle mi söyledim..." diye düşündü Bilâl. Rahatsız oldu. Yüzünü ateş bastı.

"Lûtfen..." dedi Anuş hanım yalvarırcasına, "Allah aşkına kabul edin bu teklifimizi! Allah aşkına! Akan sular bile dururmuş, benim bildiğim kadarıyla, 'Allah aşkına!' denince..."

Bilâl ürperdi.

Yeniden derin bir sessizlik çöktü odaya.

"Ama..." dedi Bilâl sonra yavaşça, "Benim size bunun karşılığında verebilecek hiçbir şeyim yok!"

"Gerekmez! Bizim sizden zaten böyle bir talebimiz, beklentimiz yok! Siz kabul edin yeter! Günahkâr bir insanın keffâreti niyetine!" dedi Onnik efendi.

"Estağfirullah... Siz..."

"Haydi... İmzalayın artık şu kâğıdı da bitsin bu iş!"

Bilâl bir kez daha tek tek Onnik efendi ve Anuş hanımın yüzlerine baktı. Her ikisinin de gözlerinden yaşlar süzülüyordu.

"Pekâlâ..." dedi sonra Bilâl yavaşça, "Ama bir şartım var!"

"Nedir?"

"Bu çiftliği yalnızca bana verilmiş bir emanet olarak kabul edebilirim... Günü geldiğinde tekrar ve bilâ kayd ü şart size iade etmek üzere!"

Onnik efendi ile Anuş hanım bakıştılar.

Anuş hanım sessizce başını önüne eğdi.

"Peki..." dedi Onnik efendi "Siz nasıl isterseniz, nasıl rahat edecekseniz öyle olsun! Yeter ki kabul edin!"

"Söz mü?"

"Söz!"

"O halde hakkınızı helâl edin!"

"Helâl olsun!" dedi Onnik efendi hıçkırıklara boğularak, "Ganî ganî helâl olsun!"

Anuş hanım başını kaldırıp Bilâl'in yüzüne, gözlerinin tâ içine baktı. Yüzü âdetâ nurlanmış, şeffaflaşmıştı. Bir süre öylesine göz göze kaldılar Bilâl'le.

"Allah sizden râzı olsun..." diye fısıltı halinde döküldü sonra titreyen dudaklarından, "Allah sizden ebediyyen râzı olsun!"

***

O gün öğleden sonra yol hazırlıklarıyla geçti.

Onnik efendi, Bilâl'in belgeleri imzalamasından sonra tekrar notere gitti ve eve döndükten sonra akşama kadar odasına kapandı.

Bilâl de odasına çekilip hurcunu toparladı, bol bol nafile namazları kılarak, Kur'ân okudu.

Akşam yemeğini yemek üzere tekrar alt katta buluştuklarında Onnik efendi bir hayli ferahlamış ve çok neşeliydi.

"Bunları sizin için hazırladım!" diye deri bir omuz çantası gösterdi Bilâl'e. "Yemekten sonra anlatırım!"

Yemek her zamanki gibi sessiz geçti. Ancak bu defa Vartuhi'nin de bir hayli iştahlı ve belli belirsiz bir sevinç havasında olduğunu farketti Bilâl.

"Siz misafir odasına geçin, ben kahvelerinizi getiririm..." dedi Vartuhi. Sonra Bilâl'e dönerek, geldiği günden beri ilk defa ona hitab etti:

"Sâde mi içersiniz kahvenizi Bilâl efendi?"

"Zahmet olmazsa..."

***

"Şu zarfın içindeki, çiftliğin tapusu..." diye anlatmaya başladı Onnik efendi askılı deri çantayı açarak. "Oraya inşaallah sağ salim varır varmaz, onu küçük odada bulacağınız kasanın içine koyarsınız. İşte, bunlar da o kasanın anahtarları. Bunlar *Fairville* şerifine, yani oradaki mülkî âmire ve hâkime yazdığım mektuplar. Sizin bundan böyle çiftliğin sahibi olduğunuzu..."

"Emanetçisi!"

"Her neyse... Yani benim bilgim ve muvafakatim dahilinde artık o çiftlikte yaşayacağınızı, benim asıl memleketimden gelmiş değerli, dürüst, namuslu, güvenilir bir aile dostum olduğunuzu bildirdim o mektuplarda. Ayrıca, İngilizce bilmediğinizi ve bu yüzden oralara alışana kadar size her konuda yardımcı olmalarını rica ettim onlardan. İyi insanlardır ve eminim beni kırmayacaklardır."

"Hak Te'âlâ, celle celâluhu, râzı olsun..."

"Cümlemizden. Bu da, memleketten ayrılırken bize gemide verdikleri bir kitap. Amerika'ya göç edecek olanlara buranın lisanı olan İngilizce'yi öğretmek için kilise tarafından özel olarak hazırlanmış."

"Kilise tarafından mı?"

"Evet. Daha önce de anlatmıştım. Bizler buraya kilisenin yardımı ve desteğiyle geldik. Burada yeni karşılaştığımız insanlarla anlaşmaya çalışırken sıkıntı çekmeyelim diye böyle bir çalışma yapmışlar. Merak etmeyin içinde sizi bir Müslüman olarak rencide edecek şeyler yok. Ben çok istifade ettim bu kitaptan. Kısa zamanda, fazla zorlanmadan İngilizce'yi derdimi rahatlıkla anlatacak kadar söktüm. Çocuklarım da önce bu kitapla öğrendiler İngilizce'yi. Bir, Anuş hanım hariç. O da yalnızca kendi istemediği için! Bunca yıl sonra hâlâ daha doğru dürüst İngilizce konuşamaz. 'Buralarda sohbet edip dertleşecek konu komşu mu var? Başım sıkışınca derdimi anlatacak kadar bileyim bana yeter!' der durur. Her neyse... Önce buraların, nasıl desem, elifbasını öğrenmeniz gerekecek tabiî... Kitapta bu da var... Önce biraz zor gelecek size ama merak etmeyin alışırsınız. Günlük hayatınızda ihtiyaç duyacağınız cümleler var bu kitapta - üstelik de nasıl telaffuz edilecekleri bizim elifbayla yazılmış olarak! Biraz gayret ederseniz, kolaylıkla altından kalkarsınız. Burada da bir miktar para var... Acil ihtiyaçlarınız için..."

"Benim..." 'Param var!' diyecek oldu Bilâl ama Onnik efendi kesin bir el hareketiyle sözünü kesti.

"Kendiniz orada geçiminizi sağlayana kadar bu paraya ihtiyacınız olacak... Burada geçerli olan para *'dolar'*dır... Adı öyle... Bu parayı da küçük odadaki kasada muhafaza edebilirsiniz. Ayrıca size Vartan'ın *Boston*'daki adresini de yazdım. Haberleşebilmek için. Evet, hepsi bu kadar. Buyrun!"

Onnik efendi Bilâl'e askılı deri çantayı uzattı.

"Eyvallah..." dedi Bilâl usulca, "Hak Te'âlâ, celle celâluhu, râzı olsun..."

"Cümlemizden râzı olur inşaallah... Artık bir an evvel yatıp uyusak iyi olur; çünkü sizi *Fairville*'e götürecek olan posta arabası sabah çok erken saatte yola çıkıyor... Bu defaki yolculuğunuz bir hayli yorucu olacak. Ama *Fairville*'e inşaallah sağ salim vardığınızda, bu yorgunluğa değdiğini göreceksiniz!"

"HİKÂYE-İ BİLÂL"

"İnşaallah... Geceniz mubârek olsun!"
"Sizin de Bilâl efendi... Sizin de..."
***
Onnik ve Anuş Gasparyan'ın evlerindeki son gecesinde uyku girmek bilmedi bir türlü Bilâl'in gözüne. Yattığı yerde, ertesi sabah güneşin ilk ışıklarıyla birlikte terkedeceği bu insanları düşündü. Bir daha görmek nasib olabilecek miydi acaba onları? Ya anacığını, Râbia'sını, Osman dayısını, Hacı Tayyar Reis'i, Yorgo Vassilidis'i... Gaetano Dragonetti... Bir anda ölüp gidivermişti işte... Hem de kim bilir ne korkunç bir şekilde... Oysa daha beş gün önce ayrılmışlardı birbirlerinden... *Kimse yarın ne kazanacağını ve nerede, hangi topraklarda öleceğini bilmez. Allah, her şeyi bilen ve her şeyden haberdar olandır* âyet-i kerîmesini hatırladı birden... "Ölüm..." diye mırıldandı kendi kendine, "hepimize, besbelli aynı mesafede..." ve *Allah'ın fermanında öngörülmedikçe hiç kimse ömrünü uzatamaz ve hiç kimse de onu kısaltamaz; ama bunlar, kuşkusuz, Allah için kolaydır...* Ya kendi sonu? Kim bilir nerede ve ne zaman...

Sabah namazını henüz edâ etmişti ki usulca kapısının vurulduğunu işitti Bilâl.

"Buyrun..."

Onnik efendi kapıyı aralayıp içeri baktı.

"Sabah şerifler hayr'olsun..."

"Hayırlı sabahlar..."

Bilâl, Onnik efendinin solgun yüzünden ve kızarmış gözlerinden onun da geceyi uykusuz geçirdiğini anladı.

"Hazırsanız gidelim..."

"Hazırım... Buyrun..."

Bilâl hurcunu omuzuna, Onnik efendinin bir gece evvel verdiği askılı deri çantayı boynuna astı; birlikte alt kata indiler.

Anuş hanım orada onları bekliyordu.

Bilâl'e sanki Anuş hanım gençleşmiş gibi geldi. Selâmlaştılar.

"Posta arabasının hareket edeceği yer şehrin dışında kalıyor biraz. Oraya rahat gidebilmek için bir araba kiraladım. Kapının önünde, bekliyor..." dedi Onnik efendi, "Anuş hanım bize kahvaltılık hazırladı... Yolda atıştıracağız çaresiz..."

Sonra sofadaki denklerden birinin üzerinde duran papaz cübbesini alıp Bilâl'e uzattı.

Bilâl ilk giydiği andan itibaren içine sıkıntı veren, ama besbelli hayatını bir hayli kolaylaştırmış, hatta belki de korumuş olan cübbeye uzun uzun baktı. Sonra Onnik efendiye yöneldi..

"Artık buna ihtiyacım olmayacak herhalde..." dedi yüzünde acı bir gülümsemeyle.

Onnik efendiyle göz göze geldiler.

"İnşaallah bir daha hiç ihtiyacınız olmaz..." dedi Onnik efendi alçak sesle ve cübbeyi tekrar yerine bıraktı.

"Hakkınızı helâl edin Anuş hanım..."

Bilâl, Anuş hanımın elini öpmeye davrandı.

Anuş hanım elini geri çekti.

"Estağfirullah..." dedi yavaşça, "Benim helâl edecek hakkım geçmedi size... Asıl siz helâl edin hakkınızı!"

"Helâl olsun!" dedi Bilâl.

Sonra Anuş hanım boynunda asılı duran altın köstekli küçük altın saati kararlı bir hareketle çıkartıp Bilâl'e uzattı.

"Lûtfen bunu benden bir hâtıra olarak kabul edin..."

Bilâl şaşırdı.

"Yoo...Bu...olmaz... Mümkün de..." diye kekeledi.

"Lûtfen..." diye ısrar etti Anuş hanım. Gözleri dolu dolu olmuştu. "Rahmetli babamdan bana kalan bir hâtıra bu... Yıllarca taşıdım boynumda... Ama şimdi... Uzaklara gidiyorsunuz... Siz Müslümanlar, rahmetli babamın deyişiyle 'zamanın insanları'sınız... Namazlarınız, oruçlarınız... Siz, zamanın kıymetini iyi bilen ve şüphesiz onu en iyi değerlendirenlersiniz... Gittiğiniz yerde ve... belki de bundan sonra gideceğiniz her yerde, ihtiyacınız olacak saate... Lûtfen kırmayın bu âciz kadını, kabul edin... Ona baktıkça zamanı bilir, zamanın en güzel şekilde hakkını verir ve... ola ki bir ihtimal beni hatırlar, ara sıra bana da bir duâ gönderirsiniz kalbinizin bir köşesinden..."

Anuş hanım karşısında birden küçük bir çocuk çaresizliği içinde kalıvermiş olan Bilâl'in avcuna usulca sıkıştırıverdi saati.

"Haydi..." dedi sonra gülümsemeye çalışarak, "Gecikeceksiniz!"

Bilâl hiçbir şey söyleyemedi. Ağzı, boğazı kupkuru kesilmişti. "Yâ Rabbî!" diye geçti içinden, "Kalplerin derinliklerinde olanları en iyi bilen Sensin! Hidâyetini nasib et bu güzel insanlara... Hak ve Hakikatin şahitlerinden eyle!"

Sonra denklerin üzerinde duran yelken bezinden yapılmış irice bir torbayı alan Onnik efendinin koluna girmesiyle birlikte kapıdan çıktılar.

Dışarıda iki tekerlekli bir at arabası bekliyordu. Bindiler.

"*O.K.!*" diye seslendi Onnik efendi arabacıya "*Let's go!*"

"*Hoo!*" diye haykırdı arabacı ve hareket ettiler.

Araba hızla uzaklaşırken Bilâl, Anuş hanımın arkalarından bir maşrapa su döktüğünü gördü.

"Vartuhi hanıma selâmımı söyleyin!" diye seslendi Bilâl yerinden doğrularak, "Ona da duâ edeceğim!"

Ve arkalarından el sallayan Anuş hanım gözden kayboluncaya kadar gözlerini ondan ayırmadı.

***

Araba şehrin bir hayli dışında, önünde üç çift at koşulu ve kapalı, büyük bir arabanın beklediği ahşap bir barakanın yanında durdu.

"İşte," dedi Onnik efendi posta arabasını göstererek, "yola bununla devam edeceksiniz. Biraz rahatsızdır ama içi geniştir. Torbanızı verin de diğer yüklerin arasına koyalım..."

"Yanımda kalsa olmaz mı?" diye sordu Bilâl belli belirsiz bir endişeyle.

"Kalabilir tabii... Nasıl isterseniz... Ben size iki kişilik yer ayırtmıştım nasıl olsa... Daha rahat edersiniz diye düşündüm..."

"Allah râzı olsun!"

"Ben müsadenizle arabacıyla bir görüşeyim... Birazdan gelirim..."

Onnik efendi hızlı adımlarla barakaya doğru uzaklaştı.

Bilâl etrafına bakındı. Barakanın dışında kendi aralarında sohbet ederek bekleyen üç adam daha vardı. İkisi bir hayli uzun boylu, üçüncüsü ise şişmandı. "Yol arkadaşlarım bunlar olsa gerek..." diye düşündü Bilâl. Uzun boylu adamlar, uzun meşin ceketleri, mahmuzları parlayan çizmeleri ve geniş kenarlı, âdetâ kanat açmış bir şahine benzeyen kocaman şapkalarıyla neredeyse bir örnek giyinmişlerdi. Birinin kızıla çalan sarı bir sakalı, diğerinin ise aynı renkte kalın ve uçları çenesine doğru sarkmış kocaman bir bıyığı vardı. Şişman adam üzerine dizlerine kadar uzanan siyah bir palto giymişti. Başında ise yine siyah renkte, ters çevrilmiş bir çömleğe benzeyen küçük ve dar kenarlı bir şapka vardı. Diğerlerine göre daha yaşlıydı. Çenesinin ucundaki kısa sakalına ve özenle şekil verilmiş bıyıklarına kır düşmüştü. Şaşılacak kadar küçük ve narin burnunun tam tepesinde altın çerçeveli bir gözlük, kafasını her hareket ettirişinde pırıl pırıl parlıyordu. Kül rengi çizgili pantalonun altından gözüken ayakkabıları besbelli daha yeni cilâlanmıştı ve üzerlerinde yine kül rengi tozluklar vardı.

Onnik efendi barakadan içeri girmeden evvel hepsiyle tek tek el sıkışarak selâmlaştı sonra Bilâl'e doğru işaret ederek birşeyler anlattı. Adamların hepsi Bilâl'e dönerek başlarıyla selâm verdiler. Bilâl de gayriihtiyârî elini kalbine götürerek selâmlarına mukabele etti.

Bir süre sonra Onnik efendi yanında iki adamla birlikte çıktı barakadan. Adamların biri gencecik bir delikanlıydı. Geniş kenarlı şapkasının altından uzun sarı saçları görünüyordu. Diğeri ise saçı sakalı birbirine karışmış, tıknaz ama iri yapılı adamdı. Onun da başında Bilâl'e pek bir tuhaf gelen o kocaman şapkalardan vardı; üzerine ise yere kadar uzun, meşin bir üstlük giymişti. Elinde uzun bir kırbaç ve bir de tüfek tutuyordu. Onnik efendi barakanın dışında bekleyen üç yolcu ve bu iki adamla birlikte Bilâl'in yanına geldi.

"Bu efendinin adı Stanley Briggs. Posta arabasının sürücüsü. Bu da yardımcısı Jimmy Todd..." dedi Onnik efendi.

"*Hi!*" dedi Stanley Brigss hırıltılı bir sesle.

"*Hi...*" dedi Jimmy Todd gencecik yüzünü aydınlatan pırıl pırıl bir gülümsemeyle.

"Eyvallah..." diye mırıldandı Bilâl.

"Bu efendiler de, tahmin etmiş olacağınız üzere, yol arkadaşlarınız. Dr.Hilmar Neumann..."

Şişman adam şapkasını çıkarttı ve gülümseyerek elini Bilâl'e uzattı.

"*Efkaristika poli* - Memnun oldum..." dedi Rumca.

Bilâl şaşkınlık içinde Onnik efendiye baktı.

"Dr. Neumann *Fairville*'de hekimlik yapar..." dedi Onnik efendi, "Aslen Alman'dır. Ama buraya göç edip yerleşmeden evvel iki sene kadar Yunanistan'da kaldığı için biraz Rumca bilir... Bir-iki kelimeyle de olsa anlaşabilirsiniz... Muhterem bir beyefendidir."

Bilâl, Dr. Hilmar Neumann'la tokalaştı.

"*Ego emina efkaristimeni* - Ben de memnun oldum..." dedi usulca.

"Bu delikanlılar da Josh ve Sam Everett kardeşler..."

Josh ve Sam işaret ve orta parmaklarını kocaman şapkalarının kenarına götürerek Bilâl'i selâmladılar.

"*Hi!*"

"Onlar da *Fairville*'in eşrâfından sayılırlar." diye devam etti Onnik efendi, "Babaları oraya ilk yerleşenlerden. Hayvancılık yaparlar. Dürüst ve iyi yürekli insanlardır. Ama ne yazık ki ingilizce ve biraz da İspanyolcadan başka lisan bilmezler. Onlara çok ama çok uzak bir yerden, Istanbul'dan gelmiş eski bir aile dostumuz ve çiftliğin bundan böyle yeni sahibi olduğunuzu, ancak hiç İngilizce bilmediğinizi söyledim. Dr. Neumann size, özellikle *Fairville*'e vardıktan sonra her konuda yardımcı olacak. Bu bakımdan içiniz rahat olsun. Aslına bakarsanız birlikte yolculuk edeceğiniz bu insanların tanıdığım kişiler olması çok güzel ve büyük bir tesadüf! Ve bana kalırsa bundan böyle herşeyin yolunda gideceğine dair iyi bir alâmet!"

"Allahu 'alem! İnşaallah öyledir..." dedi Bilâl.

Sonra Onnik efendi elinde tuttuğu yelken bezinden torbayı Bilâl'e uzattı.

"Anuş hanım yol için biraz kumanya hazırladı size: peksimet, kuru köfte, haşlanmış yumurta ve elma kurusu. *Fairville*'e varıncaya kadar sizi idare edecektir umarım."

"Allah râzı olsun..."

"Eh, artık ayrılma vakti geldi! Ben... açıkçası ne söyleyeceğimi bilemiyorum... Allah yardımcınız, yolunuz açık olsun! Siz..."

Birden gözyaşlarını tutamadı Onnik efendi. Sımsıkı sarıldı Bilâl'e.

Bir süre öyle kaldılar.

Dr. Neumann, Sam, Josh, Stanley ve Jimmy onları başbaşa bırakıp arabaya binmek üzere yanlarından uzaklaştılar.

"Hakkınızı helâl edin Onnik efendi..." dedi Bilâl usulca.

"Helâl olsun... oğlum..."

Bilâl bir kere daha, zihnine kazımak istercesine baktı Onnik efendinin gözyaşlarıyla ıslanmış hüzünlü ve yorgun yüzüne. Yüreğinin burkulduğunu hissetti. 'Besbelli göz göre göre, bile-isteye ayrılmak bu kadar zor olduğu için, vedâlaşma fırsatı vermedi Hak Te'âlâ, celle celâluhu, bana en sevdiklerimden...' diye geçti bir an içinden. Sonra toparlandı. Kararlı bir hamleyle Onnik efendinin elini tuttu, öpüp alnına koydu ve arkasını dönüp arabaya doğru yürüdü.

Bilâl arabaya biner binmez arabacı Stanley Briggs'in uzun kırbacı havada şakladı.

"*Hoo! Hoo!*"

***

Onnik efendi tozu dumana katarak hızla uzaklaşan posta arabasının ufukta kaybolana kadar arkasından baktı. Sonra ağır ağır kendisini bekleyen öbür arabaya yürüdü.

"*You know what...*" dedi arabacıya, "*Life is full of mysteries and miracles...* - Biliyor musun, hayat sırlar ve mucizelerle dolu!"

"*What?*" dedi arabacı uyku sersemi, "Ne?"

Onnik efendi kendi kendine acı acı gülümsedi.

"*Don't worry... Let's go!* - Boş ver... Gidelim!" dedi sonra ve arabaya bindi.

Arabacı, şaşkın şaşkın baktı Onnik efendinin arkasından.

"*They're really strange people, those immigrants...* - Bu göçmenler gerçekten de tuhaf insanlar..." diye söylendi kendi kendine.

"*Hoo! Hoo!*"

Bilâl'in posta arabasıyla yolculuğu üç gün ve iki gece sürdü. Gündüzleri ayaküstü birşeyler yemek, geceleri ise birkaç saatlik kısa bir uyku çekmek için konakladıkları yerler, genellikle posta arabasının bağlı olduğu şirketin barakalarıydı. Buralarda posta çuvalını teslim ediyor, barakaların hemen bitişiğindeki büyük ahırlarda dinlenmiş vaziyette hazır bekleyen yeni atlarla değiştirip yorgun düşmüş atları, hemen devam ediyorlardı yollarına. Uçsuz bucaksız düzlüklerden, iki tarafında dimdik sarp kayaların yükseldiği daracık vadilerden, Bilâl'in daha önce hiç görmediği kadar çok sığırın otladığı yemyeşil otlakların yanından, hemen hemen hepsi de birbirine benzeyen irili ufaklı köylerin, kasabaların içinden tozu dumana kata kata geçerek Batı'ya doğru hızla ilerlediler.

Gündüz saatlerinde ortalığı kavuran sıcağa tahammül edebilmek için hep açık tuttukları pencerelerden içeri dolan toz toprak ve arabanın bitmek bilmeyen sarsıntısı daha yolculuğun ilk gününde perişan etmişti Bilâl'i. Yol arkadaşları besbelli alışıktılar biteviye toz yutmaya ve arabanın içinde bir o yana, bir bu yana savrulmaya. Dr. Neumann, sanki evinde rahat rahat oturmuşçasına, toza bulanan gözlüklerini arada bir silmenin dışında, hiç ara vermeden kitap okuyor, Josh ve Sam ise hemen her mola yerinde muntazaman tazeledikleri bir şişenin içindekini ağır ağır yudumluyor ve bir süre sonra da oturdukları yerde, derin horultular içinde sızıp kalıyorlardı. Yol boyunca hiç konuşmadı Bilâl; Onnik efendinin, biraz Rumca bildiği için 'Bir-iki kelimeyle de olsa anlaşabilirsiniz' dediği Dr. Neumann'ın ağzından sabahları "*Kalimera*", geceleri de "*Kali-*

nihta"dan başka kelime çıkmadı. "Ya Rumcası gerçekten kıt, ya sohbet etmeyi sevmiyor, ya da benden haz etmedi!" diye içinden geçirdi Bilâl. Diğerleriyle konuşabilmesi ise, zaten sözkonusu değildi. "Belki de buraların âdeti böyle..." diye düşündü sonra. Çünkü ne yolda, ne de mola verdikleri yerde, aralarında hiç sohbet etmediklerini farketmişti Bilâl - üstelik de birbirlerini tanıdıkları ve besbelli ki küskün ya da düşman olmadıkları halde!

Nihayet üçüncü gün, gün batarken bir kasabada durdular.

Bir anda kadınlı, çocuklu, erkekli bir kalabalık sarıverdi posta arabasının etrafını.

Dr. Neumann kitabını kapattı, gülümseyerek Bilâl'e baktı ve "Here we are..." dedi yumuşak bir sesle. Sonra Rumca ekledi "İrthikame!- Geldik!"

Birden derin bir heyecan sardı Bilâl'in içini.

Josh ve Sam derin uykularından silkinerek uyandılar ve arabadan dışarı fırladılar. Kalabalığın içinde kendilerini karşılamaya gelenlerle bağırış çağırış selâmlaşarak büyük bir sevinç içinde kucaklaştılar.

Sonra Dr. Neumann ve Bilâl de indiler arabadan.

Dr. Neumann hemen çevresini sarıveren insanlarla tek tek el sıkışarak selâmlaştı.

Bilâl başının döndüğünü hissetti. Bir arı kovanının içine düşmüştü sanki. Herkes heyecanla birbirine birşeyler söylüyor, gülüşüyor ama Bilâl bir tek kelime bile anlamıyordu. İşittiği tek şey kulağına tamamen yabancı gelen bir uğultuydu. Tam kendini biraz toparlamak için bir kenara çekilmeye hazırlanıyordu ki bir elin sırtına kuvvetle ama dostça vurmasıyla irkildi. Hızla arkasını dönünce, kendisine gülümseyerek bakan ablak yüzlü ve şaşılacak kadar iri bir adamla burun buruna geldi.

"Welcome to Fairville! - Fairville'e hoş geldiniz!" dedi iri adam kocaman elini Bilâl'e doğru uzatarak.

"Ve... ve 'aleykum selâm..." diye gayriihtiyârî kekeledi Bilâl. İri adam kocaman bir kahkaha patlattı ve yanında duran Dr. Neumann'a döndü.

"What did he say, your friend? - Arkadaşın ne dedi? 'Alikum' what?"

"He said 'Hello!' to you! - Sana selâm verdi!" dedi Dr. Neumann gülümseyerek. Sonra Bilâl'e döndü ve besbelli doğru kelimeleri seçmekte bir hayli zorlanarak Rumca "Eee... Afto... Afto ine... to...eee... to 'sheriff' - Bu şerif!" dedi.

"Yeah! I'm the sheriff of this town... exactly! That's who I am! - Evet, ben bu kasabanın şerifiyim... gerçekten de öyle. O benim!" diye neşeyle gürledi iri adam ve Bilâl'in elini yakalayıp coşkuyla bir aşağı-bir yukarı sallamaya başladı.

Bilâl sersemlemiş bir halde gülümsemeye çalıştı.

"Alikum... alikum... what was it, for heavens sake? - Aleykum... aleykum... neydi, Allah aşkına?" diye neşesini hiç bozmadan gürlemeye devam etti şerif.

"Selâm..." dedi Dr. Neumann usulca, " 'Aleykum selâm!"

"Salaam... right? Alikum salaam, my friend, welcome! Welcome!"

Şerif, Bilâl'in sıkıca kavradığı elini sallamaya devam ederken Dr. Neumann birden onu durdurup kendisine doğru eğilmesini işaret etti. Şerif söz dinleyen kocaman bir çocuk gibi Bilâl'in elini bırakıp Dr. Neumann'a yöneldi. Dr. Neumann alçak sesle birşeyler anlatmaya başladı şerife.

Bilâl derin bir nefes aldı.

Bu arada posta arabasının gitmiş olduğunu ve etraftaki kalabalığın da yavaş yavaş dağılmaya başladığını gördü.

Vücudunun her tarafı tutulmuş, bütün kemikleri ve adaleleri sızım sızım sızlıyordu.

"Hamama gitmek ne iyi gelirdi şimdi..." diye geçti içinden.

Sonra kendi kendine güldü. "Yorgunluk besbelli iyice başına vurmuş deli oğlan! Düşündüğün şeye bak! Herşeyin tamamdı da bir hamamın eksikti buralarda!"

"*Hayde, pame... eee... to... eee... to spitimu...* - Haydi, evime gidelim..." dedi Dr.Neumann.

"*See you tomorrow!* - Yarın görüşürüz! *Alikum salaam!*" diye gürledi şerif neşeyle, "*Alikum salaam, my friend!*" ve hızlı adımlarla uzaklaştı.

"Eyvallah!" dedi Bilâl alçak sesle.

Sonra arkasına bakmadan yürümeye başlayan Dr. Neumann'ın peşine takıldı.

Bir süre sonra *Fairville*'in tozlu ana caddesine bakan, beyaza boyalı ve önünde küçücük ama bakımlı bir bahçesi olan iki katlı ahşap bir evin önünde durdular. Dr. Neumann kocaman bir anahtarla evin kapısını açtı ve içeri girdi, lambayı yaktı.

Bilâl hâlâ kapının ağzında bekliyordu.

"*Oriste...* -Buyrun..." dedi gülümseyerek.

Bilâl toza bulanmış ayakkabılarına baktı gayrihtiyârî.

"*Oriste...*" diye ısrar etti Dr. Neumann.

Bilâl, çaresiz, ayakkabılarını çıkartmadan içeri girdi.

Dr. Neumann arkasından kapıyı kapatıp kilitledi.

Küçük ve dar sofaya bakan beyaza boyalı bir kapıyı açtı, duvardaki küçük lambayı yaktı.

"*Oriste...*"

Büyükçe bir odaydı burası. Önce genzini hafifçe yakan keskin bir koku çarptı Bilâl'in burnuna; gayriihtiyârî yüzünü buruşturdu. Sonra odadaki bütün eşyanın beyaza boyanmış olduğunu gördü. Şaşırdı: büyük yazı masası, masanın arkasındaki yüksek arkalıklı koltuk, ağız ağıza irili ufaklı ecza şişeleriyle dolu cam kapaklı kocaman dolap, iki iskemle, küçük bir tabure, üzerinde parlak madenden ve o güne kadar hiç görmediği birtakım alet edevatın durduğu yüksekçe bir sehpa... herşey, herşey bembeyazdı.

Dr. Neumann odayı havalandırmak için caddeye bakan pencereyi açtı. Sonra beyaz bez gerilmiş bir paravanayı kenara çekip, arkasında duran yerden bir hayli yüksek ve dar yatağı gösterdi Bilâl'e.

"*Kravati...* - Yatak!" dedi gülümseyerek.

Bilâl şaşkınlığını üzerinden atmaya çalışırken Dr. Neumann odanın dip tarafındaki başka bir kapıya yöneldi.

"*Elate...*"

Kapıyı açtı. Küçük ve bir hayli dar bir odaydı burası. İçeri vuran soluk lamba ışığında duvara asılmış ve yine beyaza boyanmış kocaman bir kutu gördü Bilâl. Kutuya küçük bir musluk takılmıştı ve altında, bel hizasında beyaza boyalı bir ahşap sehpanın üzerine yerleştirilmiş çinko bir leğen duruyordu. Odanın dip tarafında ise ortasına kulplu, yuvarlak bir kapak yerleştirilmiş ve beyaza boyanmış ahşaptan sedire benzer küçük bir yükselti vardı.

"*O.K.?*" dedi Dr. Neumann gülümseyerek.

Sonra kapıyı kapattı. Arkasını döner dönmez, camlı ecza dolabının yanında kafatasının tepesine yerleştirilmiş bir kancayla demirden yapılmış bir sehpaya asılmış vaziyette duran insan iskeletini görünce Bilâl, az daha korkudan küçük dilini yutuyordu!

"Allahu Ekber!" diye haykırarak geriye doğru sıçradı.

Dr. Neumann güldü. Teskin etmeye çalışırcasına Bilâl'in sırtını sıvazladı. Sonra paravananın arkasındaki yatağın üzerinde duran beyaz örtülerden birini alıp iskeletin üzerini örttü. Tekrar gülümseyerek Bilâl'e döndü.

"*O.K.?*"

"Aman Yâ Rabbî... Aman Yâ Rabbî..." diye mırıldandı Bilâl kendi kendine, "Burası ne biçim bir yer böyle!" Bütün vücudunu soğuk bir ter basmıştı bir anda. Dizleri titriyordu. Taburenin üzerine çökercesine oturdu.

Dr. Neumann arkasını dönüp odadan dışarı çıktı.

Ellerini yüzüne kapatarak bir süre oturduğu yerde kaldı Bilâl. Yol yorgunluğunun yerini bin beter bir tedirginlik almıştı şimdi. Midesinin bulandığını hissetti. "Dur bakalım daha neler gelecek başına, deli oğlan! Henüz yolun başında sayılırsın... Hak Te'âlâ, celle celâluhu, beterinden saklasın - sineye çekip sabretmekten başka çaren var mı? *Hasbun Allahu ve n'ime'l-Vekîl, n'ime'l-Mevlâ, n'ime'n-Nasîr...*"

Yavaşça yerinden doğruldu Bilâl ve pencereye doğru gitti, derin derin nefeslendi. Tam yatağın üzerine uzanmaya hazırlanıyordu ki, Dr. Neumann elinde bir battaniye, bir yastık ve küçük bir tepsiyle içeri girdi. Gülümseyerek battaniyeyi ve yastığı Bilâl'e uzattı, tepsiyi de masanın üzerine bıraktı.

"*Kalinihta...*" dedi sonra, "İyi geceler..." ve odadan çıkıp kapıyı kapattı.

"*Kalinihta... Kalinihta...* Size de *kalinihta...*" diye mırıldandı Bilâl, Dr. Neumann'ın arkasından. Sonra battaniyeyi ve yastığı yatağın üzerine koyup masanın başına gitti. Tepsinin üzerinde koyu sarı renkte bir kalıp sabun, yanında, bir tabağın içinde tıpkı o sabun kalıbına benzeyen, sert bir parça peynir, biraz peksimet, küçük bir cam sürahi içinde su ve bir de cam bir bardak vardı. Karnı iyice acıkmıştı acıkmasına ama yine de bir türlü elini süresi gelmedi Bilâl'in tepsinin üzerindeki yiyeceklere. Odaya ve içindeki eşyalara tertemizlik havası veren beyaz renge rağmen tuhaf bir tiksinti hissi uyanmıştı Bilâl'in içinde birden. "Odadaki kokudan olsa gerek..." diye avutmaya çalıştı kendini. Yine de...

"İnsanı insan yapan aklı ve vicdânıdır - diğer mahlûkatta olmayan yani!" demişti Osman dayısı, o tadına bir türlü doyamadığı sohbetlerinden birinde, "Akıl ve vicdân gerçi yoktur diğer mahlûkatta, bilfarz hayvanatta amma, gereğince terbiye edilmezse akıl ve vicdân, ân olur ki, onlara sahip olmayan hayvanata bile gıpta edesi gelir insanın! Aklı ve vicdânı ise gereği, yani Murâd-ı İlâhî üzre ancak bir şey terbiye eder, deli oğlan, o da hiç şüphen olmasın ki mubârek Kur'ân'dır ve Sünnet-i Rasûlullâh, aleyhi's-salâtu ve'es-selâm! İmdii... gereği, yani Murâd-ı İlâhî üzre terbiyeden geçerek serâpâ müslim olmuş aklın ve vicdânın, bir Lûtf-i İlâhî olarak insanda kendiliğinden ve sessizce inşa ettiği ve zaman içinde belki de meziyetlerin, faziletlerin en âlâsı, en kıymetlisi haline gelen bir meleke vardır ki, o da kalbin biteviye teyakkuz halidir. Onun için, deli oğlan, günlerden bir gün, gecelerden bir gece, vakitlerden bir saat ya da bir an, kalbinin derinliklerinden sebebini dahi bilmediğin bir ikaz gelirse eğer, ister müsbet ister menfi, hiç tereddüt etme, tâbi ol ona! Amma şunu da sakın unutma: akıl ve vicdâna bir defâ terbiye vermek kat'iyyen yetmez! Ne kadar uzun ve ne kadar sıkı terbiye edilirse edilsin akıl ile vicdân, tamamen uslanmaz; can kuşunun ten kafesini terketmesinden çok daha çabuk ve en beklenmedik ânda uçup gidiverir elden hem de ikisi birden! Sen sen ol, deli oğlan, aklının ve vicdânının terbiyesine, bu fânî dünyâda nefes alıp verdiğin sürece mubârek Kur'ân'a ve Sünnet-i Rasûlullâh'a, sallallâhu aleyhi vessellem, her gün yeniden teslim ve de tâbi olarak, devam et! Ondan sonrası kolay... Önce Hak Te'âlâ'ya, celle celâluhu, sonra da kalbinin derinliklerinden gelen ince ikazlara güven... ve yoluna devam et, deli oğlan, yoluna devam et, hiç korkmadan!"

"Eyvallah!" dedi Bilâl yüksek sesle, zamanın ve mekânın ötesinden Osman dayısına seslenircesine. Sonra kararlı bir hareketle hurcunu açtı, Yorgo Vassilidis'in koyduğu sabunu, havluyu çıkarttı. Biraz olsun yıkanıp paklanmak ve abdest almak için küçük karanlık odaya gitmeden önce Anuş hanımın verdiği kumanya torbasının içinde kalanlara baktı:

"Bugünüme yeter, elhamdulillâh... Sabah ola hayr'ola! Kerîm şüphesiz Sensin Yâ Rabbî, Rezzâk da!"

***

Ertesi sabah erkenden Dr. Neumann Bilâl'i uyandırmak için muayenehanesinden içeri girip de onu besbelli çoktan uyanmış ve dipdiri, taptaze kendisini bekler vaziyette bulunca çok şaşırdı. "Yoksa hiç uyumadınız mı?" diye sormak istedi fakat Rumcası yetmediği için yalnızca "*Kalimera...* İyi sabahlar!" demekle yetinmek zorunda kaldı.

"*Kalimerasas...*" diye cevap verdi Bilâl.

"*Pame... pame to sheriff Connor* - şerif Connor'a gidelim..." dedi Dr. Neumann.

"*Endaksi...* hayda *pame...* -Tamam, haydi gidelim..."

Bilâl bir hamlede hurcunu ve askılı çantasını omuzladı, kumanya torbasını aldı ve birlikte evden çıktılar.

Fairville kasabası gündüz gözüyle, ilk bakışta çok hoş göründü Bilâl'e. "Onnik efendi haklıymış burayı seçmekte..." diye geçirdi içinden, "Tabiî her yeri böyleyse!"

Tozlu ve oldukça geniş ana caddenin iki yanında yer alan binaların hepsi de temiz ve bakımlıydı. Üst katları besbelli ev olan dükkânlar daha yeni açılıyordu. Dr. Neumann'ın karşılaştıkları herkese şapkasını çıkartıp tekrar başına koymak suretiyle selâm vermesi Bilâl'in pek bir tuhafına gitti. "Sokak kalabalık olunca ne yapıyor adamcağız acaba?" diye düşündü, "Eğer buradalarda âdet böyleyse hiç serpuş giymemek çok daha kolay olmaz mı?"

Biraz daha yürüdükten sonra tek katlı, taş bir binadan içeri girdiler.

Şerif Connor kocaman bir yazı masasının arkasında, ayaklarını pencerenin pervazına uzatarak oturmuş, gazete okuyordu. Dr. Neumann ve Bilâl'in içeri girdiklerini görünce ayağa kalktı. Gerçekten de şaşılacak kadar iri bir adamdı. Kafası usturayla kazınmıştı ve uçları dimdik yukarı kıvrılmış, kalın, havuç rengine çalar kızıllıkta bir bıyığı vardı. Kaşları da tıpkı bıyığı gibi kalın, kızıl ve uçları yukarı doğru kıvrıktı. Açık mavi gözleri cam boncuk misali parlıyordu. Gözlerinin yanındaki derin kırışıklardan her zaman çok gülen, neşeli bir adam olduğu anlaşılıyordu. Daha yeni ütülendiği hemen belli olan tertemiz, bembeyaz gömleğinin yakasına incecik ve parlak bir siyah kurdele bağlamıştı. Üzerine siyah deriden bir yelek giymişti. Yeleğine, tam kalbinin üzerine gelecek şekilde, beyaz madenden beş köşeli bir yıldız iliştirilmişti. Pantalonu tıpkı Dr. Neumann'ınki gibi siyah üzerine kül rengi çizgiliydi. Ayağına sipsivri burunlu, yumurta topuklu, derisi ve kocaman mahmuzları pırıl pırıl parlayan siyah çizmeler giymişti. Belindeki kalın siyah kemerin iki yanında, gümüş peçinlerle süslenmiş kılıfların içinde, sedef kabzalı iki kocaman tabanca vardı.

"*Alikum... what was it again?* - 'Aleykum... neydi?" diye gürledi Şerif Connor, Bilâl'i görünce samimi, neredeyse çocuksu bir neşeyle.

"Selâm..." dedi Dr. Neumann gülerek.

"*Oh, yeah, salaaam... Alikum salaam, my friend!*"

"Ve 'aleykum selâm..." diye cevap verdi Bilâl ister istemez.

"*Please take place... take place, Dr. Neumann and Mr....* Lutfen oturun Dr. Neumann ve bay..."

"Bilâl..." dedi Dr. Neumann.

"Bilâl!" diye tekrarladı Şerif Connor, "*What a beautiful name!* - Ne güzel bir isim!"

Bilâl ve Dr. Neumann oturdular.

Dr. Neumann, Bilâl'in boynunda asılı duran çantaya işaret etti.

Bilâl hemen çantayı açıp Onnik efendinin hazırlamış olduğu mektupları ve tapuyu çıkartıp Şerif Connor'a uzattı.

Şerif Connor zarflardan birini seçip aldı, açtı ve dikkatle okumaya başladı. Sonra tapunun bulunduğu zarfı açtı, içindeki evrakı çıkartıp inceledi ve tekrar katlayıp zarfa koydu. Kendine yazılmış mektubu masasının çekmecesine yerleştirdikten sonra yüzünde kocaman bir gülümsemeyle Bilâl'e baktı.

"O.K. Mr... What did you say was his name again? - Tamam, Bay... adı neydi demiştiniz?"

"Bilâl..." dedi Dr. Neumann.

"Oh, yeah... Mr. Bilâl... I've got to get used to it... Sorry... Everything's O.K. so far! Welcome to Fairville again! - Ah, evet... Bay Bilâl... Alışmam gerek isminize... Kusura bakmayın... Herşey tamamdır. Tekrar hoş geldiniz Fairville'e!"

Şerif Connor ayağa kalktı, elini Bilâl'e uzattı. Tokalaştılar.

Dr. Neumann da ayağa kalktı.

"Pame..." dedi Bilâl'e, "Gidelim..."

Şerif Connor onları kapıya kadar uğurladı.

***

Tekrar ana caddeye çıktılar ve biraz yürüyüp büyük bir dükkândan içeri girdiler.

Bir hayli loş olan dükkânın içi boy boy sandıklar, teneke kutular, hububat çuvalları ve meyve küfeleriyle tıklım tıklım doluydu. Yerden tavana kadar uzanan raflarda şişeler, gaz lambaları, madeni kap-kacak, bir sürü hırdavat vardı. Bilâl bir an başının döndüğünü hissetti. Dükkânın iç kısmına doğru uzanan bir tezgâhın arkasından, önüne uzun, lacivert bir önlük bağlamış, sıska, kısa boylu, gözlüklü bir adam çıktı. İyice kırlaşmış siyah, uzun bir sakalı ve seyrek kısa saçlarının tepesinde küçük siyah bir takkesi vardı.

Dr. Neumann kısa bir selâmlaşmadan sonra, kulaklarının ağır işittiği anlaşılan adama yüksek sesle uzun uzun birşeyler anlattı. Adam gözlüklerinin üzerinden Bilâl'e baktı. Bilâl gayrihtiyârî gülümsedi. Adam hiç oralı olmadı; tekrar Dr. Neumann'a yöneldi. Dr. Neumann raflara, sandıklara, kutulara, çuvallara işaret edip talimat vermeye, adam da bu talimata uyarak birtakım kutular indirmeye, irili ufaklı bez torbalara pirincinden şekerine, unundan bakliyatına kadar çeşit çeşit erzak doldurmaya başladı. Adam işini, ileri yaşına rağmen o kadar büyük bir çeviklikle yapıyordu ki, Bilâl bir an için Üsküdar'da bir panayırda gördüğü küçük canbaz maymunları hatırladı; utandı.

Dr. Neumann'ın siparişleri nihayet tamamlandığında dükkânın orta yerine bir sürü malzeme yığılmıştı. Adam tezgâhın arkasına doğru birkaç defa seslendi. Dokuz-on yaşlarında bir oğlan nefes nefese koşarak geldi. Adam onu azarlarcasına birşeyler söyledi ve çocuk ok gibi dükkândan dışarı fırladı.

Dr. Neumann, Bilâl'e döndü ve gülümseyerek "*O.K.?*" diye sordu.

"*Endaksi...* - Tamam!" dedi Bilâl gayriihtiyârî, "*O.K.!*"

Böylece, Onnik efendinin evinden ayrıldı ayrılalı en çok işittiği bu kelime, Bilâl'in doğru bir anlam tahminiyle telaffuz ettiği ilk İngilizce kelime oldu.

"*Bravo!*" dedi Dr. Neumann, takdir edercesine, "*Good, very good!*" Sonra Bilâl'in boynundaki askılı deri çantayı göstererek eliyle 'para' işareti yaptı.

Bilâl hemen çantayı açıp Onnik efendinin "Bunların adı *dolar*" dediği bir deste kâğıt parayı çıkartarak Dr. Neumann'a uzattı.

Dr. Neumann kâğıt parayı saydı, bir kısmını ayırıp Bilâl'e verdi. Sonra tezgâhının başında hesap yapmakta olan adama yöneldi. Adam yaptığı hesabı birkaç defa gözden geçirdikten sonra, üzerine birtakım rakamlar yazdığı bir pusulayı Dr. Neumann'a uzattı. Dr. Neumann pusulayı dikkatle gözden geçirdi ve elindeki parayı adama verdi. Adam parayı saydı ve bir çekmecenin içinden birkaç madenî para çıkartıp Dr. Neumann'a uzattı. Dr. Neumann her zaman yaptığı gibi, şapkasını bir an için başından çıkartıp adamı selâmladıktan sonra Bilâl'e döndü.

"*Pame...*" dedi, "Gidelim..."

Birlikte dükkândan çıktılar.

Kapının önünde tek atlı, dört tekerlekli, üzeri açık bir araba bekliyordu.

Dr. Neumann elindeki madenî paralardan bir tanesini, arabacının yanında duran küçük oğlana verip saçını okşadı. Oğlan tekrar ok gibi fırlayıp dükkândan içeri daldı.

Sonra kısa boylu, oldukça esmer ve üzerindeki kıyafetten yoksul biri olduğu hemen farkedilen arabacıya döndü Dr. Neumann; birşeyler söyledi. Bunun üzerine arabacı da dükkâna girip, az önce satın almış oldukları malzemeyi arabaya yüklemeye başladı.

Bilâl bu arada caddenin kalabalıklaşmış olduğunu gördü. Arabacı arabayı yüklerken, Dr. Neumann meraklı bakışlarla etrafına toplanan birkaç adamla sohbete daldı. Bilâl'e, belki de geniş kenarlı yüksek şapkaları yüzünden, hepsi de şaşılacak derecede birbirine benziyormuş gibi gelen adamlar, birer birer Bilâl'le selâmlaştılar: kimi tokalaştı, kimi de yalnızca sağ elinin işaret ve orta parmağını şapkasının kenarına götürmekle yetindi.

Bilâl de bu arada "Es-selâmu 'aleykum" anlamında kullandıklarını keşfettiği, dolayısıyla da birkaç saat içinde öğrendiği ikinci İngilizce kelime olan *"Hello!"* yu bol bol kullanarak, kendince mukabele etti onlara.

Nihayet arabanın yüklenmesi bitince, Dr. Neumann'la birlikte kan-ter içinde kalmış arabacının yanına oturdular. Arabacı *"Hoo!"* diye bağırdı ve kendilerine yol veren kalabalığın arasından, kasabanın çıkışına doğru uzaklaştılar.

Önce evler azaldı. Sonra bahçelerin, tarlaların, sığır sürülerinin otladığı otlakların arasından geçtiler ve yarım saat kadar sonra, etrafı sert ve kuru çalılardan yapılmış bir çitle çevrili geniş bir araziye vardılar.

Dr. Neumann Bilâl'e döndü ve gülümseyerek:

"İrthikame... - Geldik!" dedi.

Birden büyük bir heyecan sardı Bilâl'i.

Araba çitin kaba taşlardan örme, üzeri kemerli girişinden geçerken "E'ûzubillâhimineşşeytânirracîm..." diye mırıldandı Bilâl.

İki yanına irili ufaklı kayalar dizilmiş bir yolu takip ederek, önce harabeye dönmüş ahşap bir ahırın ve hemen bitişiğindeki, yine harap durumda bir samanlığın, sonra çıkrıklı büyük bir kuyunun yanından geçip, iki büyük ceviz ağacının gölgelediği, kurşunî taştan yapılmış, tek katlı, ince uzun ve ahşap taraçalı bir evin önünde durdular.

Bilâl'in ağzı-dili kurumuş, nabzı, damarlarını patlatırcasına, şakaklarında atmaya başlamıştı.

Hep birlikte arabadan indiler. Arabacı malzemeyi taraçaya taşımaya başladı.

Bilâl arabanın yanında, hurcu omuzunda, askılı deri çantası boynunda, kumanya torbası elinde, uzun bir süre hareketsiz ve dalgın kalakaldı. Zihni sanki bir anda tamamen boşalıvermişti. Ama içinde, kalbinin tâ derinliklerinde, bir türlü tanımlayamadığı büyük ve karmakarışık bir his fırtınası dalga dalga yükseliyordu. Yavaşça taraçaya doğru yürüdü. Evin büyük demir menteşeli, demir tokmaklı ahşap kapısının önünde durdu. Gözlerini kapattı. Derin bir nefes aldı. Eli bir türlü kapının tokmağına gitmiyor, gidemiyordu sanki. Bütün vücudu uyuşmuş gibiydi. Bir türlü gözlerini açası gelmiyordu. Birden Osman dayısının sesini duyar gibi oldu:

"Hayat dediğin, deli oğlan, zâhirde ve bâtında birbiri ardınca açılıp duran kapılardan ibarettir. Hepsinin de sahibi ve açanı Hak Te'âlâ'dır, celle celâluhu. Zâhirî kapıların anahtarlarını kendin arar bulursun ömrün boyunca. Gücünün yettiğini, azmini ve gayretini seferber ve dahi katık edip kendin açarsın. Kimi küçük bir odaya çıkarır seni, kimi uzun bir sofaya, kimi alabildiğine geniş, ferah bir avluya. Hayat köşkünün mekânlarıdır bunlar. Kimine fazla büyük gelir, kimine iyice dar. Kimi kapı da vardır ki, deli oğlan, onu açınca karşına bir köprü çıkar. Bu köprü hayat yolunun üzerindeki sayısız ve de çoğu dipsiz uçurumu, bi iznillâh, aşmaya yarar. Kimi bu kapıyı açınca pek bir korkar. Hem de öyle korkar ki, onu açtığı gibi hemen kapatır. Kimi de nimet, ikram bilir bulduğu köprüyü, Yaradan'a, celle celâluh, sığınıp üzerinden geçer. Ömrü, azmi, gayreti ve dahi cesareti nisbetinde nasîbine doğru yürür. Sen o tayfadan olmaya bak, deli oğlan, bizim gibilere öylesi yakışır. Bâtın kapılara gelince... Onların anahtarları aramakla bulunmaz asla. Zirâ o anahtarlar münhasıran Zât-ı Kibriyâ'nın, celle celâluhu, Yed-i Kudretindedir. Ancak O, celle celâluhu, dilediğine açar o kapıları, ikrâm ve ihsanda bulunur Kendi Katından. Ve yine ancak O, celle celâluhu, dilemedikçe asla açılmaz, açılamaz o kapılar. Bazan da açtığı gibi kapatır onları, kul liyâkat kesbetmeyince. Bâtın kapılarının açılmasına liyâkat ise, iyi bilesin ve aklından hiç çıkarmayasın ki deli oğlan, o makama erme niyaz ve talebinden değil - hâşâ - Hak Te'âlâ'ya, celle celâluhu, kulluk makamının haddini her nefes alıp verişinde alabildiğine bilmek ve gözetmekten geçer ancak. Bu da maddî ve manevî varlığının her zerresiyle, gözün başka hiçbir şey görmemecesine, aklın başka hiçbir şey bilmemecesine, gönlün başka hiçbir şey çekmemecesine, pâk ve kavî, diri ve müteyakkız bir şuurla teslîm olmaktır O Rabbu'l-'Alemîn'e, celle celâluhu!"

Birden omuzuna usulca dokunulduğunu hissetti Bilâl. Gayrihihtiyârî irkildi. Dönüp arkasına bakınca Dr. Neumann ile gözgöze geldi.

"*Sorry...*" dedi Dr. Neumann şaşkınlık içinde, Bilâl'in gözlerinden yaşlar akan solgun yüzünü görünce, "Afferdersiniz... *Emis tapao...* Biz gidiyoruz... *Are you O.K.?* - İyi misiniz?"

Bilâl kendini toparlayıp gülümsemeye çalıştı.

"*O.K.... O.K...*" dedi sonra, "*Efharisto poli* - Çok teşekkür ederim!"

"*Parakalo...* - Bir şey değil..."

Dr. Neumann şapkasını çıkartıp elini Bilâl'e uzattı.

Tokalaştılar.

"*Kalispera...* - İyi günler!"
"*Esas kalispera...* - Size de iyi günler..." dedi Bilâl.

Dr. Neumann arkasını dönüp hızlı adımlarla taraçadan indi, çoktan arabaya binmiş olan arabacının yanına oturdu.

"*Hoo!*" diye bağırdı arabacı.

Bilâl tozu dumana katarak hızla uzaklaşan araba gözden kayboluncaya kadar arkasından baktı.

Sonra yavaşca olduğu yere, kapının eşiğine çöktü; öylece kaldı.

***

Bembeyaz bulut öbeklerinin bezediği ve pırıl pırıl güneşli, mavi gökyüzünde, kocaman bir kartal daireler çiziyordu.

New York, 1990

"... ve böylece bundan tam yüzotuzdört yıl önce, Üsküdar'ın Şemsipaşa semtinde beklenmedik bir şiddetle patlayan kader fırtınası, önüne katıp sürüklediği büyükdedemiz İmam Bilâl'i 1856 yılının Ağustos ayı sonlarında, uzun ve bereketli ömrünün geri kalan yıllarını, bir daha hiç ayrılmamacasına geçireceği evin önüne bırakıverdi."

Birden derin bir sessizlik hakim oldu Prof. Dr. 'Abdulhakîm Osman'ın New York'taki mütevazı dairesinin oturma odasına.

Odada bulunan herkes, Dr. Sevde Freeman, Dr. Hatice Rawlinson, Fâtımâ Forrester, 'Abdullatîf Forrester, 'Aişa Forrester ve Dr. Muhammed 'Abdulbâkî Osman, çok ama çok ötelere, bambaşka bir âleme dalıp gitmiş gibiydiler sanki.

Bir süre öylece oturdular.

"İnanılacak gibi değil!" dedi Dr. Sevde Freeman nihayet kendi kendine konuşurcasına, "Müthiş!"

'Abdullatîf Forrester başıyla Dr. Sevde Freeman'ı tasdik etti.

Tekrar uzun bir sessizlik çöktü odaya.

"Özür dilerim, bir şey sormak istiyorum..." diye sessizliği bozdu Dr. Hatice Rawlinson.

"Estağfirullah... Buyrun!" dedi Prof. Dr. 'Abdulhakîm Osman.

"Büyükdedenizden 'İmam Bilâl' diye söz ettiniz son olarak..."
"Evet..."
"Neden?"
"Önce, her yetişkin Müslüman erkek, belli düzeyde, yani cemaate namaz kıldırıp, sırası geldiğinde va'z verip, hutbe irâd edecek yeterli dinî bilgiye sahipse eğer, bu sıfatı taşımaya hak kazanır da ondan... Sonra da, büyükdedemiz hayattayken ve Hak Te'âlâ'ya, celle celâluhu, yürüdükten sonra da, kendisini tanıyan, tanımayan herkes tarafından öyle bilinir, öyle anılırdı da ondan."
"Ne mutlu size!"
"Ne mutlu ona ve onu tanımış olan herkese!"
"Anlattıklarınız gerçekten de müthişti ama... Hepimizin merak ettiği esas meseleyi, yani İmam Bilâl'in soyundan gelenlerin neden zenci olduğunu açıklamadınız hâlâ 'Abdulhakîm amca!" diye söze karıştı Dr. Sevde Freeman.
"Haklısın kızım..." dedi Prof. Dr. 'Abdulhakîm Osman, "Büyükdedemizin buraya geliş hikâyesi her zaman o kadar etkileyici, o kadar çarpıcı gelmiştir ki bana, bazan hiç farkına varmadan kaptırıveriyorum kendimi işte... Kusura bakma!"
"Ne kusuru canım!" diye atıldı 'Abdullatîf Forrester, "Kusura bakan kim! Çok iyi oldu İmam Bilâl'in hikâyesini anlatman. Özellikle de benim açımdan! Çünkü hakkında bir zamanlar bulunduğum bir su-i zanndan dolayı, senden helâllik isteme fırsatı verdi bana!"
Herkes birden şaşırdı.
"Aman kardeşim," dedi Prof. Dr. 'Abdulhakîm Osman, "Herhangi bir şekilde hakkım geçmişse sana, Hak Te'âlâ, celle celâluhu, şahittir ki, ganî ganî helâl ettim çoktan!"
"Harika!" dedi Dr. Sevde Freeman, "Sizlere de bu yakışır zaten! Ama... Şu su-i zan meselesini... Yani, İmam Bilâl'in hikâyesiyle ilgili tarafını, pek bir merak ettim doğrusu 'Abdullatîf amca... Yoksa... Sen de mi önce..."

Kendi kendine güldü 'Abdullatîf Forrester.

"Vallahi aynen öyle!"

"Nasıl yani?" dedi 'Aişa Forrester, "Anlamadım... Kendi aranızda şifreli konuşmayı bıraksanız da, biz de bir şekilde muttali olsak konuya olmaz mı?"

"Şifreli konuşmuyoruz kızım..." diye cevap verdi 'Abdullatîf Forrester, "O kadar akıl bende ne gezer! Hem sizden gizlemeye kalkacak neyimiz olabilir ki! Gönül bağının kuvvetli olduğu yerde, fazla söze gerek kalmaz... Hepsi bu. Öyle değil mi Sevde kızım?"

"Aynen öyle! Seninle aramıza hiç kimse giremez 'Abdullatîf amca... Hatta Fâtıma teyzem bile!"

Tatlı tatlı gülümsedi Fâtıma Forrester ve Dr. Sevde Freeman'ın yanağını okşadı.

Dr. Sevde Freeman, Fâtıma Forrester'in eline bir öpücük kondurdu.

"Kızmıyorsun değil mi Fâtıma teyze? Sizden başka şımaracak kimsem yok..."

"O nasıl söz öyle kızım! Üstelik şımarıklık falan da değil, aynıyla hakikat!"

"Harika! Hak Te'âlâ, celle celâluhu, muhabbetinizi arttırsın! Ama ben birazdan çatlayacağım meraktan!" diye söze karıştı Dr. Hatice Rawlinson.

"Bundan çok uzun yıllar önce..." diye anlatmaya başladı 'Abdullatîf Forrester, "Çocukluğumuzda, 'Abdulhakîm amcanız bir kere daha anlatmıştı bana İmam Bilâl'in hikâyesini... Hatırlıyor musun, 'Abdulhakîm?"

"Hatırlamaz olur muyum hiç! Bir Ramazan gecesi, sizin evde sahuru beklerken..."

"Pes doğrusu, ne hafıza! Evet. Bana, 'Sana çok özel bir sır vereceğim!' demişti ve, bu kadar tafsilatlı olmamakla birlikte, İmam Bilâl'in hikâyesini anlatmıştı. Açıkçası pek inandırıcı gelmemişti anlattıkları bana o zaman. 'Abdulhakîm'in asla yalan söylemediğini, hiçbir zaman da söylemeyeceğini çok iyi biliyordum. Bu yüzden de bir hayli kafam karışmıştı. Ama o kadar büyük bir heyecan ve samimiyet içinde anlatmıştı ki İmam Bilâl'in hikâyesini, içimden 'Yalan olmasa da, masal niyetine kafasından uyduruyor besbelli!' diye geçirdiğim halde, yüzlememiştim onu. Zaten bir daha da hiç açmadı bu konuyu. Ben de zaman içinde unuttum - fazla ciddiye almadığım için herhalde. Hakkını helâl et kardeşim!"

"Dedim ya, çoktan helâl ettim gitti bile!"

"Harika! Aranızdaki helâlleşme faslı da bittiğine göre, artık asıl meseleye gelebiliriz!" dedi Dr. Sevde Freeman.

"Evet, lûtfen!" diye katıldı Dr. Hatice Rawlinson heyecanla.

"Pekâlâ... O halde sıkı durun!"

Derin bir nefes aldı Prof. Dr. 'Abdulhakîm Osman.

"Büyükdedemiz *Fairville*'deki çiftliğe yerleşeli bir yıl kadar olmuştu... Önce evi yaşanır, diğer binaları kullanılır hale getirmiş, sonra da yavaş yavaş, hayatını kimseye muhtaç olmadan sürdürebilmek için gerekli düzeni kurmaya başlamıştı. Tabii bu arada yaptığı en önemli şey, Onnik efendinin verdiği kitabın yardımıyla İngilizceyi en azından derdini rahatlıkla anlatıp, söyleneni, konuşulanı anlayabilecek kadar öğrenmek olmuştu. İlk zamanlarda Dr. Neumann hemen hemen her hafta çiftliğe gelip, hem kasabadan tedarik edilmesi gereken ihtiyaçlar konusunda büyükdedemize yardımcı oluyor, hem de İngilizcesini ilerletebilmesi için onu bir çeşit imtihana tabi tutuyor, özellikle telaffuz hatalarını düzeltip, konuşma pratiği kazanmasını sağlıyordu. Bir süre sonra büyükdedemiz kasabaya kendi başına gidip gelmeye başladı. Sabah namazından sonra yola çıkıyor, bir-birbuçuk saatlik sıkı bir yürüyüşten sonra kasabaya varıyor, alış-verişini yapıp tekrar, ama bu defa kiraladığı bir arabayla evine dönüyordu. Bir ay içinde çiftlik gerçekten de çiftliğe benzemeye başlamıştı. Büyükdedemizin artık tavukları, bir ineği, küçük bir sebze bahçesi, hatta birkaç meyve ağacı bile vardı. Bu arada *Boston*'dan, Onnik efendiden bir de mektup almıştı. Onnik efendi mektubunda orada çok mutlu olduklarını, Anuş hanımın artık nerdeyse tamamen eski sıhhatine kavuştuğunu, oğulları Vartan'ın yakında çok zengin bir ailenin kızı olan müstakbel gelinleriyle dünya evine gireceğini, Vartuhi'nin piyano dersleri vermeye başladığını ve ailece onu çok ama çok özlediklerini, uzun uzun anlatıyordu. Büyükdedemiz de cevaben yazdığı mektupta, *Fairville*'deki çiftlik ve oradaki hayatı hakkında kısaca bilgi verdikten sonra, Onnik efendiden, eğer bir şekilde Hacı Tayyar Reis ile irtibat kurabilme imkânları olursa, ona anacığının ve Râbia'sının hasretiyle yanmakta olduğunu, durumlarını, akıbetlerini pek merak ettiğini anlatmasını ve orada durumlar müsait olduğu takdirde, bir an evvel memleketine, evine, sevdiklerine kavuşabilmeyi heyecanla beklediğini mutlaka hatırlatmasını ısrarla rica etti. Ama aradan aylar geçmesine rağmen Onnik efendiden ne bir mektup, ne de başka herhangi bir haber alabildi. Gerçi çiftlikteki hayatı güvenli, sessiz, rahat ve düzenliydi ama büyükdedemiz, insan hayatında hiç kuşku yok ki en önemli şey olan iç huzurundan yoksundu. Yalnızlık değildi onu gece gündüz için için kemiren, yıpratan... Hayır, tam tersine, yalnızlık hiç duymuyordu. Elinden, dilinden, zihninden ve kalbinden hiç eksik etmediği mubârek Kur'ân, her vesileyle ve giderek daha da yoğunlaşan bir huşû içinde, bol bol kıldığı nafile namazları sayesinde pekişen ve güçlenen kulluk şuuru, onun durumunda olan nice insanı perişan edip, derin bir umutsuzluğa sürükleyebilecek yalnızlık hissini, tamamen unutturmuş, âdeta silmiş, yok etmişti. Ama hasret ve endişe bir türlü yakasını bırakmıyor, bitevi yüreğini dağlıyor, onu hemen hemen her gece, kan ter içinde, nefes nefese ve bütün vücudu titreyerek uyandığı kapkara kâbuslarla boğuşturarak, yorgun ve bitkin düşürüyordu. Ve her sabah, kuşluk namazını edâ ettikten sonra, Osman hocaefendinin nasihatını diline pelesenk, kulağına küpe ederek başlıyordu yeni güne: 'Hak Te'âlâ, celle celâluhu, ancak sevdiğini zora koşarmış, deli oğlan, bunu sakın unutma! Zoru, belâyı nimet bil, hamd ü senâda bulun, asla ye'se kapılma!'"

Fairville, 1857

Kavurucu yaz sıcaklarının yeni yeni bastırmaya başladığı günlerdi. Bilâl kuşluk namazından sonra kasabaya inmiş, mûtâdı üzere önce Dr. Neumann'ı ziyaret edip, hal hatır sormuş, Salomon Fisher'in *General Store*'undan ihtiyaçlarını temin etmiş, sonra da, hem ödünç aldığı kitapları iade etmek, hem de öğretmen Kathleen O'Brannagan hanımın kendisi için hazırladığı yeni kitapları ve ders notlarını almak üzere okula uğramıştı. Oradaki sohbet uzayınca da çiftiliğe her zamankinden daha geç, hava artık kararmaya başladığında dönmüş ve namazlarını edâ ettikten sonra, erkenden yatmıştı.

Birden, tavukların huzursuz bir şekilde gıdaklamaya başlamalarıyla uyandı. Yatağının içinde doğrulup kulak kabarttı. "Hayırdır inşaallah," diye mırıldandı kendine. Daha önce hiç böyle bir şey gelmemişti başına. "Herhalde bir sansar ya da gelincik gelmiştir, kendince nasibini almaya!". Oysa kasabadan dönüşlerinde kiraladığı arabanın sahibi ihtiyar Hiram Palmer'le birlikte inşa ettikleri ve küçük bir ahşap eve benzeyen kümes, yerden yaklaşık iki karış yüksekte, taş ayakların üzerinde duruyordu. "Tarla fareleri, sansar, gelincik gibi hırsızlar içeri girip tavuklara zarar vermesin diye! Ama iki ayaklı hırsızlara karşı bir işe yaramaz! Onlar yalnıza çeliğin dilinden anlar!" demişti ihtiyar Hiram Palmer, belindeki kocaman tabancaya işaret ederek.

Gayriihtiyârî ürperdi Bilâl, ihtiyarın sözlerini hatırlayınca. "İnşaallah sansar ya da gelinciktir yalnızca... Kümese giremese de korkutmuştur bizim gariban tavukları!" diye geçirdi içinden. Sonra kararlı bir hareketle yerinden doğrulup, şerif Connor'un tavsiyesi üzerine hep başucunda bulundurduğu tüfeğini aldı ve dışarı çıktı. Tavuklar hâlâ susmamışlardı. Yerden irice bir taş alıp, kümese doğru fırlattı. Niyeti sansar ya da gelinciği, artık her neyse tavukları rahatsız eden, korkutup kaçırmaktı. Ama hiçbir hareket olmadı. Bir taş daha attı sonra. Yine hiçbir hareket göremeyince iyice meraklandı ve temkinli bir tavırda, usulca kümese doğru yürüdü. Biraz yaklaşınca, kümesin altında kalan boşlukta yere uzanmış bir karaltı gördü. Birden sırtından aşağı soğuk bir terin boşandığını hissetti Bilâl. Derin bir nefes alıp tüfeğini doğrulttu.

"Kim var orada?"

"Ateş etmeyin, *massa*[*]! Ateş etmeyin lûtfen!" diye inledi hıçkırıklara boğulmuş kısık bir ses.

Bilâl birden irkildi.

"Subhânallah!"

Hıçkırıklar içinde aman dileyen bir hırsız!

"Gaflete düşmüş bir muhtaç besbelli!" diye geçti içinden. Yüreği burkuldu. Yavaşça tüfeğini indirdi ve eğilip kümesin altına baktı.

Karaltı, ellerini başının arkasına kenetlemiş, yüzükoyun yatıyordu.

"Tamam!" dedi Bilâl, "Ateş yok! Çık oradan!"

Karaltı kısa bir tereddütten sonra ağır ağır başını kaldırdı.

Ve Bilâl solgun ayışığında, bir zencinin kan, gözyaşı ve toprağa bulanmış, korkuyla bakan yüzünü gördü. Şaşırdı.

"Subhânallah!"

---

[*] "*massa*" Zencilerin konuştuğu lehçede ve yalnızca onlar tarafından "efendi" ya da "sahip" anlamında kullanılan İngilizce "*master*" kelimesinin bozulmuş halidir.

Sonra gayriihtiyârî elini uzattı.
"Gel," dedi, "Korkma!"
Zenci hiç kıpırdamadı. Gözlerini Bilâl'in hâlâ bir elinde tuttuğu tüfeğe dikmişti dehşet içinde.
Bilâl usulca tüfeğini yere bıraktı.
"Ateş yok!" dedi, "Korkma! Gel buraya!"
Zenci sürünerek yavaş yavaş kümesin altından çıktı ve Bilâl'in ayaklarının dibine yatıp, yüzünü yere gömdü.
Bütün vücudu tir tir titriyordu.
Bilâl temkinli bir hareketle elini uzatıp, usulca başına dokundu zencinin.
Zenci bir anda yıldırım çarpmışçasına irkildi. Bütün vücudu korkuyla kasılarak olduğu yerde büzüldü.
Ne yapacağına, ne yapması gerektiğine bir türlü karar veremiyordu Bilâl.
"Korkma... korkma..." diye mırıldandı çaresizlik içinde.
Buralarda zencilerin çiftliklerde köle olarak çalıştırıldıklarını biliyordu. Hatta birkaç tanesini *Fairville*'e indiğinde, efendileri için yük taşır, araba sürerken görmüştü ama...
"Besbelli ait olduğu evden ya da çiftlikten kaçmış..." diye düşündü.
Sonra birden, bundan aylar önce, şerif Connor'un hapishane olarak kullandığı demir parmaklıklı izbeyi gösterirken, tıpkı bu zavallı gibi yerde kıvrılmış vaziyette paçavralar içinde yatan, elleri ve ayakları zincire vurulmuş genç bir zenciye işaret ederek:
"Yarın sabah erkenden asacağız bu namussuzu!" deyişini hatırladı, "Efendisinin yanından kaçarak ona ihanet eden kölenin cezası ölümdür burada! Başka türlü adam olmaz bu alçaklar! Olacakları da yok ya zaten! Yakalanınca hemen asılacaklarını çok iyi bildikleri halde, hâlâ daha bir fırsatını bulur bulmaz, hemen kaçarlar!"
Ürperdi Bilâl.

O gün de dehşetle ürpermişti.

Hele şerif Connor'un yüzündeki o hep neşeli ifadenin, zavallı adamı asmaktan söz ederken bile değişmediğini görünce!

"Yakalandığı zaman hemen asılacağını bile bile kaçmayı göze aldığına göre bir insan, kim bilir nasıl bir zulüm altında yaşıyor, nasıl bir eziyet çekiyor olmalı!" diye düşünmüştü o gün. Sonra da Osman dayısının mazlum bir köleyi âzâd etmenin ne kadar büyük bir sevap ve daha da önemlisi İslâm'ın gereği, faziletli mü'minin 'alâmet-i fârikası' olduğunu, mubârek Kur'ân'dan ve Sünnet-i Rasûlullâh'tan deliller getirerek, uzun uzun anlattığını hatırlamıştı birden.

"Bu adam..." diye sormuştu sonra şerif Connor'a, yerde yatan zenciyi göstererek, "Birini mi öldürdü?"

"Bir o eksikti!" diye gürlemişti şerif Connor gülerek.

"Peki, hırsız mı?"

"Her köle hırsızdır, Mr. Bilâl! Hiç bir şey çalmasa bile efendisinden, yakaladığı ilk fırsatta kendi özgürlüğünü çalar... tıpkı bu alçak gibi!"

"Özgürlük... Çalınır mı?"

Koskoca bir kahkaha patlatmıştı şerif Connor.

"Satın alınabildiğine göre, çalınabilir de demektir! Köle, efendisinin malıdır, canıyla, etiyle, kemiğiyle... her şeyiyle! Bir köle kaçarsa, kendi kendini çalmış olur efendisinden; hırsızdır yani. Üstelik, efendisi kendisine baktığı, yani en başta canı olmak üzere, herşeyini ona borçlu olduğu için, haindir de aynı zamanda! Hırsızlığın ve ihanetin cezası ise, en hafifinden ölümdür, Mr. Bilâl... Hem siz merak etmeyin, bir an evvel asılarak ölmeyi, daha beterine seve seve tercih eder bu rezil köpekler! Kim bilir, belki de bu yüzden habire kaçıyorlar! Hem bir an evvel mezara postu serip rahat etmek, hem de böylece efendilerine zarar vermek için!"

O gün Bilâl, Şerif Connor'un söylediklerini anlayabilmekten çok, içine sindirebilmekte bir hayli zorlanmıştı.

"Para vereyim..." demişti sonra, "Adam... benim olsun!"
Birden şaşırmıştı şerif Connor.
"Anlamadım?"
"Para... para vereyim... Adam... adam benim olsun!"
"Para mı? Yani bu alçağı satın mı almak istiyorsunuz?"
"Evet... Satın almak... Satın almak istiyorum!"
Bir an duraksamıştı şerif Connor - kulaklarına inanamıyormuş gibi bir hali vardı.
"Satın almak, ha?"
"Evet. Satın almak!"
Ve müthiş bir kahkaha patlatmıştı şerif Connor, Bilâl'in yüzüne.
"Demek onu satın almak istiyorsunuz, ha! Siz akıllı bir adamsınız Mr. Bilâl, akıllı ve düzgün bir insan! Böyle bir şey isteyeceğinizi asla düşünemem! Kusura bakmayın ama, delilik bu! Kaçmış bir köleyi kimse satın almak istemez... Hele asılarak idama mahkûm olmuş bir köleyi! Hem onu satın alsanız bile, bu alçak yarın size de ihanet edecektir mutlaka! Yoo, yoo, delilik bu! Kaldı ki, efendisi onun bir an evvel, hem de herkesin, özellikle de diğer kölelerin gözünün önünde asılmasında ısrar ediyor; ibret olsun diye! Biraz da gözdağı vermek için tabii, lâf aramızda!"
"Ama ben..."
"Sıkmayın canınızı, Mr. Bilâl ve kendinizi fazla üzmeyin! Buralarda olağan şeylerdir bunlar... Yakında siz de alışırsınız, eminim. Yine de sizi anlıyorum... Ama siz bu köleleri tanımazsınız, Mr. Bilâl... Doğru dürüst insan bile sayılmaz onlar! Renklerine bir baksanıza: kapkara! Çirkinler de üstelik: burunları yassı, dudakları sosis gibi... Hele kokuları... Öyle pis ki, dayanılmaz! Tanrı'nın onları böylesine iğrenç bir şekilde yaratmasının, hiç kuşkunuz olmasın ki, haklı bir sebebi vardır mutlaka! Hatta bazıları der ki, 'Zencilere iyi davranmak, onları böyle yaratmış olmakla kendilerine hiç de iyi davranmamış olan Tanrı'nın isteğine karşı gelmek olur!'. Hiç birimiz Tanrı'nın isteklerine karşı gelmek istemeyiz, öyle değil mi?"

Bilâl'in yüreği daralmaya, içi bulanmaya başlamıştı. Çünkü, dili yeterince dönüp, cevap verebilecek durumda olsaydı bile şerif Connor'un bu tüyler ürpertici sözlerine, o anda hiçbir şey elde edemeyeceğini, hiçbir şeyi değiştiremeyeceğini hissetmişti.

Şerif Connor'un, Bilâl'in sıkıntılı bir tavır içinde başını önüne eğip sustuğunu görünce söylediği sözler ise, Bilâl için bardağı taşıran son damla olmuştu:

"Ama dediğim gibi... Sizi anlıyorum... İsterseniz yarın sabah bu kara köpeğin asılışını seyretmeye gelmeyebilirsiniz! Emin olun, burada herkes bunu anlayışla karşılayacak ve asla gücenmeyecektir size!"

Ve o gün Bilâl, ille de gerekmediği sürece, bir daha şerif Connor'u ziyaret etmemeye karar vermişti.

Şimdi...

Bilâl toprağın üzerine kıvrılmış, için için inleyen ve tir tir titreyen zavallı zenciye acıyarak baktı.

Sonra kararlı bir hareketle yere eğilip onu kucağına aldı:

"Yâ Allah, bismillâh!"

Aynı anda müthiş bir şaşkınlıkla sarsıldı Bilâl; öylesine sarsıldı ki az daha kucağına aldığı zenciyi yere düşürüyordu! Çünkü... Çünkü kollarının arasında yarı baygın vaziyette yatan, en fazla onsekiz yaşlarında bir kızdı!

"Aman Yâ Rabbî!" diye bağırdı kendini tutamayarak, "Aman Yâ Rabbî! Aman Yâ Rabbî!!!"

Gözlerine inanamıyordu Bilâl! Olduğu yerde donup kalmıştı. Gayriihtiyârî gözlerini kapatıp derin bir nefes aldı.

"Ne yapacağım ben şimdi..." diye geçirdi içinden.

Zihni bir anda allak bullak olmuştu.

Yavaşça gözlerini açtı, kendisine yardım edecek birini ararcasına etrafına baktı.

"Çaren yok, deli oğlan!" diye mırıldandı sonra kendi kendine, "Garibi ortalıkta bırakıp kurda kuşa yem edecek değilsin ya! Bu da imtihanının bir parçası besbelli... Çaren yok, katlanacaksın!"

Sonra kararlı bir hareketle zenci kızı eve taşıdı; kendi döşeğine usulca yatırdı. Tekrar dışarı çıkıp, yere bıraktığı tüfeğini aldı; son bir defa daha etrafına baktı, pür dikkat kulak kabarttı. Kümes halkının sesi çoktan kesilmişti. Uzaklarda bir yerde bir çakal uzun uzun uludu. Bir kirpi ayın soluk ışığında salına salına yürüyerek taraçanın altına girdi.

Derin bir nefes aldı Bilâl.

Döndü, eve girip kapının sürgüsünü çekti.

Bir süre karanlıkta oturarak zihnini toparlamaya çalıştı.

Kaçak bir zenci köle... Üstelik de genç bir kız... Yakalandığı takdirde sorgusuz sualsiz asılarak idam edilecek bir zavallı... Bunu bile bile, yarın ya da öbürgün, birileri onu alıp götürmek üzere dayandığı zaman kapısına, ne yapacaktı? "Buyrun, ne haliniz varsa görün!" deyip teslim mi edecekti cellâda, kendisine sığınmış bir garibi? Peki, ya bir suç işlemişse? Hırsızlık yapmış, birini yaralamış, ya da - Allah muhafaza! - öldürmüşse? Yine de koruyup barındıracak mıydı onu yanında, üstelik de kendisinden sığınma talebinde bulunmadığı halde?

Birden Şemsipaşa'daki kayıkhanede başına gelenler canlandı Bilâl'in gözlerinin önünde... Şevket Paşa'nın, üzerine saldığı adamlardan birini öldürmüştü durup dururken - hem de hiç istemeden! Öbürünün akıbetini ise bilmiyordu. Evet, başta Şevket Paşa olmak üzere, birçok insanın nezdinde bir katildi Bilâl şimdi. Hem de söz kesilmiş bir kızı kaçırmaya kalkışırken cinayet işlemiş bir katil! Ve Hacı Tayyar Reis... Hiç sorgusuz sualsiz almıştı onu teknesine... Sonra Yorgo Vassilidis... "O, herkesin, özellikle de başı ciddî bir şekilde belâya girmiş olan, yani kimsenin öyle kolay kolay yardım etmeyeceği, yardım etmekten çekineceği kimselerin yardımına koşar. Hem de hiçbir şekilde ayırım yapmadan, soru sormadan, itham etmeden ve yüksünmeden!" demişti Gaetano Dragonetti onun hakkında, "Ve Allah şahittir, suçlu bilinip de Yorgo Vassilidis'in yanına sığınanlardan hiç birinin, ne ona, ne de başka birine, bir daha herhangi bir şekilde zarar verdiklerini, ne gördüm, ne de işittim! Bilakis, daha önce verdikleri zararları, işledikleri suçu bir şekilde tazmin ve telâfi edebilmek için ellerinden gelen her şeyi yapanlarına, hatta ömürleri boyunca, zarar verdikleri insana bir köle gibi hizmet edenlerine, para gönderenlerine bile şahit oldum!"

"Onlar, kuşkuya düşüp hakkımda, yardım etmeselerdi bana, halim nice olurdu şimdi?" diye geçirdi içinden Bilâl, "En azından vefâ borcum var onlara... Ve şimdi bu borcu ödemenin tam zamanı!"

Sonra derin bir nefes alıp kararlı bir hareketle yerinden doğruldu; gaz lambasını yaktı ve döşeğinin serili olduğu küçük odaya usulca girdi.

Gaz lambasınının titrek sarı ışığında, kendinden geçmiş, hafif hafif inleyerek yatan davetsiz misafirinin yüzüne dikkatle baktı. Besbelli pek hoyrat bir şekilde dibinden kırkılmış saçlarının arasından görünen kafa derisinde yol yol kanlı izler vardı. Sol gözü şişmiş, morarmış, alt dudağı patlamıştı. Elmacık kemiklerinin üzerinde de şişlikler vardı. Kulakları ve burnu şaşılacak kadar küçük ve muntazamdı. Biraz daha dikkatle bakınca sağ yanağını nerdeyse tamamen kaplayan eski bir yanık izi gördü Bilâl. Yüreği sızladı. Sıskacık vücudunu yarım yamalak saran ve eski bir erzak çuvalından yapılmışa benzeyen, yer yer yırtılmış, paralanmış elbisesi, toz-toprak içinde ve kan lekeleriyle kaplıydı. İncecik bacakları ve tabanları da kanlı çizikler, yarıklarla doluydu.

"Aman Yâ Rabbî!" diye inledi Bilâl, gözlerinden yaşlar süzülerek, "Hangi zalim bu hale koymuş seni!"

Sonra usulca üzerini örttü zenci kızın ve odadan çıktı.

Abdest alıp iki rekât namaz kıldı.
Duvardaki raftan Mushâf-ı Şerîf'i alıp rastgele açtı.
"E'ûzubillâhimineşşeytânirracîm... Bismillâhirrahmânirrahîm..."
Karşısına çıkan mubârek Duhâ suresinin ilk âyetlerini okumaya başlayınca, kalbinin derinliklerinden yükselen büyük bir ürpertiyle sarsıldı:
"Yemîn olsun aydınlık sabaha, kuşluk vaktine... Ve sukûna erdiği zaman, geceye... Rabbin seni ne terketti, unuttu, ne de darıldı... Âhiret senin için evvelkinden, yaşamakta olduğun dünyadan daha hayırlı olacak... Ve zamanı geldiğinde Rabbin sana, kalbinden geçeni bağışlayacak ve seni hoşnûd kılacak... O seni yetim olarak bulup bir sığınak, barınak vermedi mi? Ve yolunu kaybetmiş, habersiz görüp seni, doğru yola ulaştırmadı mı? İhtiyaç içinde bulup seni tatmin, zengin etmedi mi? Öyleyse yetime asla haksızlık yapma, yardım isteyeni asla geri çevirme, azarlama ve Rabbinin nimetlerini an-anlat!"

"Azîmsin, Kerîmsin, Raûfsun Yâ İlâhe'l-'Âlemîn!" diye mırıldandı gözyaşları içinde Bilâl, "Garip ve âciz kullarının düştükleri çaresizlikleri en iyi bilensin! Habîrsin, Hâdîsin, rahmetinle kuşat bizi!"

Sonra o çok sevdiği *"Yâ Hayy, Yâ Kayyûm, lâ İlâhe illâ ente!"* zikrine daldı sükûna erdirmek için kalbini.

***

Aradan belki bir saat, belki de daha fazla geçmişti ki, birden küçük odadan yükselen ince bir feryatla kendine geldi Bilâl. Ok gibi fırlayıp oturduğu yerden, odaya daldı.

Zenci kız, Bilâl'in kendisini yatırdığı döşekten kalkmış, odanın bir köşesine büzülmüş, korku dolu gözlerle etrafına bakıyordu. Bilâl'i kapının ağzında, elinde gaz lambasıyla görünce, kısa bir çığlık daha attı ve iki eliyle sımsıkı kavradığı örtünün altına saklanmaya çalıştı.

"Korkma..." dedi Bilâl yavaşca, "Korkma... Dostum ben!"
Zenci kız örtünün altında tir tir titriyordu.
"Korkma..." dedi tekrar Bilâl, "Ben... Dostum... Bak, silâh yok! Ateş yok! Dostum ben!"
Zenci kız hiç tepki vermedi.
Derin bir sessizlik çöktü odaya.

Ne yapması, ne söylemesi gerektiğini bir türlü bilememenin sıkıntısı içinde yere oturdu Bilâl; başını öne eğip öyle kaldı. Beklemekten başka çaresi yoktu besbelli.

Bir süre sonra üzerinde bir bakış hissetti. Usulca başını kaldırıp bakınca, zenci kızın örtünün altından tedirgin bakışlarla kendisini süzmekte olduğunu gördü. Göz göze geldiler. Gayriihtiyârî gülümsedi Bilâl.

"Su..." dedi, "İçer misin?"

Zenci kız gözlerini Bilâl'in gözlerinden ayırmadan belli belirsiz başını salladı "Evet" mânâsında.

"Güzel..." dedi Bilâl. Sonra zenci kızı tedirgin etmemeye özen göstererek yavaşça yerinden doğruldu ve su getirmek üzere büyük odaya geçti.

Mümkün olduğu kadar ağır ve sessiz hareket etmeye çalışıyordu Bilâl.

"Bir, ürküp korktuğu, bir de kızıp öfkelendiği zaman hayvana döner insan, kızanım, bunu bir kalem yazıver kulağının ardına..." demişti bir gün Hacıbey Sungur yorucu bir idmanın sonrasında, "Hiçbir fark kalmaz aralarında! Ha, bir de ana kısmısı, insanın da hayvanın da, eş olur, başedilmez canavar kesilir birden, yavrusunu tehlikede gördüğü, bildiği zaman! Demem o ki, kızanım, tıpkı insan ile hayvan gibi korku ile öfke de benzeşir biribiriyle: ikisi de aynı lisandan anlar! Bu lisan da sessizlik, sükûnet ve rüzgârsız havada daldan kopup, nazlı nazlı yere süzülen yaprak misali, usul usul, ağır ağır hareket etmektir! Bunu hiç aklından çıkartma! Günü gelir, duâ edersin bana!"

"HİKÂYE-İ BİLÂL"

Tekrar küçük odaya dönünce, zenci kızın yeniden olduğu yerde büzüldüğünü gördü Bilâl. Beraberinde getirdiği toprak testiden, bardak niyetine kullanmayı pek sevdiği toprak çanağa su doldurdu. Sonra çanağı ve testiyi usulca yere koyup, zenci kızın rahatlıkla uzanıp alabileceği mesafeye kadar eliyle itti ve ağır ağır geri çekilerek kapının eşiğinde yere oturdu.

Bilâl'in bütün hareketlerini korku dolu bakışlarla ama büyük bir dikkatle takip eden zenci kız, bir süre hiç kıpırdamadan bekledi.

Sonra gözlerini Bilâl'den ayırmadan çanağa uzandı, yavaşça kendine doğru çekip, dudaklarına götürdü ve yine gözlerini Bilâl'den ayırmaksızın, büyük yudumlarla, kana kana içti.

Bilâl tatlı tatlı gülümsedi.

"Daha istersen... İçebilirsin..." dedi.

Zenci kız bir an duraksadı. Sonra avını yakalayan bir kedi gibi âni ve çevik bir hamleyle testiyi kapıp başına dikti.

Bilâl'in gözleri zenci kızın patlamış alt dudağının kenarından boyununa, elbise niyetine üzerine geçirmiş olduğu erzak çuvalından bozma paçavraya ve altına gizlenmye çalıştığı örtünün üzerine dökülen suya takıldı. Yüreği sızladı; gözleri doldu.

Zenci kız testiyi yere bıraktı; nefes nefese kalmıştı.

Bilâl gülümsemeye çalıştı.

"Aç mısın?" diye sordu.

Zenci kız bu defa "Hayır!" mânasında salladı başını. Sonra titreyen eliyle su testisine işaret etti.

"Pekâlâ..." dedi Bilâl. Ama testiyi almak üzere yavaşça uzanınca, zenci kız tekrar korku içinde büzüldü köşesine. Bilâl duraksadı. Zenci kıza bakıp gülümsedi.

"Korkma... Zarar vermem sana... Su... İstiyor musun?"

Zenci kız kısa bir tereddütten sonra "Evet..." mânasında salladı başını.

Bilâl bu defa özel bir itina göstermeden, bir hamlede aldı testiyi ve hiç arkasına bakmadan odadan çıktı.

Zenci kız ikinci testi suyu kuraklıktan çıkmışçasına içerken, Bilâl büyükçe bir tahta kovayı suyla doldurdu. Sonra kovayı, teneke bir maşrapa, yayvan bir toprak kap, Yorgo Vassilidis'in adadan ayrılırken yanına verdiği eşyalardan bir havlu, bir parça sabun ve uzun beyaz fistanla birlikte küçük odaya, döşeğinin hemen yanına bıraktı.

"Temizlen..." dedi bu defa şaşkın bakışlarla kendisini süzen zenci kıza, eliyle yüzünü işaret ederek, "Bunu da giy..."

Yavaşça odadan çıktı ve kapıyı örttü; sabah namazına hazırlanmak üzere taraçaya yöneldi.

***

Güneşin ilk ışıkları ortalığı aydınlatmaya başlayınca tekrar evden içeri girdi Bilâl. Odanın kapısını usulca aralayıp baktı. Zenci kız temizlenip paklanmış, fistanı üzerine giymiş, döşeğin üzerine küçük bir bebek gibi kıvrılmış derin derin uyuyordu.

***

... ve o gün öğle saatlerinde, Bilâl tüfeğinin bakımını yapmakla meşgulken, yedi atlı tozu dumana katarak çiftlik arazisine girdi: şerif Connor, yardımcısı Phil MacKenzie, Sam ve Josh Everett kardeşler, babaları Joseph Everett ve Bilâl'in kasabadan yüzlerine âşinâ olduğu ama tanımadığı iki adam.

"Alikum salaam, Mr. Bilâl!" diye gürledi şerif Connor atından inmeden.

"'Aleykum selâm..." diye cevap verdi Bilâl yerinden doğrularak, "Hoş geldiniz..."

"Everett'lerin çiftliğinden dün gece kaçan bir köleyi arıyoruz..." dedi şerif Connor, "Zenci bir kız... Sabahtan beri bakmadığımız yer kalmadı... Bir türlü bulamadık o namussuz kara şeytanı... Aslında fazla uzağa gitmiş de olamaz. Siz buralarda öyle birini gördünüz mü?"

"HİKÂYE-İ BİLÂL"

Bilâl birden midesinin kasıldığını ve sırtından aşağı soğuk bir ter boşandığını hissetti. Korktuğu başına gelmişti işte, hem de beklediğinden çabuk. Elleri gayriihtiyârî tüfeğine kenetlendi Bilâl'in. Gerginliğini bastırmaya çalışarak:

"Gördüm..." dedi.

"Nerde?" diye atıldı birden Josh Everett heyecan ve öfke içinde, "Nereye gitti? Çabuk söyle!"

Bilâl gözlerini Josh Everett'in çakmak çakmak bakan, kan çanağına dönmüş gözlerine dikti. Sonra hepsinin yüzüne tek tek baktı. "Tıpkı, nihayet köşeye kıstırmayı başardıkları avlarına saldırmaya hazırlanan vahşi hayvanlara benziyorlar..." diye geçti içinden. Gerginliğinin yerini, şimdi dalga dalga yükselen derin bir sükûnetin almaya başladığını farketti Bilâl. Şaşırdı. Lütf-u İlâhî ne de çabuk tecelli ediyordu! Kendi kendine gülümsedi.

"Ne susuyorsun be adam!" diye haykırdı Josh Everett, "Söylesene nereye gitti o lânet olasıca kara şeytan?"

Bilâl tekrar yüzüne baktı Josh Everett'in.

"Gitmedi..." dedi sonra sakin bir tavırda, "Burada."

Birden ürkütücü bir sessizlik çöktü ortalığa.

Kendini ilk toparlayan Sam Everett oldu. Önce uykudan uyanmaya çalışırcasına silkindi, sonra gözlerini kısarak Bilâl'e baktı.

"Ne dedin sen..." dedi hırıltılı bir sesle, "Ne, ne?"

"O... Burada" diye cevap verdi Bilâl aynı sakin tavırda.

"Şaka ediyorsunuz herhalde!" diye gürledi şerif Connor, gülümsemeye çalışarak, "Şaka yapmanın sırası değil şimdi...Lûtfen söyleyin, nerde o?"

"Şaka değil... O burada..."

"Vay namussuz!" diye parladı Josh Everett birden öfkeyle ve atından inmeye davrandı.

Şerif Connor sert ve kararlı bir hareketle durdurdu onu. Sonra Bilâl'e yöneldi.

"O halde... Lûtfen hemen teslim edin bize onu..."

Bilâl başını önüne eğdi.

"Ne oluyor! Ne bekliyor bu adam!" diye homurdandı bu defa Joseph Everett sinirli sinirli.

Bilâl yavaşça başını kaldırıp şerif Connor'a baktı.

"Olmaz..." dedi sonra sükûnetini bozmadan, "O... artık benim... Benim... Kadınım..."

Bir anda donup kaldı herkes.

"Nasıl yani?" diye hırıldadı Josh Everett.

"O..." diye tekrar etti Bilâl, "Benim kadınım."

Josh Everett çaresiz ve şaşkın bir tavırda yanındakilere baktı. Kulaklarına inanamıyormuş gibi bir hali vardı.

"Ne diyor bu adam!"

"Gerçekten, ne söylediğinizin farkında mısınız siz?" diye üsteledi şerif Connor.

"Evet." dedi Bilâl. "O benim kadınım!"

Josh Everett artık kendini daha fazla tutamayarak patladı.

"Alçak herif! O benim kölem! Sen kim oluyorsun da..."

"Kendine gel Josh!" diye gürleyerek araya girdi şerif Connor. "Sen de oğluna sahip ol Joseph!"

Sonra Bilâl'e yöneldi. Yüzü gergin, kaşları çatıktı.

"Bakın," dedi sakin olmaya çalışarak, "Mr. Bilâl... Bu yaptığınız hiç de doğru bir şey değil! O zenci kız Josh Everett'e ait bir köle... Kölelerinden biri... Onun malı yani... Anlatabiliyor muyum? Onu hemen iade etmezseniz, hırsızlık yapmış olursunuz! Ağır bir suçtur hırsızlık..., biliyorsunuz. Siz akıllı, iyi ve dürüst bir insansınız, Mr. Bilâl... Hırsızlık yapmış olmak istemezsiniz, öyle değil mi?"

"Avuç dolusu para saydım ben o kara köpeğe!" diye bağırdı Josh Everett, "Ve sen onu çaldın, paramı çaldın benden! Pis yabancı!"

Bütün vücudunu birden ateş bastığını hissetti Bilâl.
Bir an için gözlerini kapatıp derin bir nefes aldı.
"Sakın, sakın ha, deli oğlan..." diye geçirdi içinden, "Sakın kendini kaybetme! Aman! Yüzdün yüzdün, kuyruğuna geldin... Sık dişini; bir çuval inciri berbat etme!"
Sonra şerife yöneldi.
"Ben... Hırsız değilim şerif! Hırsızlık... yapmam asla!"
"Güzel! Harika! O halde anlaştık demektir! Değil mi beyler?"
Adamlar kendi aralarında kısa bir bakışmadan sonra hep birlikte Bilâl'e döndüler.
Bilâl bir defa daha hepsinin tek tek yüzüne baktı.
"Pekâlâ..." dedi alçak sesle kendi kendine konuşurcasına.
Sonra kararlı bir hareketle arkasını dönüp evden içeri girdi ve kapıyı sürgüledi.

***

"Heeey! Ne oluyor! Herif kapıyı içeriden sürgüledi!" diye haykırdı Josh Everett, "Kandırdı bizi alçak! Senin yüzünden şerif! Hep senin yüzünden! Fazla yüz verdin bu yabancıya! Sen..."
"Kapa çeneni! Sana söylüyorum Joe, sustur şu sarhoş oğlunu yoksa..."
"Yoksa, ne? Ne yapacaksın şerif, söylesene! Oğlum haklı! Köleyi teslim edecekse bize, niye kapıyı arkasından sürgüledi, adı her neyse, o yabancı? Ha? Haydi söyle, niye?"
"Kasabanın şerifiyle konuşuyorsunuz beyler! Kendinize gelin!"
"Sen sus, karışma!"
"Kendine gel, bunak! Şerif yardımcısıyla konuşuyorsun!"
"Başlatma şimdi şerif yardımcılığına..."
"Yeter be! Kesin artık! Siz burada salaklar gibi kavga ederken herif arka kapıdan tüyecek!"
"Sam doğru söylüyor!"
"Haydi, kapıyı kıralım!"
"Haydi!"

Tam o sırada evin kapısı açıldı ve Bilâl taraçaya çıktı.

Yorgo Vassilidis'in verdiği hurçtan çıkan Yemen işi hançeri takmıştı beline ve kemerine abanoz kabzalı, kocaman bir tabanca sokmuştu. Tüfeğini sağ elinde, beli hizasında tutuyordu. Parmağı tetikteydi. Sol elinde ise küçük bir deri kese vardı.

Adamların şaşkın bakışları arasında ağır ağır indi taraçanın üç basamağını; Josh Everett'in yanına gidip durdu.

Herkes sanki nefesini tutmuş, ne olacağını bekliyordu.

Bilâl gözlerini Josh Everett'in kan çanağına dönmüş gözlerine dikti.

Josh Everett kaşlarını çattı.

"Nerde o?" diye kükredi burnundan soluyarak.

Bilâl gözlerini Josh Everett'in gözlerinden ayırmadan, yavaşça deri keseyi uzattı ona.

"Burada..." dedi kısık bir sesle.

Josh Everett şaşırdı. Önce kardeşine, sonra babasına, sonra da şerif Connor'a baktı.

"Al!" dedi Bilâl, "Haydi!"

Josh Everett kısa bir tereddütten sonra deri keseyi Bilâl'in elinden kaparcasına aldı. Tekrar yanındakilere baktı.

"Say!" dedi Bilâl yüzünde sakin ama sert, neredeyse korkutucu bir ifadeyle.

Josh Everett deri keseyi açıp içindekileri avcuna boşalttı.

"Vay canına!" diye bağırdı kendini tutamayarak.

Avcunda öğlen güneşinde pırıl pırıl parlayan beş Napolyon altını vardı.

"Al... Altın bu!" diye kekeledi şaşkınlık içinde.

Diğerleri de en az Josh Everett kadar şaşırmışlardı. Gözlerini altın paralardan ayıramıyorlardı.

"Say!" dedi Bilâl tekrar.

Josh Everett, aldığı emri yerine getirircesine, altınları saydı.

"Beş... Beş..." Altın paralardan birini evirip çevirerek üzerindekileri okumaya çalıştı.

"Napolyon..." dedi Bilâl buz gibi bir sesle, "Beş Napolyon... Yeter mi?"

Kendini ilk toparlayan şerif Connor oldu.

"Yani şimdi siz..." dedi şaşkınlığını gemlemeye çalışarak.

Bilâl, gözlerini Josh Everett'den ayırmadan ağır ağır, kelimeleri tek tek vurgulayarak:

"Ben... hırsız... değilim. " dedi. "Parasını... ödedim... O... o... artık... benim. Benim... kadınım!"

Şerif Connor, gözünü bir türlü avcunda tuttuğu altınlardan ayıramayan Josh Everett'e yöneldi.

"Evet, Josh, ne diyorsun?"

Josh Everett kararsız bir tavırda babasına ve kardeşine baktı.

"Ne bakıyorsun, salak herif!" diye parladı babası Joseph Everett, "Kadidi çıkmış, ciğeri beş para etmez kara bir köpek için beş altın veriyor sana bu sersem!"

"Ben... yalnızca..." diye kekeledi Josh Everett.

"Babam haklı... Bence adam fikrini değiştirmeden parayı alıp bir an önce gidelim buradan!" diye atıldı kardeşi.

Sonra şerif Connor'a döndü.

"Tamam şerif," dedi, "anlaştık!"

"Sana da ne oluyor!" diye birden kardeşine bağırdı Josh Everett, "Köle benim kölem!"

Şerif Connor daha fazla dayanamadı.

"Saçmalamayın! Delirdiniz mi siz? Oyun oynamıyoruz burada... Ne karar vereceksiniz verin de artık evlerimize gidelim!"

Josh Everett bir kere daha avucundaki altınlara baktı. Sonra Bilâl'e döndü.

"Köle senindir..." dedi tükürürcesine, "Ama..."

"Köle değil o artık... Benim kadınım!" diye sözünü kesti Bilâl, Josh Everett'in. "Paranı aldın. Şimdi git."

Josh Everett birden delirdi.

"Sen kim oluyorsun da, kovuyorsun bizi!" diye haykırdı ağzından köpükler saçarak, "Para verdin diye ne sanıyorsun kendini! Biz..."

Bilâl dişlerini sıktı.

"Yeter! Kes artık! Burası onun arazisi ve köle de artık onun kölesi..." dedi şerif Connor, Josh Everett'e. "Haydi bakalım, gidiyoruz! İyi günler Mr. Bilâl..."

Sonra kararlı bir hareketle atının başını çevirip dörtnala kaldırdı. Diğerleri de hiçbir şey söylemeden onu takip ettiler.

Tozu dumana katarak uzaklaşıp gözden kayboluncaya kadar arkalarından baktı Bilâl.

Derin bir iç huzuruyla birlikte, ağır bir yorgunluğun üzerine çöktüğünü hissetti birden. Sükûnetini muhafaza edebilmek için öylesine sıkmıştı ki besbelli kendini, bütün adaleleri sızlıyordu. Ağzı kupkuru kesilmişti. Kuyunun başına gitti. Bir kova su çekip elini, yüzünü yıkadı. Durduğu yerden eve baktı.

"Hiç," dedi kendi kendine, "aklına gelir miydi, başına gelen, deli oğlan!"

Gülmek geldi içinden.

Şaşırdı.

Sonra ağır ağır eve doğru yürüdü.

***

Küçük odada zenci kız bir köşeye büzülmüş, tir tir titriyordu.

Bilâl'i kapının ağzında görünce birden, ellerini yüzüne kapattı.

"Korkma..." dedi Bilâl usulca, "Gittiler... Özgürsün artık!"

Zenci kız, Bilâl'in sözlerini işitmemiş gibiydi. Hiç tepki vermedi.

Bir kere daha çaresiz hissetti Bilâl kendini, ağır zulmün ve çekilen büyük acıların insanı içine düşürdüğü bu tarifi mümkün olmayan, dehşet verici perişanlık karşısında. İçi ürperdi, yüreği burkuldu. Teskin ve teselli edecek birşeyler söylemek geldi içinden.

Ama söyleyecek bir tek söz bile bulamadı. Uzun uzun baktı zenci kıza. Evet, susmaktan başka çare yoktu.

"Belki de en iyisi onu kendi haline bırakmak..." diye düşündü. Tam tekrar dışarı çıkmak için arkasını dönmüştü ki, birden zenci kızın kısık sesiyle irkildi:

"Özgür?"

Durdu. Yavaşça dönüp baktı. Zenci kız ellerini yüzünden indirmiş, belli belirsiz bir şaşkınlık içinde Bilâl'e bakıyordu.

Gülümsemeye çalıştı Bilâl.

"Evet..." dedi sonra usulca, "Özgürsün artık..."

Tekrar ellerini yüzüne kapattı zenci kız.

Bilâl kapının eşiğine diz çöktü, sessizce beklemeye başladı.

Zenci kız ellerini yüzünden indirmeksizin parmaklarının arasından Bilâl'e baktı.

"Ben..." dedi, "Gerçekten... özgür müyüm artık?"

"Evet!" dedi Bilâl, "Gerçekten!"

"Tamamen mi?"

"Tamamen!"

Zenci kız yavaşça ellerini indirdi. Uzun uzun ve dikkatle Bilâl'e baktı.

Sonra boğuk ve tedirgin bir sesle:

"*Massa* Everett?" diye sordu.

"*Massa* Everett yok artık!" dedi Bilâl, "Gitti! Yok!"

"*Massa* Everett yok..." diye tekrarladı zenci kız uykuda sayıklarcasına, "*Massa* Everett yok... Winnie özgür!"

"Evet..." dedi Bilâl sesi titreyerek, "Winnie... Winnie özgür!"

Winnie yavaş yavaş oturduğu yere uzandı, dizlerini karnına doğru çekti, başını eğdi, kollarını sanki kendi kendini kucaklarmışçasına kavuşturdu ve bu haliyle daha da küçük gözüken zayıf vücudu ince hıçkırıklarla sarsıla sarsıla "Winnie özgür! Winnie özgür!" diye sayıklayarak ağlamaya başladı.

Daha fazla dayanamadı Bilâl. Başını önüne eğdi. Ve ateş gibi yanan gözlerinden süzülen yaşların ıslattığı kupkuru kesilmiş dudaklarından, mubârek İnşirah suresinin âyetleri kendiliğinden dökülüvermeye başladı:

"E'ûzubillâhimineşşeytânirracîm... Bismillâhirrahmânirrahîm... Biz göğsünü, kalbini açıp ferahlatmadık mı?... Ve üzerinden yükü kaldırmadık mı?...O belini büken ağır yükü?... Şerefini ve itibarını yükseltmedik mi?... Şüphesiz her güçlükle birlikte bir kolaylık vardır: muhakkak, her güçlükle bir kolaylık!... O halde kurtulduğun zaman sağlam dur, yine kalk yorul... ve ancak Rabbine rağbet et, O'na sevgiyle yönel, O'nu arzula, hep O'na doğrul!"

***

Tam iki gün boyunca, bütün işini-gücünü bırakıp, yavrusuna bakan titiz ve şefkatli bir ana gibi ilgilendi Bilâl, zenci kız Winnie ile. Süt, bal, ekmek, sebze ve meyve ezmesiyle besledi; Yorgo Vassilidis'in verdiği otları ve kökleri, yine onun tarifleri doğrultusunda kullanarak, yaralarını-berelerini tedavi etmeye başladı. Winnie, ömrü boyuca yaşadığı acıları, yorgunluğu ve sıkıntıları nihayet telafi etmek istercesine, günün büyük bir kısmını, hatta neredeyse tamamını, derin bir uyku halinde geçiriyordu. Bilâl ise gündüzleri hem Winnie'nin bakımı, hem de evin genel işleriyle uğraşıyor; geceleri ise, mevsim ve hava şartları müsait olduğu için, taraçadaki direklerin arasına astığı, eski bir Kızılderili kiliminden bozma hamakta, tüfeği koynunda, tabancası ve hançeri belinde, kulağı kirişte, yarı uyku-yarı nöbet halinde yatıyordu. Ve tam iki gün boyunca, Winnie ile Bilâl, çok zaruri bir iki kelimenin dışında, hemen hemen hiçbir şey konuşmadılar.

***

Üçüncü günün sabahı, çiftliğe iki ziyaretçi geldi: *Fairville* kasabasının yegâne öğretmeni Kathleen O'Brannagan hanım ile Dr. Hilmar Neumann.

"Davetsiz misafir kabul ediyor musunuz, Mr. Bilâl?" diye sordu Dr. Neumann gülerek, kendi sürdüğü tek at koşulmuş şık ve zarif arabasından inmeden.

"Tabii!" diye cevap verdi Bilâl neşeyle, "Evim misafirin her türlüsüne her zaman açık! Buyrun, hoş geldiniz!"

"Doğrusu kasabadan bu kadar uzakta, bu kadar güzel bir çiflik olduğunu bilmiyordum!" dedi Kathleen O'Brannagan, Dr. Neumann'ın yardımıyla arabadan inerken.

Taraçaya buyur etti Bilâl misafirlerini.

"Süt mü ikram edeyim size, yoksa çay mı?" diye sordu.

"Ben," dedi Dr.Neumann, "Mümkünse sütlü çay içeyim..."

"Ben de süt içeyim lütfen! Sütü pek severim... Ne yazık ki buralarda kimse misafirine süt ikram etmiyor!" dedi Kathleen O'Brannagan.

***

"Kasaba," diye söze başladı Dr. Neumann sütlü çayından bir yudum aldıktan sonra, "günlerdir yeni misafiriniz hakkında dedikodularla çalkalanıyor! Biz de açıkçası, dostlarınız olarak, buraya işin aslını sizin ağzınızdan dinlemek için geldik..."

Bilâl birden şaşırdı.

"Siz gerçek bir kahramansınız Mr. Bilâl!" diye heyecanla söze girdi Kathleen O'Brannagan, "Zavallı bir köleyi o zalim insanların elinden kurtardınız! Tebrik ederim!"

"Ben... yalnızca..." diye kekeledi Bilâl.

Dr. Neumann yüzünde endişeli bir ifadeyle devam etti:

"Ve yine anlatılanlara göre o köle kız için 'Benim kadınım...' demişsiniz! Doğru mu?"

"Evet... Bu doğru... ama..."

"Demek o köleniz filan değil, eşiniz!" diye coşkuyla atıldı Kathleen O'Brannagan, "İşte bu harika! Gerçekten müthişsiniz Mr. Bilâl! Gerçekten müthiş!"

Bilâl büsbütün şaşırdı.

"Bakın... ben... aslında..."

Sıkıntıyla iç geçirdi Dr. Neumann.

"Bence..." dedi sonra, "büyük bir hata yapmışsınız böyle davranmakla! Hem de çok büyük bir hata! Bunu size, sizi seven biri, bir dostunuz olarak söylüyorum, inanın bana!"

"Neden, Dr. Neumann?" dedi Kathleen O'Brannagan kaşlarını çatarak, "Sizce bir köleyle evlenilemez mi?"

"Benim ne düşündüğüm önemli değil!" dedi Dr. Neumann, "Önemli olan kasabadakilerin ne düşündükleri ve özellikle de buraya yeni yerleşmiş biri olarak, Mr. Bilâl'in durumu!"

"Ben yine de *sizin* bu konuda ne düşündüğünüzü öğrenmek istiyorum!" diye ısrar etti Kathleen O'Brannagan.

Dr. Neumann bu sözleri hiç duymamışçasına Bilâl'e yönelerek konuşmaya devam etti.

"Bakın," dedi, "o sıradan bir köle, bir zenci! Burada hemen herkesin, özellikle de çiflik sahiplerinin köleleri var. Ve burada hiç kimse durup dururken özgür bırakmaz bir köleyi - hele sahibine ihanet edip yanından kaçmışsa!"

Bilâl kendini tutamadı.

"Ama... Dövmüşler onu! Canını yakmışlar çok fena!"

"Sizi anlıyorum... Ama olur böyle şeyler! Her köle bazan biraz sertçe okşanmayı hakkeder! Kim bilir ne suç işlemiştir!"

"Teessüf ederim, Dr. Neumann!" diye atıldı birden Kathleen O'Brannagan. Yanakları al al olmuştu kızgınlıktan. "Bir insanın dövülmesine nasıl olur da 'biraz sertçe okşanmak' diyebilirsiniz! Ne utanç verici, ne aşağılayıcı bir ifade bu! Gerçekten de hiç yakıştıramadım size!"

"Özür dilerim... Öylesine ağzımdan kaçıverdi birden..."

"Bu daha da kötü! Çok daha kötü! Beni büyük bir hayal kırıklığına uğrattınız!"

"Tekrar özür dilerim..." dedi Dr. Neumann, bastırmaya çalıştığı belli belirsiz bir öfkeyle. "Biz yine esas meselemize dönelim... O köle kızı özgürlüğüne kavuşturmakla düzenin kurallarını çiğnediniz, Mr. Bilâl - hele bir de onun kadınınız olduğunu beyan etmekle, yalnızca kuralları değil, insanların zihinleri dahil, herşeyi ama herşeyi alt-üst ettiniz! Ve bu, hem sizin için, hem de *Fairville*'liler için hiç de iyi olmadı!"

"Ama... ben para verdim!" dedi Bilâl, "Satın aldım Winnie'yi!"

"Doğru! Tam beş Napolyon altınına! Çılgınlık bu, Mr. Bilâl! Kelimenin tam mânâsıyla çılgınlık! O kadar parayla en az iki çiftlik daha alabilirdiniz burada! Üstelik de sığırları, tavukları ve köleleriyle birlikte! Ama siz... bu serveti hiç bir işe yaramayacak kadar sıska, çelimsiz, üstelik de suçlu bir köle için ödediniz! Köle tacirleri bunu bir duyarsa, ki mutlaka bir şekilde duyacaklardır, ne olur biliyor musunuz? Öyle bir yükseltirler ki fiyatları, en sıradan bir köleyi bile satın alamaz hale gelirsiniz! Bunun sonucu olarak da önce bütün işler durur, sonra içten içe kaynayan bir isyan başlar, değerlerinin her nedense birden arttığını öğrenen köleler arasında! Ve sonra... sonra onlarcasını, hatta belki de yüzlercesini asmak, öldürmek zorunda kalırız kölelerimizin - sırf sizin, durup dururken sıradan bir köle kızın haline acıyıp da, onu avuç dolusu para vererek, sözümona 'özgürlüğüne kavuşturmak' gibi bir aptallık sergilemiş olmanız yüzünden!"

"Siz... Siz ne kadar iğrenç bir insanmışsınız Dr. Neumann!" diye haykırarak hışımla ayağa kalktı Kathleen O'Brannagan birden. "İğrenç ve aşağılık! Saygıdeğer Dr. Hilmar Neumann'ın gerçek yüzü buymuş demek! Sizin gibi bir insanla değil dost olmak, aynı masada oturmak bile tiksinti veriyor bana! Tanrım, nasıl da farkına varamamışım böylesine karanlık ve kirli bir ruha sahip olduğunuzun bunca zaman! Utanıyorum kendimden, Tanrım, hem de çok utanıyorum!"

Kathleen O'Brannagan, gözünden süzülen bir damla yaşı elinin tersiyle sildi, sonra kararlı bir hareketle Bilâl'e dönerek:

"İçeri girmeme müsade eder misiniz?" dedi, "Daha fazla duymak istemiyorum artık bu adamın söyleyeceklerini!"

"Tabii..." dedi Bilâl şaşkınlık içinde, "Tabii... Buyrun... Rahatınıza bakın..."

"Teşekkür ederim!"

***

"İşte bu yüzden kadınları hiç sevmem..." dedi Dr. Neumann, Kathleen O'Brannagan evden içeri girdikten sonra ve sanki hiç bir şey olmamışçasına gülümsemeye çalışarak "Hemen hislerine mağlup oluyorlar ve saçmalamaya başlıyorlar! Gitmesi iyi oldu... Erkek erkeğe daha iyi anlaşabiliriz, öyle değil mi?"

O güne kadar hiç görmediği bu davranış ve konuşma şekli karşısında iyice kafası karışmıştı Bilâl'in. İçi bulandı. Söyleyecek söz bulamadı bir türlü. Sustu.

"Bakın Mr. Bilâl, siz en iyisi bir an evvel o köle kızı kasabaya getirip şerif Connor'a teslim edin..."

"Yoo, hayır! Öldürürler onu!" diye atıldı Bilâl dehşet içinde.

"Biliyorum, biliyorum... Onun asılmasını istemiyorsunuz... Sizi çok iyi anlıyorum, emin olun... Ama yasalarımızın gereği hak ettiği ceza bu! Ben yine de, sırf sizi gerçekten sevdiğim ve asla üzmek, huzursuz etmek istemediğim için, bütün nüfuzumu kullanarak, hiç olmazsa idam edilmemesini sağlamaya çalışacağım... Söz veriyorum, bütün kalbimle! Elimden ne geliyorsa yapacağım..."

Yüreği şakaklarında, ağzının içinde hızla atmaya başladı Bilâl'in.

"Yoo!" dedi tekrar, "Bu olmaz! Hayır! Vermem onu geri!"

"Lütfen, bana güvenin! Bu yalnızca sizin iyiliğiniz ve...daha da önemlisi, güvenliğiniz için! Üstelik, onu teslim etmeniz halinde, bu köle için ödediğiniz paranın, hepsini olmasa bile, hatırı sayılır bir kısmını geri alabiliriz Josh Everett'ten! Buna ikna edebilirim onu!

Gerçekten! Sizin için çok daha iyi olur. Hem para, hem itibar... İkisi de her zaman ihtiyaç duyulan şeylerdir, öyle değil mi?"

"Winnie..." dedi Bilâl yavaş yavaş sinirlenmeye başlayarak, "benim..."

"Belki bunu da sağlayabilirim size!" diye sözünü kesti Dr. Neumann, "Gerçi bir hayli zor olacak ama... İlle de istiyorsanız, o zenci kızın köleniz olarak kalmasını sağlayabilirim - tabii ancak onu kendi isteğinizle ve bütün kasaba halkının gözlerinin önünde, şerif Connor'un koyduğu kurallara uygun bir şekilde, samimiyetle ve adamakıllı cezalandırmayı kabul etmeniz halinde! Evet, bu mümkün olabilir!"

Bilâl kulaklarının uğuldamaya başladığı hissetti.

Gözlerini kapattı.

"Evet, ne diyorsunuz bu teklifime?"

"Winnie..." dedi Bilâl, bu defa sesini iyice yükselterek, "...köle değil!"

"Anlıyorum... anlıyorum... Onu kadınınız olarak kullanmak isteyebilirsiniz... Bu sizin en tabii hakkınız... Gençsiniz... Ama onun köleniz olarak kalması, en azından böyle bilinmesi, buna mani değil ki! Hem belki de öylesi çok daha iyi... Canınız istediğinde rahatlıkla kurtulabilirsiniz ondan! Bir başkasına satarsınız, kelepir fiyatına, olur biter! Biraz hırpalanmış da olsa, ucuza kapatacağı genç bir köle kızın elinin altında olmasını isteyecek birileri her zaman bulunur; özellikle de yaşı bir hayli ilerlemiş olanlar arasında!"

Bilâl kendini daha fazla tutamayarak birden ayağa kalktı.

Gayriihtiyârî omuzlarını kıstı Dr. Neumann korkudan ve iyice açılmış gözlerle Bilâl'e baktı.

"Hayır!" dedi Bilâl sert bir edâda, "Bu asla olmayacak Dr. Neumann! Winnie özgür ve burası onun evi! Ve ben yaşadığım sürece, kimse, ama hiç kimse bir daha zarar veremeyecek ona!

Buna müsade etmeyeceğim, asla! Şimdi... gidin ve bunu herkese, aynen böyle söyleyin! Winnie özgür ve evinde yaşayacak! *O.K.?*"

Dr. Neumann yutkundu; kendini toparlamaya çalıştı.

"Yani şimdi siz beni... Buradan kovuyor musunuz?"

"Hayır!" dedi Bilâl, "Yalnızca sizden rica ediyorum, gidin ve artık bizi rahat bırakın! Lûtfen!"

"Pekâla!" dedi Dr. Neumann yerinden doğrularak, "Madem öyle istiyorsunuz... gidiyorum. Amacım yalnızca size bir iyilikte bulunmaktı. Ama kabul etmediniz! Buna ileride, kim bilir, belki de pek yakında, çok ama çok pişman olabilirsiniz! Uyarması benden! Değersiz bir köle için herşeyinizi tehlikeye atıyorsunuz - canınız dahil! Bu pek akıllıca bir iş değil... Hele kimseyi doğru dürüst tanımadığınız, hemen herşeyine yabancı olduğunuz bir yerde, tek başına, yapayalnız yaşadığınızı düşünürseniz... Doğrusu sizin yerinizde ve durumunuzda olmayı hiç istemezdim! Hiç!"

"Bundan bu kadar emin olmayın, Dr. Neumann... Bu hayat bir gün hepimiz için sona erecek. Sonra yepyeni bir hayat başlayacak! En azından biz, bunu böyle biliriz... İşte o gün geldiğinde benim ve benim gibilerin durumunda ve yerinde olabilmeyi çok ama çok isteyebilirsiniz! Umarım o gün bunun derin pişmanlığını yaşayanlardan olmazsınız! Hem... ben ve benim gibiler... nerede, ne zaman ve ne halde olursak olalım, öyle sizin zannettiğiniz gibi tek başına ve yapayalnız değiliz! Âlemlerin Rabbi olan Hak Te'âlâ, celle celâluhu, bizimle birlikte, yanımızda ve arkamızda olduğunu bildiriyor mubârek Kur'ân'da... Bunu bilen, buna iman eden hiçbir mü'min, kendini yalnız ve terkedilmiş hissetmez, asla! Canımın tehlikede olmasına gelince... Âlemlerin Rabbi olan Hak Te'âlâ, celle celâluhu, dilemedikçe ve müsade etmedikçe, hiç kimse en küçük zararı bile veremez iman edenlere! Çünkü o *Rahmân* ve *Rahîm*'dir, *Hayy*'dır, *Kayyûm*'dur, *Hafîz*'dir, *Mâliku'l-Mulk*'tür! Âciz ve zor durumda olan bütün sâdık kullarını korur, kayırır, gözetir, yönetir, onlara doğru yolu gösterir... Çünkü O'dur herşeyin ve herkesin yegâne yaratıcısı, tek ve gerçek sahibi! O'na, yalnız O'na kulluk eden biri, hiç kimseden, hiçbir şeyden korkmaz! Asıl siz bunu hiç aklınızdan çıkartmayın Dr. Neumann, hiç aklınızdan çıkartmayın!"

Dr. Neumann donup kalmıştı.

Bir süre öylesine bakakaldı Bilâl'e.

"Siz..." dedi sonra kendi kendine konuşurcasına, "Siz delisiniz! Kesinlikle deli!"

Bilâl cevap vermedi. Nefes nefese kalmıştı.

Dr. Neumann taraçanın basamaklarını hızla inip, arkasına bakmadan arabasına doğru yürüdü. Arabaya binmeden evvel durdu, aklına bir şey gelmişçesine dönüp Bilâl'e baktı.

"Bu arada..." dedi yüzünde alaycı bir ifadeyle, "İngilizceniz bir hayli ilerlemiş ben sizi görmeyeli!"

"Âlemlerin Rabbi Yüce Allah'ın, celle celâluhu, lütuf, kerem ve inâyeti!" diye cevap verdi Bilâl, "Bundan hiç kuşkunuz olmasın!"

"*Hoo! Hoo!*" diye bağırdı Dr.Neumann ve kırbacını şaklattı.

Küçük ve şık araba tozu dumana katarak hızla uzaklaştı.

***

Tam derin bir nefes almaya hazırlanıyordu ki Bilâl, birden Dr. Neumann'ın Kathleen O'Brannagan'ı yanına almayı unuttuğunu farketti. Telâşla eve yöneldi. Taraçaya bakan kapıyı açar açmaz, gördüğü manzara karşısında donakaldı.

Kathleen O'Brannagan yere oturmuş, kucağında ince hıçkırıklarla sarsıla sarsıla yatmakta olan Winnie'nin başını usul usul okşuyordu.

"Ne oldu?" diye sordu Bilâl endişe içinde.

"Winnie..." dedi Kathleen O'Brannagan alçak sesle, "Bütün konuşulanları işitti... Çok korktu! Alçak adam..."

"Dr. Neumann... Gitti..." dedi Bilâl.

"İşittim!" diye cevap verdi Kathleen O'Brannagan.

"Ama siz..."

"Çok iyi oldu! Hiçbir kuvvet beni o adamın arabasına bindiremezdi zaten!"

"Peki, kasabaya nasıl geri döneceksiniz?"

"Yürürüm!"

"Tek başınıza mı? Çünkü ben... Winnie'yi burada... yalnız... yalnız bırakamam... Hele bundan sonra hiç! Yoksa... inanın seve seve gelirdim sizinle!"

"Biliyorum! Bundan hiç kuşkum yok... Winnie'yi tek başına bırakmanızı ben de kat'iyen istemem! Siz beni merak etmeyin! Ne de olsa İrlanda göçmeni bir köylünün kızıyım... Böyle şeyler vız gelir bana! Ne yolun uzunluğu, ne yorgunluk, ne de yolda karşılaşılabilecek herhangi bir tehlike, demir yumruklu-yufka yürekli Patrick O'Brannagan'ın kızı Kathleen O'Brannagan için böyle bir alçakla birlikte yolculuk yapmaktan daha kötü olamaz!"

***

Kathleen O'Brannagan, Winnie tamamen sakinleşip uykuya dalıncaya kadar bekledi. Kâh başını okşadı, sırtını sıvazladı, kâh Bilâl'in o güne kadar hiç işitmediği bir lisanda hüzünlü şarkılar söyledi alçak sesle. Sonra usulca kucaklayıp Winnie'yi, döşeğine yatırdı Bilâl'in yardımıyla.

***

"Artık yola çıksam iyi olur...Kasabaya varmadan karanlığa yakalanmak istemem! Her şey için çok teşekkür ederim, Mr. Bilâl... Özellikle de Winnie için yaptıklarınıza... Müsade ederseniz, hazır okul tatildeyken, sık sık ziyaret etmek isterim onu..."

"Buna ben de pek memnun olurum..." dedi Bilâl. "Winnie'nin sizin gibi bir hanımefendinin yardımına ihtiyacı olabilir! Buraya geliş-gidişlerinizde ihtiyar Hiram Palmer'in arabasını kiralayabilirsiniz... Ücretini ben öderim... Siz Winnie'yi yalnız bırakmayın yeter!"

"Siz gerçekten de olağanüstü bir insansınız..." diye mırıldandı Kathleen O'Brannagan kendi kendine, "Gerçekten de olağanüstü bir insan!"

***

Ondan sonraki bir hafta boyunca, hemen hemen her gün Winnie'yi ziyarete geldi Kathleen O'Brannagan. Hatta bir defasında *Fairville*'de kurmuş olduğu ve başkanlığını yaptığı "Umut ve Işık" adlı kadın derneğinin üyelerinden iki genç kızı da getirdi beraberinde.

"Sakın yanlış anlamayın, Mr. Bilâl... Kızlar Winnie'nin burada bir köle olarak değil, kendi evindeymiş gibi özgür ve rahat yaşadığına bir türlü inanamadılar! Ben de 'Gelin, kendiniz şahit olun!' dedim... Kusura bakmayın..."

***

Winnie, Kathleen O'Brannagan'ın yardımıyla çok kısa zamanda toparlandı. Yaraları iyileşti, hatta kilo bile almaya başladı.

***

Bir gün, Kathleen O'Brannagan, Winnie için özel olarak diktiği elbiseleri getirip ona giydirdiğinde, besbelli çoktan ve neredeyse tamamen unuttuğu bir şeyi yaptı Winnie: güldü. Tatlı tatlı, uzun uzun güldü.

"Keşke Winnie'nin ne kadar güzelleştiğini kendi gözleriyle görebileceği bir boy aynanız olsaydı, Mr. Bilâl... Kim bilir ne kadar şaşırır, sevinir, mutlu olurdu!"

Ve o gün Bilâl, ihtiyar Hiram Palmer'e gizlice para verip, Salomon Fisher'in *General Store*'undan bir boy aynası satın almasını ve çiftliğe getirmesini rica etti.

Winnie artık ev işlerinde de yardım etmeye başlamıştı Bilâl'e. Bilâl dışarıda çalışırken ortalığı temizliyor, erzak dolabında bulduğu malzemelerle Bilâl'in o güne kadar hiç tanımadığı, ama son derece lezzetli yemekler pişiriyordu ona.

Ama bütün bu olumlu ve güzel gelişmelere rağmen, değişmeyen bir tek şey vardı Winnie'de: hiç konuşmuyordu. Öylesine suskundu ki, eğer çiftliğe sığındığı ilk gün, yarım yamalak bir iki cümle konuşmamış olsaydı, neredeyse onun kesinlikle dilsiz olduğu hükmüne varabilirdi Bilâl.

"Kimi zaman insan, kızanım, susma orucu tutmalıdır. Sakın yabana atmayasın ha! Azîm zorlukla karşılaşana, Hak Te'âlâ'nın, celle celâluhu, emridir! Hem kimi hayvanın yattığı kış uykusu gibidir, yeri ve zamanı gelende, yeri ve zamanı gelene kadar adamakıllı susmak... Dinçlik verir, şifa olur adamın hem zihnine, hem bedenine... Sen sen ol, kızanım, senede bir kez olsun, sessizlik ininin kuytusuna çekilmeyi sakın ihmal etme! İrfan dağına çıkmak için lâzım olan azîm kuvvet anca orda toplanır, birikir, sakın unutma!" demişti Hacıbey Sungur, Bilâl'e verdiği son nasihatlerden birinde. Bu yüzden hiç yeltenmemişti Bilâl, Winnie'nin suskunluğunu bozmaya. "Belki de irfan dağına tırmanmaya hazırlanıyordur..." diye geçirmişti içinden, "Kim bilir? Öyle olmasa bile, en azından bildiğim halde hep ihmal ettiğim, ihmal ettiğim için de nicedir unuttuğum bir hikmeti hatırlattı bana!"

Ve bir gece, Bilâl yatsı namazını edâ ettikten sonra gökyüzünü mücevher gibi bezeyen yıldızları derin bir hayranlık ve huzur içinde seyrederken taraçada, sessizce yanına geldi Winnie. Kathleen O'Brannagan'ın çiftliği ikinci kez ziyarete geldiğinde "ev hediyesi" olarak getirdiği ve Bilâl'in pek sevdiği, üzeri çiçekli beyaz porselen fincanlardan birine koyduğu ballı ılık sütü ikram etti Bilâl'e.

"Eyvallah!" dedi Bilâl tatlı sıcak bir gülümsemeyle - *Fairville*'e geldi geleli birilerine Türkçe hitab etmenin alabildiğine tadını çıkartarak, "Hak Te'âlâ, celle celâluhu, râzı olsun!"

Bilâl'in, kendisine bir ikram, yardım ya da hizmette bulunduğu zaman, hiç işitmediği, tanımadığı ama kulağına çok hoş gelen bir lisanda, besbelli çok güzel şeyler söylemesine alışmıştı Winnie.

Sessizce gülümseyerek mukabele etti Bilâl'e ve... o güne kadar hiç yapmadığı bir şeyi yaptı sonra: bir kaç adım geri çekilip, usulca yere diz çöktü.

Çok şaşırdı Bilâl. Ama Winnie'yi ürkütmemek, kalbini kırıp kaçırtmamak için belli etmemeye çalıştı şaşkınlığını. Ballı sütünden bir yudum alıp, tekrar gökyüzünü seyretmeye yöneldi - ama aklı Winnie'deydi.

Bir süre öyle sessizce oturdular.

Derin bir nefes aldığını işitti Bilâl, Winnie'nin. Kalbi hızlı hızlı atmaya başladı.

"Sen..." dedi Winnie sonra fısıldarcasına ve heyecandan titreyen bir sesle, "...herşeyin ve herkesin tek ve gerçek sahibi olan bir efendiden söz etmiştin, o gün *Miss* Kat ile birlikte gelen o kötü adama..."

Birden sırtından aşağı soğuk bir terin boşandığını hissetti Bilâl. Usulca döndü, Winnie'ye baktı.

Winnie başı önüne eğik, ellerini kucağında kavuşturmuş, dizleri üstünde oturuyordu.

"Evet..." dedi Bilâl yavaşça.

Tekrar derin bir nefes aldı Winnie ve başını kaldırmadan devam etti:

"O istemeden, müsade etmeden hiç kimsenin, hiç kimseye, hiç bir zarar veremeyeceği, acı çeken, yoksulların, güçsüzlerin, çaresizlerin ve yapayalnızların hep yanında olan, onları koruyup gözeten, çok büyük ve çok güçlü bir efendiden..."

Nabzı şakaklarını patlatırcasına atmaya başladı Bilâl'in. Ağzı kurudu. Elleri ayakları buz kesti bir anda.

"Evet..." dedi heyecanını bastırmaya çalışarak.

"Gerçekten o kadar iyi, o kadar büyük, o kadar güçlü mü o efendi?"

"Evet... O gerçekten de çok iyi, çok büyük ve çok güçlü bir efendi! Üstelik de en iyi, en büyük, en güçlü!"

"Sen... o efendinin mi kölesisin?"

Birden ürperdi Bilâl.

"Evet..." dedi usulca, "Ben O'nun kölesiyim... Yalnız O'nun... Âciz bir kölesi... Kölelerinden biri yalnızca..."

"Başka kim?"

"Herkes ve herşey! Gördüğün, bildiğin, tanıdığın, işittiğin her kim ve ne varsa! Hatta hiç görmediğin, bilmediğin, tanımadığın ve hiç işitmediklerin bile! Herkes ve herşey O'nun kulu, kölesidir!"

"*Miss* Kat de mi?"

"O da!"

"*Massa* Everett?"

"O da!"

"*Massa* Everett'in babası, kardeşleri... Kâhya Parker?"

"Onlar da!"

"*Miss* Kat'le gelen o kötü adam?"

"O da! Hepsi... Herkes... Herşey!"

Bir an için sustu Winnie.

Bilâl ter içinde kalmıştı.

"Ya ben?" diye sordu sonra Winnie sesi titreyerek, "Ben de mi O'nun kölesiyim... Aslında?"

"Sen de O'nun kölesisin... Elbette!"

"Ama... onlar... onlar beyaz! Beyazlar... köle değildir, asla olmaz! Onlar efendidir! Köle yalnız biziz... derisi kara olanlar... Köle doğar, köle ölürüz!"

Gayriihtiyârî gözlerini kapattı Bilâl. Yüreği acıyla burkuldu.

"Bunu..." dedi, "Onlar mı söyledi... Onlar mı öğretti sana?"

"Evet..." dedi Winnie, "... ve bu gerçek!"

"Yoo! Gerçek bu değil!"

"Ama ben..."

"Gerçek bu ise..." diye sözünü kesti Bilâl Winnie'nin, "O zaman neden O en Yüce Efendinin kölesi olup olmadığımı sordun bana, beyaz olduğum halde?"

Birden başını kaldırıp Bilâl'e baktı Winnie gözlerinde büyük bir şaşkınlıkla. Bir süre öyle bakakaldı.

"Sen..." dedi sonra konuşmakta zorlanarak, "Sen... farklısın! Çok farklı!"

"Ama tıpkı onlar gibi beyazım, öyle değil mi?"

Derin bir sessizlik çöktü taraçaya.

Birşey söylemek istercesine dudakları kıpırdadı Winnie'nin ama konuşamadı. Tekrar başını önüne eğdi. Öyle kaldı.

Bilâl kalbinin tâ derinlerinde büyük bir fırtınanın kopmaya hazırlandığını hissediyordu. İçinden ayağa kalkıp olanca gücüyle Hak ve Hakikati haykırmak geliyordu dalga dalga. Ama yine kalbinin derinliklerinden kopan çok ama çok güçlü bir his, ona sakin kalmasını ve sabırla beklemesini emrediyordu. Nerdeyse nefes bile almaktan çekinerek sustu.

"O halde neden... neden..." diye inledi Winnie acı içinde, "Neden..."

Ellerini yüzüne kapattı.

Bilâl yavaşça dizleri üstünde doğruldu.

"Çünkü onlar..." dedi sesinin titremesini engellemeye çalışarak, "Onlar... O'nun, yalnızca O'nun kulu ve kölesi olduklarını bilmiyorlar... Belki de bilmek, öğrenmek, anlamak ve... ve kabul etmek istemiyorlar bir türlü..."

Ağır ağır ellerini yüzünden indirdi Winne.

"Beyaz... beyaz oldukları için mi?"

Acı acı güldü Bilâl.

"Hayır..." dedi, "... yalnızca istemedikleri için! Ve bir de..."

Derin bir nefes aldı Bilâl.

"Bir de?" diye sordu usulca Winnie.

"Bir de... bunu kabul etmekten hiç hoşlanmadıkları ve de rahatsız oldukları için besbelli!"

"Ama, o çok büyük, çok güçlü ve çok iyi bir efendi demiştin! Böyle bir efendinin kölesi olmayı bir insan neden istemesin ki?"

"Doğru! Bunu ben de hâlâ anlayabilmiş değilim aslında - tıpkı senin gibi! Ama öyle sanıyorum ki birçok insan kendi başına buyruk, yani canı nasıl isterse öyle yaşamayı seviyor! Kendi dahil, herşeyin ve herkesin efendisi olmayı istiyor! Halbuki hepimizi, bütün varlık âlemini yaratan ve bu yüzden de herkesin ve herşeyin yegâne sahibi olan O Yüceler Yücesi'nin kurduğu, büyük, eşsiz ve mükemmel bir düzen var... Şu yıldızlara bir bak... ve aya... ve sabah doğacak olan güneşi düşün! Şu sesini işittiğin, ama kendilerini görmediğin böceklere... sessiz sessiz büyüyen otlara, çiçeklere, ağaçlara bir bak... Hepsi, hepsi o büyük, eşsiz ve mükemmel düzenin bir parçası... Ve hepsi de, bu büyük, eşsiz ve mükemmel düzenin en güzel şekilde işleyebilmesi için, O'nun koyduğu kurallar doğrultusunda üzerlerine düşen görevi eksiksiz, sessiz sedâsız ve itirazsız yerine getiriyorlar! Hiçbir düzen, hatta insanların kurdukları bile, kuralsız-ölçüsüz işlemez, işleyemez! Ve biz, insanlar, siyah, beyaz ve daha ne kadar çeşit varsa bu dünyada, bu büyük, eşsiz ve mükemmel düzenin bir parçasıyız... Dolayısıyla da hepimiz, bütün varlık âlemini yaratan ve bu yüzden de herkesin ve herşeyin yegâne sahibi olan O Yüceler Yücesi'nin koyduğu kurallara, verdiği emirlere, bildirdiği ölçülere uymak zorundayız! Uymazsak bu mükemmel işleyişi bozarız! Tıpkı insanlara ve hayvanlara gölge ya da meyve vermek için göğe doğru büyüme kuralına uyması gereken bir ağacın, bu kuralı sırf canı istemiyor diye çiğneyip, hatta hiçe sayıp toprağın içine doğru büyümeye kalkışması gibi... O zaman hiç kimse istifade edemeyecektir, O Yüceler Yücesi tarafından birçok faydalı hizmet sunmak için yaratılmış olan ağaçtan. Kendi de çıkar artık bir süre sonra bir ağaç olmaktan, zaman içinde kurur, çürür, yok olur gider. İnsan da tıpkı böyledir. - Ağaç, akıl ve irade sahibi olmadığı için hiçbir zaman karşı gelmez, gelemez O Yüceler Yücesi'nin koyduğu büyüme ve gelişme kurallarına; ona verdiğini, yerine göre meyve, gölge, yakacak odun, sığınak-barınak sunma emrine. Ama insan, bütün bu eşsiz ve mükemmel düzeni ve işleyişi, ve kendisinin de onun bir parçası olduğunu görüp kavradığı halde, teşekkür bile etmez O Yüceler Yücesi'ne. O'nun yarattığı eşsiz ve mükemmel düzen içinde insanın da görevini yerine getirebilmesi için koyduğu kural, verdiği emir ve belirlediği ölçülere kulak asmaz! Uymak istemez çoğuna, hatta bazan hiç birine! İsyan eder... Kuralları koyan, ölçüleri belirleyen, emirleri veren yalnız kendi olsun ister - hiçbir şeyin yaratıcısı ve gerçek sahibi olmadığı, asla olamayacağı halde!"

"Ama bütün herşeyin eksiksiz ve mükemmel bir düzen içinde işlemesini sağlayan kuralları koyanın, kendileri için de en mükemmel kuralları koyacağını, en doğru ölçüleri belirleyeceğini ve en faydalı emirleri vereceğini, hiç düşünmez mi bu insanlar? Üstelik de o kadar akıllı oldukları ve O Yücerler Yücesi'nin onları hep koruyacak, gözetecek, asla yalnız bırakmayacak en iyi, en güçlü ve en büyük efendi olduğunu bildikleri halde? Aklı olan, bütün bunları gören, öğrenen, bilen ve anlayan biri seve seve kölesi olur bu efendinin! Ve ondan başka hiç ama hiç kimsenin kölesi olmak istemez asla!"

"Aynen öyle Winnie, aynen öyle! Ben de işte yalnız O Yüceler Yücesi'ne, Âlemlerin Rabbi olan Hak Te'âlâ'ya, celle celâluhu, seve seve kulluk kölelik eden, bunu da elinden geldiği kadar en güzel, en doğru şekilde yapmaya çalışanlardan biriyim işte..."

Derin bir nefes aldı Bilâl. Gözlerini kapadı, başını önüne eğdi.

Yeniden derin bir sessizlik çöktü taraçaya.

"Bütün bunları... kim öğretti sana?" diye sordu Winnie bir süre sonra çekine çekine.

"Önce Annem..." dedi Bilâl kendi kendine konuşurcasına, "... ve sonra onun kardeşi olan Osman dayım, Hak Te'âlâ, celle celâluhu, ebediyyen râzı olsun onlardan..."

"Onlara kim öğretmiş peki?"

"Onlara da anneleri- babaları, öğretmenleri..."

"Ya onlara? Onlara kim öğretmiş? İlk... ilk öğreten kim olmuş, kim bulmuş bütün bu güzel bilgileri?" diye çekine çekine sormaya devam etti Winnie, belli belirsiz bir ısrarla.

Bilâl başını kaldırıp Winnie'ye baktı, tatlı tatlı gülümsedi.

"O herşeyin ve herkesin Yegâne Yaratıcısı, Tek ve Gerçek Sahibi, Âlemlerin Rabbi olan Hak Te'âlâ, celle celâluhu, önce O... O öğretmiş insanlara bunları... Çok büyük ve değerli öğretmenler, peygamberler göndermiş birbiri ardınca bizlere, bütün bu güzel bilgileri öğretmek, anlatmak için... ve sonra bir gün... o çok büyük ve değerli öğretmenlerin en büyüğünü, en güzelini ve en sonuncusunu gönderip tamamlamış, bilmemiz, öğrenmemiz gereken her şeyi, uymamız gereken bütün kuralları, emirleri, ölçüleri ve değerleri... Herkes... Yani biz hepimiz... Ondan işittik ve ondan öğrendik Hak ve Hakikati!"

"Peki o büyük öğretmen... nerede şimdi? Artık özgür olduğuma göre, ben de onun yanına gidip, ondan öğrenmek isterim, O Yüceler Yücesi'ne iyi bir köle olabilmek için uymam gereken kuralları ve emirleri..."

Birden gözyaşlarını tutamadı Bilâl.

"O..." dedi...

... ve hıçkırıklar tıkadı boğazını.

Korku içinde atıldı Winnie dizlerinin üzerine dikilerek.

"Ne oldu? Üzdüm mü seni?"

"Hayır..." dedi Bilâl, ardı arkası gelmeyen gözyaşlarını elinin tersiyle silerek ve gülümsemeye çalıştı, "Üzmedin... Bilakis... Çok ama çok mutlu ettin beni! O öğretmenlerin en büyüğü, en güzeli ve en sonuncusu, en çok bulunmak istediği yerde, Âlemlerin Rabbi olan Hak Te'âlâ'nın, celle celâluhu, yanında şimdi..."

"Yani onun yanına gidip, onu göremeyecek, bütün o güzel bilgilerin hepsini ondan öğrenemeyecek miyim ben?"

"Onun yanına gidip, onu görebilmeyi, inan ben de en az senin kadar çok istiyorum... ve bir gün, doğru dürüst ve iyi bir kulu-kölesi olabilirsem eğer Âlemlerin Rabbi olan Hak Te'âlâ'nın, celle celâluhu, onu görebileceğim belki... Ve kim bilir, belki sen de... bu kadar istediğine göre..."

"Evet! Evet!" diye gözlerinden taşan büyük bir coşkuyla atılarak sözünü kesti Winnie Bilâl'in, "Çok ama çok istiyorum ben de, onu mutlaka görmek ve tanımak... Ama..."

Birden sustu Winnie. İnce bir hüzün perdeledi narin yüzünü. Dizlerinin üzerine çöktü, başını önüne eğdi.

"... o şimdi O Yücelerin Yücesi'nin yanındaysa eğer... o olmadan... O Yüceler Yücesine iyi ve sadık bir köle olmayı nasıl öğrenip de, gideceğim oraya?"

Bilâl tam kendini toparlayıp cevap vermeye hazırlanıyordu ki, Winnie yeniden doğruldu.

"Sen!" diye bağırdı, "Evet! Sen... Bütün o güzel bilgileri bildiğine göre, onları bana öğretebilirsin! Tıpkı... tıpkı annenin sana öğrettiği gibi!"

"Ben... ben..." diye kekeledi Bilâl şaşkınlık içinde.

"Lûtfen! Lûtfen! Ne istersen yaparım, bana öğretmen için..."

Derin bir ürpertiyle sarsıldı Bilâl. Uzun uzun baktı Winnie'nin gözlerinin tâ içine.

"Bunu... gerçekten de bu kadar istiyor musun?" diye sordu sonra usulca.

"Evet! Hem de nasıl! O Yüceler Yücesinin, yalnız O'nun en iyi, en sadık kölelerinden biri olmak benim de hakkım! Öyle değil mi - hele artık gerçekten ve tamamen özgür olduğuma göre!"

"Allahu Ekber!" diye haykırdı Bilâl kendini daha fazla tutamayıp ayağa fırlayarak, "Subhânallah! Elhamdulillah! Ve lâ ilâhe illallah! V'Allahu Ekber ve lâ havle ve lâ kuvvete illâ bi'l-lahi'l- 'Aliyyu'l- 'Azîm!"

Gözlerinden ateş gibi yaşlar fışkırıyor, bütün vücudu hıçkırıklar içinde sarsılıyordu.

Şaşkınlık ve merak dolu bakışlarla takip ediyordu Winnie, Bilâl'i.

Bilâl tekrar dizleri üzerine çöktü. Ellerini açıp mubârek Âyet el-Kürsî'yi defalarca, defalarca, dudakları kuruyuncaya kadar okudu, okudu...

Sonra dönüp Winnie'ye baktı. Gülümsemeye çalıştı.

Winnie derin bir nefes alıp, temkinli bir tavırda sordu:

"Öğretecek misin?"

"Evet..." dedi Bilâl alçak sesle, "Evet... Sana, ne biliyorsam Hak ve Hakikate dair, öğreteceğim, Hak Te'âlâ'nın, celle celâluhu, izni ve yardımıyla... Bildiğim her şeyi!"

"Çok... çok teşekkür ederim..." diye atıldı Winnie büyük bir coşkuyla, "Çok... çok... çok teşekkür ederim!"

Bilâl gözlerini kapattı.

Uzun ve sükûnet dolu bir sessizlik sardı taraçayı.

"Şimdi de..." dedi Bilâl sonra, "Ben... Ben bir şey sormak istiyorum sana..."

"Sor!" dedi Winnie küçücük bir çocuğun neşe dolu heyecanıyla.

"Bütün varlık âleminin Tek Yaratıcısı, Tek ve Gerçek Sahibi olan O Yüceler Yücesinden, daha önce hiç kimse söz etmedi mi sana?"

Winnie bir an için başını önüne eğdi. Hatırlamaya çalışıyor gibi bir hali vardı.

Sonra:

"Annem..." dedi usulca, "Eskiden... Ben çok küçükken... Gökteki Babamız'ı anlatmıştı bana... İsa Mesih'i... 'O bizim kurtarıcımız, tek kurtarıcımız o!' derdi hep... En çok da, onun bizim için büyük ve korkunç acılar çektiğini anlatırdı... Ve ben... Ben hep ağlardım... Sonra Meryem Anamızı anlatırdı... Onun da ne kadar çok acı çektiğini... Sonra... Sonra bir gün aldılar beni annemin yanından... Kâhya Parker...Küçük *Massa* Everett'in odasına götürdü... Çok... Çok kötü..."

Birden ellerini yüzüne kapatıp hıçkıra hıçkıra ağlamaya başladı Winnie.

Dehşet içinde ürperdi Bilâl.

"Tamam..." dedi usulca, "Gerek yok anlatmana..."

Ama Winnie, sanki Bilâl'in sözlerini duymamış gibi devam etti hıçkırıklar arasında:

"Çok kötü şeyler oldu orada... Canımı yaktı benim... ve ben... 'İsa Mesih kurtaracak bizi! Göreceksiniz! Ve Gökteki Babamız... cezalandıracak sizi!' diye bağırdım... O zaman *Massa* Everett... *Massa* Everett birden deliye döndü ve... ve... kemeriyle dövmeye başladı beni..."

"Lânet olsun!" dedi Bilâl gayriihtiyârî dişlerini sıkarak.

Winnie sustu. Sonra başını kaldırıp uzun uzun gökyüzüne baktı. Gözyaşları birden tükenmişti sanki. Sonra bakışları bahçenin karanlığına daldı, gitti ve kendi kendine konuşurcasına anlatmaya devam etti:

"Çok dövdü o gün *Massa* Everett beni... ve bir yandan da 'İsa Mesih şimdi niye kurtarmıyor seni?' diye bağırdı... 'Siz lânet olası kara köpekleri kurtarmaz o! Anladın mı? Hiçbir zaman da kurtarmayacak sizi! Çünkü cehennemin en dibindeki şeytanlar gibi, hatta onlardan da karasınız siz!' Sonra... sonra kâhya Parker 'Sen mi öğretiyorsun bunu ona!' diye annemi... annemi kırbaçla... kırbaçla dövdü. Ve... ve... köleler arasında İsa Mesih'ten, Gökteki Babamız'dan, Meryem Anamızdan söz edilmesini kesinlikle yasakladı... O günden sonra... Annemin... annemin yanından tamamen ayırdılar beni... *Massa* Everett'in evinde... Bir merdiven altına attılar... Bir daha... bir daha hiç göremedim annemi... Hep orada, o merdiven altındaki karanlık ve küçücük odada yaşadım... *Massa* Everett hep... hep... Ve bir gün... bir gün artık dayanamadım... çirkin olayım, korkunç olayım da... beni rahat bıraksın diye... kendi yüzümü... kendi yüzümü yaktım!"

"Aman Yâ Rabbî! Aman Yâ Rabbî!" diye inledi Bilâl.

"Ama... ama... yine de durduramadım onu! Üstelik... üstelik ceza olsun diye... sırtımın derisi yüzülene kadar... kırbaçlattı beni... sonra... her şey yeniden başladı... ve... sonunda... kaçtım! Herşeyi... hatta ölümü bile göze alıp... kaçtım. İşte bütün bildiğim, öğrendiğim bu!"

Ağır ve yoğun bir sessizlik hâkim oldu taraçaya.

"Peki... ya baban?" diye sordu Bilâl yavaşça.

"Onu... hiç tanımadım... görmedim..." dedi Winnie. Sonra Bilâl'in gözlerinin içine dikip yorgun ve mahzun gözlerini, gülümsemeye çalıştı.

"Şimdi, artık öğretecek misin bana bildiklerini?"

"Evet..." dedi Bilâl, "öğreteceğim."

"Ne zaman?"

"Sen... sen ne zaman istersen..."

Birden çocuksu bir sevinçle aydınlandı tekrar Winnie'nin yüzü. "O halde hemen başla! Hemen şimdi!"

"Ama..." dedi Bilâl şaşkınlık içinde, "Yarını beklesek... daha iyi olmaz mı? Hem... bir kere daha düşünmek istersin belki..."

"Neden?"

"Çünkü... çünkü artık bir kere karar verirsen, bundan böyle O Yüceler Yücesine, Âlemlerin Rabbi olan Hak Te'âlâ'ya, celle celâluhu, yalnız O'na kulluk-kölelik ederek yaşamaya... Hayatın tamamen değişecektir... sorumluluğu çoktur ve dönüşü, kaçışı yoktur..."

"Herşeyin ve herkesin Tek ve Gerçek Sahibinden, Efendisinden kim nereye kaçabilir ki! Üstelik sen, O iyilerin en iyisidir demedin mi? Güçsüzlerin, çaresizlerin yardımcısıdır, yalnızların dostudur demedin mi? Ve büyüklerin En Büyüğü, güçlülerin En Güçlüsü? O halde, O'nun koyduğu kurallara, emirlere uyup ona sığınmak varken, O'ndan kaçmak niye isteyeyim ki? Hayır! Beklemek istemiyorum! Çünkü... çünkü yarın belki gelmeyebilir! Bunu... bunu en iyi köleler bilir!"

Çaresiz boynunu büktü Bilâl, besbelli saf, tertemiz bir kalbin derinliklerinden süzülüp gelen, bu dupduru hikmet karşısında. Sonra birden Osman dayısının sözlerini hatırladı; kendi kendine gülümsedi.

"Bir adı da 'hayvan-ı nâtık'tır benî beşerin; konuşmayı pek sever, hatta konuşmaya hiç doymak bilmez. Allâhu 'alem, konuşma melekesini ona Bizzât Hak Te'âlâ, celle celâluhu, bahşedip, konuşmanın özü olan isimleri, ona yine Bizzât O, celle celâluhu, öğrettiği için. Ne var ki, benî beşer susmadıkça, yani söyleyeceklerini tüketmedikçe, Hak ve Hakikat konuşmaz. Hak ve Hakikat bir kere konuşmaya görsün, deli oğlan, herşey susar - çünkü ortada söylenecek başka hiçbir söz kalmaz!"

Winnie ile Bilâl göz göze geldiler.

Gözlerinin içi parlıyordu Winnie'nin.

Derin bir nefes aldı Bilâl.

"E'ûzubillâhimineşşeytânirracîm... Bismillâirrahmânirrahîm... *Allah*'tır, celle celâluhu, bütün varlık âleminin Yegâne Yaratıcısı, Tek ve Gerçek Sahibi olan O Yüceler Yücesi'nin, en büyük ve öz adı."

"*Allah...*" diye tekrarladı Winnie nefes alırcasına.

"O Birdir, Tektir, eşi-benzeri ve O'ndan başka Tanrı yoktur: *lâ ilâhe illallah!*"

"*Lâ ilâhe illallah!*" diye tekrarladı Winnie gözlerini kapatarak.

"Allah Te'âlâ'nın, celle celâluhu, biz kullarına gönderdiği o çok büyük ve değerli öğretmenlerin, peygamberlerin en büyüğü, en güzeli ve en sonuncusunun adı Muhammed'dir, aleyhissalâtu ve es selâm... *Muhammed Rasûlullâh...*"

"*Muhammed Rasûlullâh...* ne güzel bir isim!" diye gözlerini açmadan tatlı tatlı gülümsedi Winnie.

"... ve Allah Te'âlâ'nın, celle celâluhu, iyi ve sadık bir kulu-kölesi olarak yaşayabilmek için bilmemiz gereken bütün o güzel bilgilerin, kural, ölçü, emir ve yasakların içinde yazılı olduğu, her harfi, her kelimesiyle O'nun, yalnız O'nun sözü olan yüce kitabın adı da *Kur'ân*'dır..."

"*Kur'ân...*" diye tekrarladı Winnie. Sonra birden gözlerini açıp, endişeyle Bilâl'e baktı.

"Ama ben... Okumayı ve yazmayı hiç bilmiyorum ki!"

Kendi kendine güldü Bilâl.

"Bu o kadar da önemli değil... Ben daha sonra öğretirim sana!"

"Hepsi bu mu?"

"Hayır! Bu, yalnızca atman gereken ilk ve en önemli adımın başlangıcı..."

"Ben 'isteme'nin, atmam gereken ilk ve en önemli adım olduğunu sanmıştım..."

Bir kere daha şaşkınlıktan donakaldı Bilâl. Yutkundu.

"Doğru..." dedi sonra, "Bu, atman gereken ikinci en önemli adımın başlangıcı..."

"Ben hazırım!"

"O halde şimdi bütün kalbinle ve aklınla, Hakikatin tek kaynağını artık tanıdığını ve bildiğini söyle: *eşhedu en lâ ilâhe illâllâh ve eşhedu enne Muhammedun 'abduhu ve rasûluhu!*"

Winnie tekrar gözlerini kapattı, derin bir nefes alıp tek tek, yavaş yavaş ve büyük bir dikkatle, o mubârek kelime-i şahadeti tekrarladı:

"*Eşhedu en lâ ilâhe illâllâh ve eşhedu enne Muhammedun 'abduhu ve rasûluhu!*"

Aynı anda birer damla yaş süzüldü Winnie'nin ve Bilâl'in gözlerinden.

Zaman sanki bir an için durdu.

Sessizlik büyüdü, büyüdü ikisini birden sardı, kucakladı.

"Winnie gitti..." dedi sonra usulca Winnie, kendi kendine konuşurcasına.

"Hoşgeldin... Hâcer..." diye dökülüverdi sanki kendiliğinden Bilâl'in dudaklarından.

"Ne dedin?" dedi Winnie yüzünde huzur dolu bir gülümsemeyle Bilâl'e yönelerek.

Bilâl şaşkınlık içindeydi.

"Hâcer..." dedi, "öylesine geldi birden içimden... Yeni bir hayat... yeni bir isim... Artık ismin Hâcer olsun... tabii istersen..."

"Hâcer..." diye tekrarladı Winnie... "Hâcer... çok tatlı, çok güzel bir isim... Hâcer..."

"O da bir zamanlar senin gibi bir köleydi... Tıpkı benim ismini taşıdığım, sevgili Peygamberimizin, sallallahu 'aleyhi vesellem, yoldaşı Hazret-i Bilâl, radiyallâhu anh, gibi. O Bilâl de bir zamanlar bir köleydi... İlk Müslümanlardan biriydi... ve tıpkı senin gibi, o da zenciydi... Çok, ama çok ağır eziyetler, acılar çekmişti... Tıpkı senin gibi... Sonra... Hak Te'âlâ, celle celâluhu, onu daha hayattayken çok büyük bir mükâfatla şereflendirdi: Müslüman kardeşlerini, gönüllere ferahlık veren o güzel ve gür sesiyle namaza, yani Hak Te'âlâ'nın, celle celâluhu, Yüce Huzurunda bilip kendini, kulluğunu göstermeye davet eden Ezân-ı Muhammedî'yi ilk okuyan o oldu! Ve yine onunla birlikte siyah-beyaz farkı ortadan kalktı, ebediyyen silindi gitti Müslümanlar arasında... Ben beyazım; ama o mubârek zencinin ismini şerefle taşımaya gayret ediyorum, o isme lâyık olmaya çalışıyorum canla başla!"

"Peki ya Hâcer?" diye merakla sordu Hâcer, "İsmiyle şereflendiğim o köle kadına ne oldu sonra?"

"Onu da bir başka zaman anlatırım sana... Şimdi dikkatle kulak ver sözlerime: Artık şu andan itibaren senin dînin İslâm'dır."

"İslâm..." diye fısıldadı Hâcer gözlerini kapatarak.

"Ve sen artık bir Müslimesin..."

"Müslimeyim..." diye tekrar etti Hâcer edâsını hiç bozmayarak.

"Hak Te'âlâ, celle celâluhu, mubârek etsin!"

Ve birden Bilâl, Hâcer'in "Âmin!" dediğini işitir gibi oldu; kulaklarına inanamadı.

Sonra kendini toparlayıp, "Şimdi artık odana git ve dinlenmeye bak..." dedi Hâcer'e, "Bütün öğrendiklerini bir bir aklından geçir, hatırladıklarını tekrar et... Ve bütün kalbinle... Bütün kalbinle ve aklınla, sana lütufların en büyüğü olan İslâm'ı ve imanı ihsan eden Âlemlerin Rabbi Yüce Allah'a, celle celâluhu, teşekkür et! Ve O'nun izniyle kavuşursak eğer yarın sabaha, hazır ol, yepyeni bir hayata başlamaya... Çünkü sana anlatmam, göstermem ve öğretmem gereken daha birçok şey var, unutma!"

"*Miss* Kat..." dedi Hâcer birden, "O da biliyor mudur, aslında kimin kölesi olduğunu ve O'nun, yalnız O'nun kölesi olması gerektiğini, acaba?"

Şaşırdı Bilâl.

"Kim bilir..." dedi, "Belki de bunu bir gün sen sorar, öğrenir, sonra da yine sen anlatır, öğretirsin ona!"

***

O gece, sabah vakti girene kadar, uzun şükür namazları kıldı Bilâl, Kur'ân okudu, hamd ü senâda bulundu ve bol bol duâ etti Hâcer'in saliha kullarından biri olması için, Âlemlerin Rabbi Yüce Allah'a, celle celâluhu.

***

Sonraki iki gün boyunca adbest almayı, namaz kılmayı ve örtünmeyi öğretti Bilâl Hâcer'e... Haramları, helâlleri... Bu büyük, uzun ve kutlu yolculuğun başında, ilk öğrenmesi gereken ne varsa hepsini... ve elifbânın ilk harflerini.

Hayretten hayrete, hayretten hayranlığa düşürdü Hâcer her geçen saatle birlikte Bilâl'i; öylesine kolay, öylesine çabuk öğreniyordu herşeyi, doyasıya nefes alır, kana kana su içer gibi.

***

Ama asıl zor olanın, bütün bu büyük değişikliği ve hızlı gelişmeyi, üçüncü günün sabah saatlerinde Winnie'yi ziyarete gelip, karşısında Hâcer'i bulan Kathleen O'Brannagan'a açıklayabilmek olacağını ne Bilâl, ne de Hâcer tahmin edebilmişti!

***

Günler hızla geçiyor, Hâcer'in İslâm'ı öğrenme gayreti arttıkça artıyor, Bilâl'e sorduğu soruların ardı arkası kesilmiyordu.

***

... ve bir gece, yatsı namazını birlikte edâ ettikten sonra, yine gökyüzündeki yıldızları seyrederlerken taraçada, hayatının bütün akışını bir kere daha değiştirecek olan o müthiş soruyu sordu Hâcer Bilâl'e:

"*Miss* Kat ile gelen o kötü adama ve ondan önce, şerif Connor dediğin adama, 'O benim kadınım' demiştin benim için... Neden?"

Birden beyninden vurulmuşa döndü Bilâl.

"Ne?"

"'O benim kadınım' demiştin o adamlara benim için... Neden?"

"Bu da nerden geldi şimdi durup dururken aklına?"

"Gelmedi. Hep aklımdaydı zaten... Ama ancak şimdi cesaret edebildim sana sormaya... Neden öyle dedin?"

Bilâl kendini toparlamaya çalıştı.

"Seni... Seni rahat bırakmaları ve... ve seni daha iyi koruyabilmek için onlardan... Evet!"

"Yani yalan mı söyledin onlara?"

Bilâl'in zihni karıştı. Cevap veremedi birden.

"Yalan... 'Yalan' demek..." diye kekeledi, "'Yalan' demek pek doğru olmaz buna... Daha çok bir tedbir... Yani o anda öyle geliverdi dilime..."

Sustu Hâcer. Önüne baktı bir süre. Sonra başını kaldırıp dikkatle Bilâl'e baktı.

"Öyle de olsa..." dedi yavaşça, "Benim... gerçekten... kadının olmamı ister misin?"

Aklı yerinden çıkacakmış gibi oldu birden Bilâl'in. Sırtını buz gibi bir ter, yüzünü ateş bastı.

"Ben..." dedi sakin görünmeye çalışarak, "Ben... Hay Allah!" Hâcer gözlerini Bilâl'in gözlerinin içine dikti.

"Ya da ben... Ben, kadının olmak istesem senin... beni kabul eder misin?" dedi sonra nerdeyse çocuksu bir sâfiyet içinde.

"Bu... olmaz... Hayır... olmaz!" diye kekelemeye devam etti Bilâl.

"Neden?"

"Çünkü... çünkü..."

"Başka bir kadının mı var yoksa?"

"E...evet... Yani, öyle sayılır..."

"Burada mı?"

"Hayır... Burada değil... Uzakta..."

"Nerede?"

"Dedim ya... uzakta... çok uzakta..."

Tekrar sustu Hâcer ve önüne baktı.

"O..." dedi sonra, "Gelecek mi buraya?"

"Bilmem... Yani, o... gelemez... herhalde buraya..."

"Sen mi gideceksin onun yanına?"

"E...evet... Hak Te'âlâ'dan, celle celâluhu, bir mâni olmazsa... İzin verirse, kavuşmamıza... Evet... İnşaallah ben... ben gideceğim onun yanına..."

"Ne zaman, peki?"

"Bil... Bilmem... Bilmiyorum... Bilemem... Neden soruyorsun bunu bana?"

"Bilmek istiyorum... Çok mu seviyorsun onu?"

"Evet... Hem de çok!"

"Ya o? O da çok seviyor mu seni?"

"Evet... En az benim kadar... Belki de daha fazla seviyor..."

"Neden burada, yanında değil o halde?"

Yüreğinin daraldığını hissetti Bilâl.

"Bu çok... Çok uzun bir hikâye... Çok uzun ve karmakarışık... Belki bir gün... anlatırım sana..."

"Çocuklarınız var mı peki?"

"Yoo! Hayır... Henüz evli değiliz onunla!"

Bu defa şaşıran Hâcer oldu.

"Yaa! O halde... İzin ver... Kabul et beni... Senin kadının... çocuklarının annesi olayım..."

"Ama... benim gönlüm... onda... Onu seviyorum ben..."

"Beni sevmiyor musun?"

"Elbette seviyorum seni... Ama bambaşka bir sevgi sana karşı duyduğum..."

"Olsun... O yeter, çok bile gelir bana... Yoksa..."

Sustu Hâcer. Yine başını önüne eğdi. Ama bu defa başını kaldırmadan devam etti sözüne:

"Yoksa... Beni beğenmiyor musun? Çirkin mi geliyorum sana... Zenci... zenci olduğum için..."

"Yoo! Hâşâ!" diye atıldı Bilâl.

"Belki... belki de yüzümdeki şu korkunç yara... O... o tiksinti veriyordur sana!"

"Hayır! Hayır! Asla! Ben onu görmüyorum bile... Görsem de güzel görünüyor gözüme... Çok güzel hem de... Açılmış bir gül gibi..."

Birden kendi sözlerine şaşırdı Bilâl.

Hâcer de utandı. Başını iyice önüne eğdi.
Bir süre karşılıklı sustular.
Âniden elleriyle örtü yüzünü Hâcer. Oturduğu yerde, yaman bir yükün altında eziliyormuşçasına büzüldü, büzüldü; kenara fırlatılmış küçücük bir bohça gibi kaldı taraçanın ortasında.
Bilâl ürperdi Hâcer'in bu hali karşısında.
"Besbelli, daha küçücük bir çocukken, zorla kirletilmiş olmam rahatsız ediyor, iğrendiriyor seni..." diye acı içinde inledi Hâcer.
"Hâşâ!" diye birden kükredi Bilâl yaralı bir arslan gibi, "Günahsız bir garibin başına gelen bir felâketi yüzüne vurmaktan, hele bundan dolayı onu hor ve hakîr görmekten, Hak Te'âlâ'ya, celle celâluhu, sığınırım! Aman ha!"
Sonra toparladı kendini ve:
"Ne olur... Beni yanlış anlama..." diye alçak sesle yalvardı, "Ne olur!"
Yavaş yavaş doğruldu Hâcer.
"Ben... Seni yanlış anlamam... Merak etme." dedi, "En azından çok çaba sarfederim seni yanlış anlamamaya... Sen yeter ki beni neden kadının olarak istemediğini söyle, anlat bana..."
"Bu... inan ki çok zor... Sen... Evet! Evet, aslında sen anlatmalısın, neden bu kadar ısrarla istediğini kadınım olmayı bana... Haydi... Lûtfen..."
Derin derin iç geçirdi Hâcer.
"Çünkü..." dedi sonra, ancak duyulabilen bir sesle, "Çünkü hayatımı borçluyum sana... Maddî olarak da... Manevî olarak da! Ruhumun ve bedenimin içine yuvarlandığı o kapkaranlık, dipsiz kuyudan, sen çıkarttın beni... Ömrümce çektiğim korkunç acılardan ve imansız olarak ölüp gidivermekten kurtardın!"
"Hâşâ! Hâşâ! Summe hâşâ! Hepsi de hiç kuşku yok, yalnız Hak Te'âla'nın, celle celâluhu, lütuf, kerem ve inâyeti..."
"Âmennâ! Ama Kendi lütuf, kerem ve inâyetine, yine O, celle celâluhu, bunca kulu arasından seni seçip de vesile kıldı! Sevgim-

den, şu zavallı, âciz bedenimden başka sana verebilecek hiçbir şeyim yok, bana bütün bu verdiklerin karşılığında..."
Müthiş bir çaresizlik içinde hissetti Bilâl kendini.
"Ama ben... Bir karşılık umarak, hâşâ, uzatmadım ki sana yardım elimi! Ben yalnızca bir mü'min kul olarak üzerime düşeni yapmaya çalıştım... Hepsi bu!"
"Ona da bir diyeceğim yok, olamaz asla... Ben bir köle olarak doğdum... Hak Te'âlâ, celle celâluhu, seni karşıma çıkartana kadar da, hep bir köle olarak yaşadım... Kölelerin kimsesi yoktur... Bırakmaz o zalimler kimi kimsesi olmasını... Anasını, babasını, kardeşini, doğurduğu zaman kendi öz yavrusunu bile esirger, ayırırlar ondan... Hep tek başına bırakırlar... Yapayalnız, çırılçıplak, çaresiz... Bu yüzden ne verecek bir şeyleri olur kölelerin, ne de birşey verebilecekleri bir kimseleri! Ama her zaman onlara birşeyler verilir... En kötüsünden, en acısından, en çirkininden bile olsa, hep birşeyler verilir kölelere... ve... sürekli birşeyler alınır onlardan... ne varsa sahip oldukları... bedenleri ve hatta ruhları! Sonuç olarak senden hiçbir şey kalmaz ortada ve geriye... Köleysen eğer, bir hiçsin... Yok hükmündesin! Bunun ne demek olduğunu ancak bu acıyı yaşamış olanlar bilir, ancak onlar anlar! İşte bu yüzden her köle, bir gün özgürlüğüne kavuşabilme umudundan da öte, bir gün, birilerine bir şey verip, kendi varlığını hiç olmazsa bu şekilde hissedebilme hasretiyle yanar! Çünkü alınca değil, ancak verince ve verebildiğince var olur insan... İlle de kadının olmayı istemem bundan! Ne olur, geri çevirme, kabul et dileğimi..."
"Ama ben... Söz verdim Râbia'ya..."
"Merak etme, sözünü yerine getirmen gereken gün geldiğinde, asla utandırmam, küçük düşürmem seni! Sana helâl edip hakkımı bütün kalbimle, cân-ı gönülden, sessizce çeker giderim, tıpkı geldiğim gibi... Kim bilir, belki de Emr-i Hak vâki olur bana, daha o gün gelmeden... İnan, bunun için seve seve yalvarırım Cenâb-ı Mevlâ'ya, celle celâluhu!"

Bu sözleri karşısında Hâcer'in, derinden sarsıldı Bilâl.

Aklına, gönlüne sığdıramıyordu bir türlü işittiklerini.

"Ne olur, ne olur..." diye yalvardı Hâcer'e, "Bu kadar üzerime gelme, sıkboğaz etme beni... Bir başka zaman... daha sonra... daha salim bir kafayla konuşalım bu meseleyi..."

"Olur..." dedi Hâcer ve tatlı tatlı gülümsedi, "Sakın acele etme... Kafanı iyice rahatlat... Benim kafama gelince... O zaten nicedir sağlam bu konuda..."

Yeni bir endişe dalgası sardı Bilâl'i.

"Ama... sakın unutma! Benim aklım ve gönlüm bir başkasında... Ve şartlar ne olursa olsun, hep onda olacak... Ona olan sevgim, aşkım bambaşka!"

"Olsun..." dedi Hâcer gülümsemesini bozmadan, "Bu hiç de yabancı değil bana... Daha dün anlatmıştın, hatırlasana, Rasûl-i Ekrem de, sallallahu 'aleyhi vessellem, hiç unutmadı mubârek Hatice anamızı, radiyallahu anha... Onu her zaman bütün hanımlarından üstün tuttu, çok ama çok daha fazla sevdi!"

Donup kaldı Bilâl.

"Sabah ola, hayr'ola! Gecen mubârek olsun..." dedi Hâcer ve usulca toparlanıp evden içeri girdi.

Bir süre daha oturduğu yerde derin düşünceler içinde kalakaldı Bilâl.

"Dur bakalım, deli oğlan..." diye mırıldandı kendi kendine, "Bu zavallı taraça daha nelere şahit olacak kim bilir... Şu küpeşte, şu direkler, şu yorgun döşeme, bir gün dile gelse de burada yaşananları bir bir anlatsa... Korkarım kimseler inanmaz, 'Sen onların dile gelip de anlattıklarına ne bakıyorsun, konuşan alt tarafı, köhne bir tahta...' der geçer!"

***

O gece Bilâl'in, Şemsipaşa'dan ayrıldı ayrılalı geçirdiği en sıkıntılı, en zor gece oldu. Yaşadığı o büyük ve akılalmaz macera, bütün o şaşırtıcı ve bir o kadar da girift olaylar zinciri, yolu-yolculuğu boyunca tanıdığı bütün insanlar... hepsi, hepsi hafif kaldı, neredeyse silindi gitti içine düştüğü o derin hesaplaşmada; bütün duygularını ve düşüncelerini, zavallı bir yaprak gibi önüne katıp, acımasız bir hoyratlık içinde oradan oraya çarpan, savuran büyük ve şiddetli manevî fırtınada!

Ne ince ince, ne de derin derin düşünmek bir işe yaradı o gece. Boştan alıp doluya koymak, doludan alıp boşa koymak, sonra bildiği en hassas terazilerle tartıya vurmak da para etmedi. Sonunda bitkin düştü Bilâl, muzdarip rûhuna inşirah vermesi, hayırlı bir çıkar yol göstermesi için gözyaşları içinde, uzun uzun duâda, niyâzda bulundu, uyku yorgun rûhuna ve bedenine galebe çalıncaya kadar.

***

... ve o gece, hayatı boyunca bir daha kolay kolay unutmayacağı rüyâlarından birini gördü Bilâl:

Uçsuz bucaksız bir çölde, ama yakıp kavurmayan, yalnızca yeri ve semâyı parlak, duru bir ışıkla aydınlatan güneşin altında el ele yürüyorlardı Osman dayısıyla birlikte... İkisinin de üzerinde uzun ak harmaniler, başlarında, uçları tâ omuzbaşlarına sarkan ak sarıklar vardı. Yaşı, Bilâl'in onu son olarak gördüğü, bildiği yaştaydı Osman dayısının ama, sakalı simsiyahtı. Uzun bir süre, hiç konuşmadan yürüdüler... Sadece arkalarında esen deli bir rüzgâr, kumda bıraktıkları ayakizlerini siliyordu biteviye... Yürüdüler, yürüdüler, bir kum tepesinin üzerine vardılar... Uçsuz bucaksız kızılsarı bir kum vâdisi uzanıyordu önlerinde... Durdular... Osman dayısı yavaşça dönüp Bilâl'e baktı. Kapkara, şimdi her zamankinden de parlak, çakmak çakmak bakan güzel gözlerini Bilâl'in gözlerinin tâ içine dikti. Uzun uzun baktı sonra sanki birden gençleşiveren yüzünü aydınlatan sımsıcak bir gülümsemeyle ağır, ağır, tane tane konuşmaya başladı:

"Hak Te'âlâ, celle celâluhu, Zu'l-Celâli ve'l-İkram ismiyle tecelli etme lütfunda bulunduğu zaman bir gün sana, deli oğlan, O'ndan, celle celâluhu, azîm korkmayı n'imet bil ve sağlam dur. Sonra sana bahşettiği ikramı tereddütsüz, hamd ve şükür ile kabûl et! Zira O, celle celâluhu, âciz ve garip, ama sâdık ve sâlih kullarına ikramda bulunmayı sever! Hazineleri sonsuzdur O'nun, celle celâluhu, ve ikramı sınırsızdır, kıymetini bilene! Sen, sen ol, deli oğlan, Zât-ı Bâri'den, celle celâluhu, gelen hiçbir ikramı, sakın ola geri çevirme! Zira hafîdir O'nun, celle celâluhu, yolları... Kime, ne zaman, nasıl ve kaç defa ikramda bulunacağını ancak O, celle celâluhu, Kendi bilir! Ola ki sana ikram olarak sunduğu, seni pek şaşırtabilir, hatta belki korkutabilir! Bu yüzden ikramın ikram olduğu gözünden, gönlünden perdelenebilir! Unutma, ikramın farkına varmayıp onu geri çevirmek de bir imtihandır; tıpkı o ikramı, Sahibini, celle celâluhu, görmeyip kendi başına kazandığını sanmak gibi! Gaflettir ikisi de! Büyük gaflet! Şeytân-ı aslî olan nefsin işidir! Sakın nefsine aldanma ve gaflete kendini kaptırma!"

Sonra döndü Osman dayısı, uçsuz-bucaksız kum vadisinin ortasında, küçücük, yemyeşil bir noktaya işaret etti. Ve uçarcasına indiler kum tepesinin üzerinden; uçarcasına aştılar kumdan vadiyi, Osman Hoca'nın eliyle gösterdiği, yemyeşil, serin ve her yanından rahmet, bereket fışkıran vâhaya ulaştılar.

Birden usulca bıraktı Osman dayısı Bilâl'in elini... Ak güllerden bir çardağın altında, ak bir elbiseye bürünmüş, onu orada bekleyen Bilâl'in rahmetli yengesi Ayşe Saadet hanımefendinin yanına gitti. Narin bir sap yâsemin uzattı Osman Hocaefendi hanımına. Sakalı tekrar bembeyaz kesilmişti.

***

Uyandı Bilâl.

Uyanır uyanmaz önce Allah, celle celâluhu, adını zikretti her zaman yaptığı gibi.

"HİKÂYE-İ BİLÂL"

Sonra kalktı abdest aldı ve iki rekât namaz kıldı.

Güzel, narin yüzü nicedir hâfızasının kuytuluklarında dinlenen sevgili Ayşe Saadet yengesini, bunca yıl sonra ilk defa rüyâsında görmek çok heyecanlandırmıştı Bilâl'i.

"Bir de tatlı sesini işitebilseydim Can Ana'nın..." diye geçirdi içinden, "Kim bilir bana yine neler anlatırdı gönlümü teskin eden..."

Taraçaya çıktı.

Uzun zamandır tatmadığı serin bir ferahlık hissetti içinde.

New York, 1990

"... ve böylece 1857 yılının Temmuz başında, büyükdedemiz İmam Bilâl gerdeğe girdi Hâcer büyükninemiz ile. Dokuz ay, onbir gün sonra ilk oğulları dünyaya geldi. Muhammed Osman koydular adını."

Prof. Dr. 'Abdulhakîm Osman derin bir nefes aldı.

Sonra tek tek odada bulunanların yüzlerine baktı. Sanki rüyâda gibiydiler. Ama hepsinin gözleri dolmuştu.

"Evet..." diye devam etti Prof. Dr. 'Abdulhakîm Osman, "Birlikte uzun, mutlu ve bereketli bir ömür sürdüler Hâcer büyükninemiz ile büyükdedemiz İmam Bilâl. Tam altı evlât daha nâsib etti Hak Te'âlâ, celle celâluhu, onlara... Beşi erkek, ikisi kız, toplam yedi evlât sahibi oldular. Ve dünyaya gelen ilk kızlarının adını Râbia koydular. Oğulları yetişkin birer delikanlı olduklarında, şöyle vasiyet etti bir gün İmam Bilâl onlara: 'Hak ve Hakikati, Âlemlerin Rabbi Hak Te'âlâ'nın, celle celâluhu, dîni İslâmı, mubârek Kur'ân'ı ve Sünnet-i Rasûlullâh'ı, sallallahu 'aleyhi vessellem, aklım erdiğince, dilim döndüğünce öğrettim sizlere. Niyâzım odur ki Cenâb-ı Mevlâ'dan, celle celâluhu, İslâm üzere, salih kullar, halis mü'minler olarak yaşamayı ve can emânetini yine müslim mü'minler olarak Asıl Sahibine, celle celâluhu, iade etmeyi nasîb etsin sizlere. Bu çiftlik bize Onnik efendinin emânetidir. Günü geldiğinde içindeki herşeyle birlikte, sorgusuz sualsiz ona iade edilecektir. Kuşku yok, o da, istese de istemese de, bütün bunları kendisine, bize ve herkese ikram ve emânet eden Zât-ı Bâri'ye, celle celâluhu, iade edecektir sahip olduğu herşeyi, günü ve zamanı geldiğinde. Bâkî olan Hak Te'âlâ'dır, celle celâluhu, yalnızca. Sizden bir tek dileğim var oğullarım, benî beşerin acımasızca kirlettiği, har vurup harman savurduğu bu fânî dünyâdan, adına kölelik denen büyük zulüm tamamen ortadan kalkıp, silinene kadar, köleleri koruyun, bulduğunuz her yerde, varınızı yoğunuzu ortaya koymak pahasına da olsa, bedelini ödeyip âzad edin onları. Ve günü geldiğinde, âzad ettiğiniz köle kadınların arasından seçin eşlerinizi. Evlenin onlarla ve izzetli kadınlar kılın onları! Cihâd edin bu yolda! Babanız fakîr 'abd-i âcizin yegâne vasiyeti budur sizlere.' Babadan oğula, atadan toruna yürüdü İmam Bilâl'in vasiyeti, bugüne kadar devam etti. Köleler hep zenci olduklarından, özellikle o yıllarda bu ülkede, bir mubârek zencinin adını taşıyan beyaz bir atadan, zenci bir nesil serpilip gelişti böylece, Hikmet-i Hudâ, celle celâluhu, uzun yıllar içinde. Evet. İşte işin aslı astarı bundan ibâret!"

"Müthiş!" dedi Dr. Hatice Rawlinson kendi kendine konuşurcasına, "Müthiş... başka söyleyecek söz bulamıyorum!"

"Sahi, buğüne kadar niye hiç anlatmadınız bütün bunları bize 'Abdulhakîm amca?" diye atıldı Dr. Sevde Freeman sitemkâr bir tavırda.

Prof. Dr. 'Abdulhakîm Osman tatlı tatlı güldü.

"Daha önce hiç sormadınız da ondan!"

"Demek Yûsuf Bilâl'in hepimize yaptığı sürpriz olmasaydı, mahrum kalacaktık, desenize, İmam Bilâl'in bu müthiş hikâyesinden!" dedi Dr. Sevde Freeman.

"Kusura bakmayın ama, bir şeyi pek merak ettim 'Abdulhakîm amca..." diye söze karıştı 'Aişâ Forrester, "İmam Bilâl'in macerası hakkında bu kadar ayrıntıyı nereden biliyorsunuz? Yanlış anlamayın... Yani hâtırâtını mı yazmış yoksa... Bilmem anlatabiliyor muyum..."

"Anlıyorum kızım... Haklısın bu soruyu sormakta... İmam Bilâl ne yazık ki hâtırâtını kaleme almamış... Büyük bir ihtimalle kendini ve yaşadıklarını pek fazla önemsemediği için. Bütün bunları ben bizzât Hâcer büyükninemden dinledim... O anlattı bana."

"Hâcer büyükninenizden mi?" diye şaşkınlık içinde sordu Dr. Sevde Freeman, "İmam Bilâl'in hanımından mı yani?"

"Evet..."

"Onu tanıdınız mı?"

"Hak Te'âlâ, celle celâluhu, o bahtiyarlığı, elhamdulillah, tattırdı bana! İmam Bilâl Hak Te'âlâ'ya, celle celâluhu, yürüdükten sonra, çok uzun yıllar yaşadı Hâcer büyük ninemiz. Can emânetini Asıl Sahibine teslim ettiğinde yüz yaşında, belki de yüz yaşını aşkındı... Kesin doğum tarihini kendi de tam olarak bilemiyordu çünkü. Torunlarının çocuklarını, hatta bazı torunlarının torunlarını bile görmek nasib oldu ona. Hâlâ gözümün önünden gitmiyor hali: büyük bir ihtimalle zaten pek narin olan bedeni, küçücük bir çocuğunki kadar ufalmıştı... Hep bembeyaz giyinirdi... Başında bembeyaz örtüsü, elinde Yorgo Vassildis'in İmam Bilâl'e armağan ettiği abanoz ve fildişinden doksandokuzlu tesbihi, dudakları zikirle kıpırdayarak ve yüzünden hiç eksik olmayan o tatlı sıcak gülümsemesiyle köşesinde otururdu... Ömrünün son yıllarını o sıralarda babamın görevi gereği oturduğumuz Washington D.C.'deki evimizde, bizimle birlikte geçirmişti. Hepimiz nadide bir mücevher gibi titrerdik üzerine... Bayramlarda bütün aile bizim evimizde toplanırdı; özellikle onu ziyaret etmek, elini öpüp, hayır duâsını almak için... Tadına doyum olmaz bir manzaraydı onu, hele de ailenin en küçükleriyle çepeçevre kuşatılmış halde, onları öpüp koklar, sevip okşarken seyretmek. Gözleri gerçi çok iyi görmüyordu artık, ama zihni pırıl pırıl, dipdiriydi her zaman! Hayatla, insanlarla, çevresinde olup bitenlerle ilişkisini hiç koparmadı... Sözgelimi benim en önemli vazifelerimden biri, yaşadığımız semtteki yoksulları bir bir tesbit edip ona bildirmekti! Düşünebiliyor musunuz! 'Merak etme büyüknine, devlet bakıyor hepsine...' dediğim zaman 'Hak Te'âlâ, celle celâluhu, rızâsı için yapılmıyorsa eğer, rahmet de, bereket de eksik olur her türlü yardımdan! İmam Bilâl öyle derdi, rahmetullahi aleyh. Onun için sen yine de sor soruştur, bul buluştur... Sakın görünüşe aldanma! Karın tokluğu midenin boşluğunu gidermek değildir, gözümün nûru, bunu hiç aklından çıkartma!'. Hak Te'âlâ, celle celâluhu, ganî ganî rahmet etsin... Velhâsıl, hepimiz ondan dinledik, öğrendik büyükdedemizin müthiş macerasını; Hâcer büyükninemizin bal akan tatlı dilinden, latîf anlatışından. Hafif kısık ama yumuşacık sesi hâla kulağımda... 'Hepinize anlattım, çocuklarıma, torunlarıma, torunlarımın çocuklarına ve elhamdulillah onların da, Hak Te'âlâ'nın, celle celâluhu, bana görüp sevmeyi nasib ettiği çocuklarına... Hepinize dilim döndüğünce anlattım büyükdedeniz İmam Bilâl'in hayatını, kökünüzü kökeninizi, ceddinizi neslinizi iyi bilesiniz diye! Çünkü ağaç, kökü olduğu zaman ağaçtır ancak... Köklerinden beslendikçe diri kalır, çok ama çok yaşlansa da, her bahar taptaze filiz verir, taptaze yapraklarla donanır... Kökü olmayan ağaç ise kurur gider, sonunda odun olur... Ağaç, ağaç olarak kalabildiği, köklerinden beslendiği sürece, kendi özünce, özgürce gelişir, büyür. Oduna ise her zaman bir başkası şekil verir! Zamanım dolup da, ben de nihayet hesabımı vermek üzere yürüdüğüm zaman Âlemlerin Rabbi Hak Te'âlâ'ya, celle celâluhu, size düşüyor artık bu görev... Siz de benden işitip dinlediklerinizi büyükdedeniz İmam Bilâl, rahmetullahi aleyh, hakkında, tıpkı benim ondan dinlediğim gibi, anlatın çocuklarınıza, torunlarınıza ve inşaallah, onların da çocuklarına, hatta nasib olursa, torunlarınızın torunlarına ki, hep diri kalsın, özlü ve özgür kalsın bu ağaç, asla odun olmasın!' Ve hepimiz, çok şükür, tuttuk büyükninemizin vasiyetini, tıpkı büyükdedemiz İmam Bilâl'in vasiyetini tuttuğumuz gibi!"

"Yani sen, bütün bunları biliyordun Muhammed öyle mi?" diye döndü 'Abdullatîf Forrester damadına.

"Elbette!" dedi Dr. Muhammed 'Abdulbâkî gülerek.

"Peki ya ablam, o da biliyor muydu?" diye sordu 'Aişâ Forrester.

"Tabii, hem de tâ en başından beri. Balayına çıkmadan bir gece evvel babam anlatmıştı aile hikâyemizi ona..." diye devam etti Dr. Muhammed 'Abdulbâkî, "Ama inanın, onun bir gün, tıpkı büyük atasına benzeyen bembeyaz bir bebek dünyaya getirebileceği, hiç mi hiç gelmemişti ikimizin de aklına!"

"Yani, Sevde'nin dediği gibi, Yûsuf Bilâlimiz bizi bu kadar şaşırtmasaydı, hiçbirimiz öğrenemeyecektik bu müthiş hikâyeyi, öyle mi?" dedi 'Abdullatîf Forrester sitemkâr bir edâda.

"Haksızlık etme! Sen biliyordun! Hiç olmazsa bir kısmını." dedi Prof. Dr. 'Abdulhakîm Osman.

"Doğru. Ama inanmamıştım, bir türlü inanamamıştım o zaman anlattıklarına..."

"Hüsn-i zan, sevgili kardeşim ve de dünürüm, hüsn-i zannı hiçbir zaman elden bırakma!" diye güldü Prof. Dr. 'Abdulhakîm Osman.

"Bu arada..." diye söze karıştı Dr. Sevde Freeman, "*Fairville*'deki çiftliğe ne oldu? Kathleen O'Brannagan, Dr. Neumann, Everett'ler... Sonra Onnik efendi ve ailesi..."

"Evet, Osman Hocaefendi, Hacı Tayyar Reis, Yorgo Vassilidis... onlara ne oldu?" diye devam etti Dr. Hatice Rawlinson.

"Ve Râbia!" diye atıldı 'Aişâ Forrester, "Esas ona ne oldu?"

Birden derin bir sessizlik hakim oldu odaya.

Prof. Dr. 'Abdulhakîm Osman derin bir nefes aldı.

"Onların başına gelenler... Çok uzun ve bambaşka bir hikâye! Müsade ederseniz, onu da bir başka zaman anlatırım sizlere, ömrüm olur, nefesim yeterse... Takdir edersiniz ki bugün çok heyecanlı bir gün oldu hepimiz için. Eh, ben de artık pek genç sayılmam, öyle değil mi... Hem çok yoruldum, hem de vakit bir hayli ilerledi. Haydi Muhammed, seccâdeleri ser de yatsı namazını edâ edelim hazır herkes buradayken, hep birlikte! Sonra da mubârek Yâsin-i Şerîf'i okursun bize o güzel sesinle..."